Os amigos do crime perfeito

Andrés Trapiello

Os amigos do crime perfeito

Tradução
Luís Carlos Cabral

JOSÉ OLYMPIO
EDITORA

Título do original em espanhol
LOS AMIGOS DEL CRIMEN PERFECTO

© Andrés Trapiello, 2003
© Ediciones Destino, S. A., 2003

Reservam-se os direitos desta edição à
EDITORA JOSÉ OLYMPIO LTDA.
Rua Argentina, 171 – 1º andar – São Cristóvão
20921-380 – Rio de Janeiro, RJ – República Federativa do Brasil
Tel.: (21) 2585-2060 Fax: (21) 2585-2086
Printed in Brazil / Impresso no Brasil

Atendemos pelo Reembolso Postal

ISBN 85-03-00895-5

Capa: Hybris Desing/Isabella Perrotta

CIP-Brasil. Catalogação-na-fonte
Sindicato Nacional dos Editores de Livros, RJ.

T697a
Trapiello, Andrés, 1953-
Os amigos do crime perfeito / Andrés Trapiello; tradução Luís Carlos Cabral. – Rio de Janeiro: José Olympio, 2006.

Tradução de: Los amigos del crimen perfecto
ISBN 85-03-00895-5

1. Ficção policial espanhola. I. Cabral, Luís Carlos. II. Título.

06-2529
CDD – 863
CDU – 821.134.2-3

SÓCRATES — O que é pior, a seu ver, cometer uma injustiça ou ser vítima dela?
POLO — Em minha opinião, ser vítima.
SÓCRATES — E o que é mais feio, cometer uma injustiça ou ser vítima dela?
POLO — Cometê-la.
SÓCRATES — (...) Deixemos isto assim. Examinemos a seguir o segundo ponto sobre o qual divergíamos. Qual é o maior dos males: que aquele que cometa uma injustiça seja castigado, como você pensa, ou que não o seja, como penso eu?

Górgias, 474-476

I

DELLEY NUNCA pensou que uma campainha pudesse grunhir como um porco.

Fggg... Fgggggg... Fggg...

Havia adormecido sobre a cama. Vestia um impermeável e calçava sapatos. Assustou-se. Os sapatos eram velhos, da cor do azar, e estavam cheios de barro. Colocou a mão no revólver. Dez horas naquele cubículo. A pessoa que tocava ficou quieta por uns instantes, mas voltou à carga. Aquilo parecia uma melodia. Toques curtos, toques longos. Abriu os olhos. Alguma coisa os espetou, não soube o quê. Os olhos às vezes doem. Alguém estava querendo brincar de gato e rato com ele. A campainha era o gato, e ele, o rato. Olhou em volta com espanto redobrado. Não reconhecia onde estava. Esfregou os olhos. Olhou rapidamente para a janela. A noite havia chegado. O neon da loja de eletrodomésticos do velho Valentini invadia o pequeno cômodo com seu falatório triste e monótono. Tocaram de novo. Vermelho e preto, vermelho e verde. Uma boneca muito *sexy* com um peito mirrado que segurava um secador que lançava seus cabelos ao vento e que gaguejava. Pensou que tantos "que" em uma mesma frase eram mesmo muitos "que", mas, pelo que lhe pagavam, todos os pronomes relativos podiam ir ao inferno. Fixou-se no cabelo da menina do secador, também mirrado. Um outro grito da campainha percutiu-lhe no cérebro como se estivessem enfiando uma agulha de tricô em seu tímpano. Sentiu também uma pontada no estômago vazio. Os escritores de romances policiais de banca de jornal costumam chamar esse alvoroço das tripas de "arauto da morte". Sentou-se na cama sem fazer ruído, com movimentos instintivos de um felino que adivinha onde está o perigo. O rato havia virado gato.

Quando aqueles toques deixaram de torturá-lo, Delley ouviu a respiração dos cães de caça. Vinha do outro lado da porta. Quem sabe, a ordem que eles traziam era muito mais simples. Era para recheá-lo de chumbo e deixá-lo ali, esmagado pelo reflexo daquela menina tão *sexy*. Certamente, nem estavam uniformizados. Sim, acabaria estirado no tapete, fazendo um duo com a boneca voltaica. Delley deduziu pelo alvoroço que os homens eram três ou quatro. Voltaram a tocar a campainha.

Crg, crg, crg...

Desta vez foram golpes secos, nervosos, produzidos pela empunhadura de uma pistola. Delley estava exausto. Havia chegado ao fim, estava farto de ver cadáver.

O aposento cheirava a tabaco e a uísque, sobretudo a uísque. De manhã cedo, ao afastar o jornal em que havia lido a notícia da morte de Dora, derrubou sem querer o copo no tapete. Quis evitar o acidente e derrubou a garrafa, que estava ao lado da cama, sobre o criado-mudo. Tentou, com um movimento trôpego, evitar a queda, mas a garrafa quebrou. O chão ficou cheio de cacos perigosos e, em dois segundos, o quarto cheirava a destilaria. Os vidros quebrados ainda estavam ali e parte do uísque tinha se evaporado. Tudo isso tinha acontecido antes das dez da manhã. Pediu, então, ao bar do Lowren que lhe trouxessem alguma coisa para comer, outra garrafa de uísque, cigarros e um café bem forte. Não deixou o garçom entrar. Não queria que visse os cacos de vidro nem a poça de uísque. Mas Joe, o rapaz que trabalhava para Lowren, franziu o nariz. Surgiu na sua boca um sorriso malicioso. Era um bom rapaz.

— Senhor Delley, não sei o que está acontecendo, mas posso lhe dizer que o cheiro de uísque é tão forte que se alguém acender um fósforo todo o edifício irá pelos ares. Digo isso porque sei onde o senhor Molloy compra essa beberagem.

Delley entregou-lhe uma nota de vinte pela fresta da porta, e o despachou. Já sozinho, bebeu o café. Os restos de um hambúrguer sangrento continuavam caídos entre os cacos de vidro. Era como se tivessem sido desprezados por um cachorro. Um gato. Um rato. Estava sendo caçado como se fosse um rato. Não, ele não era um rato.

— Delley, sabemos que você está aí. Abra a porta. Só queremos conversar. Viemos numa boa. Fomos enviados pelo governador.

— Olson, vá para o inferno, e diga ao senhor Austin que vá junto. Vou encher de colcheias o primeiro que cruzar a minha porta. Estou me lixando para o que acontecer depois.

— Seja razoável, Delley. Ei, você! — e Delley ouviu Olson perguntar, em voz baixa, a alguém que estava do seu lado: "O que Delley quis dizer quando falou em colcheias?"

Delley imaginou a cabeça gorda de Olson.

Um dos companheiros de Olson caminhou até a outra extremidade do corredor. Podiam-se ouvir seus passos pesados. Tratava-se de um corredor estreito. Tinha as paredes pintadas de opressão e dez ou doze portas, todas da mesma cor, em ambos os lados. Acabava numa janela. O que se via atrás do vidro era ainda mais inquietante: um pátio mal iluminado, bastante apropriado para que se jogasse um homem lá de cima e se dissesse depois que ele havia se matado ao tentar fugir. As dobradiças enferrujadas chiaram quando tentou abri-la. Um guincho que era, ao mesmo tempo, de rato e de gato. Lançou meio corpo para fora e inspecionou um pátio estreito à procura de uma escada de incêndio.

— Olson, diga aos seus gorilas que não sou tão idiota assim. Não iria me enfiar numa madrigueira cheia de escadas de incêndios. Se quiserem entrar pela janela, vão ter que chamar o Homem Aranha. E sempre há tempo de botar fogo nos apartamentos; nesse caso, o que vocês estão querendo voará pelos ares. Tenho aqui comigo uma garrafa do Molloy e você sabe o que isso significa. Quando virem as cédulas transformadas em fagulhas contra o céu estrelado, talvez tenham vontade de ir a um piquenique e entregá-las às suas meninas para passarem uma noite romântica.

— Chega de conversa fiada, Delley. Abra logo! Você está ouvindo? Estou perdendo a paciência. Vou acabar com esse negócio.

— Estou ouvindo, Olson, não grite. Deixe-me em paz.

— Paco, você está em casa?

— Disse que me deixe em paz; vão embora ou meterei mais chumbo nos seus corpos do que cabe numa linotipo.

Pensou que aquele "ou meterei" não estava à altura de alguém como Delley, e rasurou com vários xis a palavra linotipo. Aqueles xis soaram como uma curta rajada de uma metralhadora com tambor basculante. Uma M-32 soviética. Uma pessoa como Delley se assustaria até com linotipos, e ele certamente não havia visto uma em toda sua vida; tampouco uma M-32 de tambor basculante. Ele não gostava dos soviéticos. Para que tanto socialismo se não haviam sido capazes de acrescentar nada que prestasse ao gênero policial?

— Você vai abrir ou não, Delley?
— E você, Olson, não ensinei você a perguntar outras coisas?
— Paco, você está em casa?
Alguém estava batendo na porta.

Paco demorou um pouco para ter uma idéia aproximada do tempo transcorrido desde que havia começado a escrever naquela manhã. Viam-se restos de um sanduíche de omelete de batata no chão, em um pratinho, no qual mordiscava o gato Poirot, que vivia com ele desde que havia se separado de Dora. Na mesa, copo de uísque pela metade, tudo o que restara depois que a garrafa tinha se espatifado no chão.

Quando trabalhava, envolvia-se tanto com os personagens e a ação que se tornava incapaz de distinguir o que acontecia na realidade; aquilo que se formava nos formidáveis, apoteóticos espasmos de sua cabeça parecia ir tomando forma de realidade à medida que escrevia.

Ao derramar o uísque, havia borrado alguns parágrafos, mas a maior parte do líquido tinha ido parar no tapete e no assoalho. Mas o que era um uísque quando dois homens estavam a ponto de matar-se de maneira tão sanguinária?

— Paco, você está aí?
— Já vou! — gritou Paco, do fundo da casa.

Levantou-se, e ainda continuou algum tempo curvado sobre a máquina de escrever, lendo o papel que estava no carro.

Era uma velha Underwood, alta, pesada, negra. Um verdadeiro cadafalso à prova de terremotos e de argumentos. Para ele, a velha Underwood era o mesmo que o velho Smith & Wesson de calibre especial era para Delley Wilson. Paco, por sua vez, nunca havia visto um Smith & Wesson em toda sua vida, só uma ilustração num livro. Tinha vários sobre armas de fogo. Quantas centenas de homens haviam morrido entre aquelas teclas, picotados pelos golpes certeiros dos tipos, quantas cabeças haviam rodado sob aquelas lâminas implacáveis, quantos álibis haviam ficado desvanecidos no fogo cruzado do *q* e do *m*, de quantas perfídias de assassinos, malfeitores, valentões, biltres, delatores, rufiões, patifes, malandros, trapaceiros e velhacos tinha dado conta aquele cilindro emborrachado, quantas mulheres haviam se evaporado, da mesma maneira, nos braços de quem não tivera outra recompensa em sua luta contra o crime do que um efêmero, passageiro e subjugado instante de amor? Quantos cavaleiros andantes do crime não haviam saído daquela inamovível montanha de sonhos?

— Você vai abrir, Paco?

— Agora mesmo.

Continuava lendo as últimas frases que acabara de escrever. Temia que Delley e Olson agissem por conta própria quando fosse abrir a porta, e cometessem alguma besteira que jogasse por terra o trabalho das últimas duas semanas.

Faltavam apenas alguns parágrafos para terminar o romance e ainda não sabia se Delley mataria Olson ou se Olson pegaria Delley. Achava os dois desfechos sugestivos e plausíveis. Ambos lhe convinham.

Delley era um sujeito romântico e decidido. No fundo, era parecido com ele. Olson havia matado Dora, e ele a amava. Mas Dora o havia traído, e o jogo duplo dela a havia levado a trilhar um caminho perigoso que, naturalmente, acabou certa noite num sujo e tenebroso beco de Detroit, à saída de um esconderijo, de onde os homens de Olson a haviam mandado para outro bairro. Uma mulher ambiciosa, sem escrúpulos, e belíssima. Ele era atraído por esse tipo de heroína; sempre se apaixonara por elas, e elas sempre haviam desgraçado sua vida. As meninas más. Por que os homens gostam de meninas más?, costumava se perguntar em seus romances, embora não se atrevesse a responder a si mesmo. E freqüentemente havia alguém por ali, uma página antes, uma página depois, que respondia por ele com uma frase feita. Quanto a Olson...

— O que aconteceu? Isto aqui está empestado de uísque.

— Oi, Modesto. Hoje de manhã, Poirot derrubou uma garrafa quando ia comer sua omelete — respondeu Paco, sentando-se de novo diante de sua inseparável e idolatrada Underwood, com a cabeça voltada mais para seu romance do que para a pergunta do amigo.

Modesto Ortega nem sempre almoçava às segundas-feiras com a família. Às vezes, se abstinha. Deixava o escritório às três, três e meia, bebia alguma coisa e ia para a casa de seu amigo Francisco Cortés, escritor de romances policiais, de detetives e de intrigas em geral. A seguir, saíam, tomavam um café em algum bar e caminhavam até o Café Comercial da Glorieta de Bilbao, onde participavam, das quatro e meia até as seis e meia, sete horas, da reunião semanal dos Amigos do Crime Perfeito, os ACP.

— Qual vai ser o título deste romance?

Modesto Ortega olhou, displicentemente, por cima do ombro de Paco Cortés, para a folha de papel.

— Espere um pouco, Modesto. Dez minutos. Sente-se. Tenho que acabar o livro ainda hoje. Estão esperando por ele. Preciso de dinheiro. Devo dois meses de aluguel e tenho que levar a pensão à Dora.

Há dois anos, a maioria das mulheres de seus romances se chamava Dora, como sua ex-mulher. Ou Dorothea ou Dorothy ou Dory ou Dorita ou Devora. Depois, já nas provas, mudava o nome de algumas delas. Mas no começo era assim. Tentava comovê-la, seduzi-la de novo, pedir-lhe perdão pelo que lhe fizera, convencê-la de que as coisas nunca mais voltariam a ser como antes. Às vezes, como era o caso agora, levava alguém a matá-la. Era uma maneira de dizer que estava desesperado e seria capaz de tudo por amor. Em outras ocasiões, mandava-a para a prisão, mas, normalmente, a protagonista de seus romances acabava se perdendo por conta própria, entre as sombras poéticas de seu destino, desiludida com os homens, nenhum dos quais a tratava à altura da sua juventude ou da sua irresistível beleza, sempre à espera do homem da sua vida — ou seja, dele, Francisco Cortés, que já havia sido, deixara de ser e agora esperava ser de novo o homem da vida de Dora.

Quando estava escrevendo seus romances, Cortés gostava muito da palavra destino. Não havia nada a fazer quando ela se apresentava. Era necessário levá-la a sério e aceitá-la, como se fosse o próprio destino. Mas Paco não aceitava que Dora o tivesse afastado, obrigado a sair de casa no segundo ano de casamento. Por isso, gostava que ela estivesse sempre por perto quando escrevia.

— Acabe logo. Vamos chegar atrasados — disse Modesto, sem querer de fato pressioná-lo com a atitude.

Francisco Cortés lia, distraído, as últimas frases, procurando o fio da meada.

— Sim, eu sei — comentou logo depois Modesto, quando seu amigo começou a bater no teclado pesado. — O bom das nossas reuniões é que ninguém dá importância à pontualidade. A gente pode ir ou não. Às vezes, alguém morre e a gente só vai perceber alguns meses depois. Um de nós chega e pergunta: onde estará fulano, e os outros encolhem os ombros. Dois ou três meses depois, alguém aparece com a notícia terrível: fulano está muito doente, e todos ficam aniquilados, pensam, poderia ser eu. Aí, dois ou três meses depois o sujeito morre. É o que eu digo: a gente se esquece de que nasce para morrer.

— Por favor, Modesto, deixe de ser macambúzio. Você pode ficar calado? Preciso me concentrar.

Modesto Ortega era um grande amigo de Paco. Seu "melhor amigo". Havia sido advogado de Cortés no caso da separação de Dora, mas eles se conheciam há muito mais tempo, desde a fundação dos ACP. Seu escritório ficava na General Pardiñas. Ocupava-se de todo tipo de assuntos civis e penais. Assuntos menores. Era uma pessoa de aparência séria. Vestia um terno que parecia ser sempre o mesmo, no inverno ou no verão: não era cinza, não era azul, não era escuro, não era claro, não era de lã nem de algodão, não era de tergal nem de linho. Ou seja, era um terno de advogado. Seu cabelo, bastante grisalho, estava sempre cortado; um bigode de pêlos curtos, duros e rígidos projetava-se para frente, dando a impressão de que sua boca era protegida por uma espécie de marquise. As sobrancelhas, sempre muito erguidas, faziam com que ele tivesse um ar constantemente assustado. Mexia o pescoço de um lado ao outro como uma coruja, com golpes secos e precisos, gestos muito vivos para uma pessoa que estava mais perto dos sessenta do que dos cinqüenta anos. Era advogado, mas não falava muito. E escutava sempre de uma maneira distraída. Era algo franzino, de aspecto frágil.

— Não entendo por que você resolveu ser advogado, Modesto — dizia-lhe, de vez em quando, o amigo. — O que diz aos juízes?

Delley estava mesmo metido numa grande confusão — cercado, num buraco do qual só poderia escapar voando ou atirando, e com as provas — aquela maleta cheia de dinheiro — da culpa do governador Austin pelas mortes de Dora, de Dick Colleman, de Samuel G. K. Neville e pela maior fraude de que se tivera notícia em toda a história da cidade de Detroit.

— Diga-me uma coisa, Olson — disse Delley. — Ned está morto?

— Para sempre.

Paco podia não ser uma pessoa dura, mas era um romancista duro, e retomava o fio da meada com a mesma precisão com que um cirurgião lidava com o bisturi depois de um lauto almoço.

O amigo Ortega foi para uma salinha estreita. Nem se importou com o fato de Paco ter mandado que ficasse calado. Entendia que certos objetivos só podiam ser atingidos em silêncio absoluto.

O advogado deixou-se cair num sofá espaçoso, nem tirou o sobretudo, a exemplo do que fizera Delley com sua capa amarrotada na manhã em que se fechou naquele apartamento. Modesto Ortega ainda não sabia o que Delley tinha feito naquele quartinho de um edifício da Saint Angel Street, na parte sul da cidade, mas logo descobriria: ele era sempre o primeiro leitor dos romances do amigo e, é necessário dizer, era seu melhor crítico, até porque jamais criticava nada. Considerava todos magníficos, verdadeiros milagres, como um relâmpago cravando sua espada nas nuvens.

Ligou a televisão. A aparência dos móveis, dos quadros, do sofá e das poltronas indicava que naquele apartamento poderia ser cometido qualquer crime sanguinário e violento.

— Paco — Modesto voltou a falar —, esse papel de parede não lhe dá dor de cabeça?

Estava se referindo a umas flores cor de vinho do tamanho de couves-flores que se viam do rodapé até o teto.

— Você sabe que tudo aqui é provisório. Já aluguei assim — respondeu o romancista. — Qualquer hora dessas faço as malas e volto a viver com Dora.

— Você repete isso há dois anos.

Modesto olhou para a televisão. Havia, sobre ela, um objeto de alabastro verde, a representação de um chinês segurando dois baldes pendentes de uma corda.

— Baixe o volume! — ordenou o amigo, lá do escritório.

O programa que estava no ar era sobre uma sessão das Cortes. Como se tornara habitual nos últimos anos, o locutor dizia que se tratava de uma sessão histórica. Via-se um sujeito tomando posição na tribuna. Outras pessoas entravam e saíam sem se importar nem um pouco com o que estava acontecendo ali.

Ouvia-se o furioso, incansável e estrepitoso teclado da Underwood.

Modesto pôde reconhecer no som das teclas a manifestação da inspiração em estado puro, e imaginou que a cabeça de Paco Cortés era uma rotativa que imprimia em grande velocidade seu fecundo pensamento, destinado a organizar o mundo de acordo com leis ainda mais sagradas do que as da Justiça. Ele, como advogado, não acreditava nem um pouco na Justiça, mas, em compensação, sentia um respeito atávico pela vida e seus arcanos. Por essa razão, admirava Cortés...

— Paco, você ainda não me disse qual vai ser o título.

— *Os negócios sujos do governador*, mas espere até eu terminar — Paco, sem deixar de escrever, percebeu um tom de súplica na observação do amigo.

— Acho que a censura não vai liberar esse título.

— Não há mais censura, Modesto.

Era advogado e apesar disso às vezes se esquecia de que Franco havia morrido. O hábito. Nos Juizados, as coisas continuavam mais ou menos na mesma. Em alguns, naqueles dos quais as fotografias do ditador já haviam desaparecido, nem ao menos tinham se dado ao trabalho de tirar os crucifixos.

Delley não queria acusar nenhum dos homens de Austin. Eram apenas policiais. Na verdade, não teria sido difícil fazê-lo. A essa altura, os leitores já estavam cansados de saber que Olson e seus companheiros estavam envolvidos até o pescoço, mas não era uma boa idéia terminar um romance privando uma cidade da importância de Detroit de um departamento de polícia mais ou menos respeitável. Depuraria os comandos, mas teria que deixar alguém velando pela paz dos cidadãos honestos que pagam seus impostos. É o que sempre havia lhe dito seu editor, o senhor Espeja, o velho, sobrinho do senhor Espeja, o morto, e pai do jovem Espeja: "Se você quer escrever romances povoados por policiais fascistas, escreva romances sociais. As regras do nosso negócio são bem mais simples: o mundo está cheio de caras maus, que estão acima dos bons e são mais divertidos: têm carros melhores, mulheres melhores e fígados melhores, mas também são mais estúpidos. Assim, os bons, depois de terem sido maltratados, insultados e humilhados pelos maus durante 120 páginas, a seiscentos pesetas cada uma, conseguem matar a metade dos maus e deixam a outra metade de molho, porque os romances têm que continuar saindo, e de que nós viveríamos se todos os maus desaparecessem? Você entende, Paco? Não me chateie. Depois de apresentar um policial corrupto, você tem de apresentar outro que ajuda as velhinhas a atravessar a rua. Você me entende? Nada de romances sociais."

Paco Cortés tinha que se esforçar muito para suportar seu editor, com quem trabalhava há dezessete anos. Seu gênio combinava com o de Espeja, o morto, mas com o de Espeja, o velho, nem um pouco.

As pessoas têm uma idéia muito equivocada dos editores. Imaginam que eles são pessoas preocupadas com a cultura, mergulhadas em problemas transcendentais, seres sensíveis que sempre que podem apóiam a cabeça nas mãos e ficam pensativos e melancólicos, segurando o queixo à maneira dos sábios. Espeja, conhecido por empregados, fornecedores e clientes como Espeja, o velho, para distinguir-se de Espeja, o morto, e de Espeja filho, havia herdado um negócio mediano no ramo editorial que produzia livros técnicos, enciclopédias domésticas, formulários para uso de funcionários do Estado e novelas água-com-açúcar, histórias de *cowboys* e romances policiais que eram vendidos em bancas de jornal e nas pequenas livrarias das estações das Ferrovias Espanholas, esta última uma renda que recebera de mão beijada do antigo governo. Além disso, nunca estava melancólico, mas sim de péssimo humor, convencido de que sua empresa vivia a cada minuto o último de uma história heróica iniciada em 1929 por seu tio Espeja, o morto, ou "meu-tio-que-descanse-em-paz", como gostava de chamá-lo.

— Você não passa de lixo, Olson!

O grito de Paco, que poderia ter sido dirigido a Espeja, o velho, pôde ser ouvido em todo o apartamento, e Ortega, que havia cochilado, acordou assustado.

Agora, era outro deputado que falava nas Cortes. Os homens desfilavam em silêncio. O som havia sido cortado. Alguns, depois de depositar seu voto, em vez de voltar ao banco, iam para o corredor.

Modesto conhecia muito bem aquelas explosões do gênio. Sabia que, quando Paco Cortés gritava daquela maneira, uma coisa grande, única, sublime estava prestes a acontecer. Aproximou-se nas pontas dos pés e ficou observando o romancista entregue aos momentos mais gloriosos de todo o processo. Paco Cortés vivia as últimas páginas de seus livros com excitação autêntica. Não conseguia evitar aquilo. Achava que era absurdo, mas se rendia às suas próprias tramas. Ficava nervoso, não agüentava permanecer na cadeira cinco minutos seguidos, levantava-se, gargalhava, acendia um cigarro embora outro ainda estivesse aceso no cinzeiro, batia palmas, gritava com seus personagens como se fossem pessoas de carne e osso, toma, toma, clamava, apaixonado, gritava, genial, genial, você é genial, e voltava a sentar-se, escrevia outra folha, arrumava o escritório, comia os restos da omelete que haviam sido deixados por Poirot, levava aos lábios pela enésima vez um copo de uísque que estava vazio há pelo menos duas horas, transportava os objetos de um lado para outro da mesa, mudava de lugar seus dicionários e os romances ingleses em que de vez em quando se inspirava ou de que plagiava algum episódio, às vezes os devolvia às estantes do corredor, certo de que não precisaria mais deles, parecia, enfim, uma criança muito excitada...

Cortés procurou uma determinada página na montanha de papéis e escreveu nela, com uma esferográfica, entre duas linhas datilografadas: "No apartamento de Dora, encontrou o envelope com as fotografias que comprometiam o senhor Austin..."

Nos romances policiais, tudo deve estar no lugar certo, e, quando não, é necessário fazer ajustes. Um romance policial é como uma contabilidade escrupulosa. As sinuosidades devem ser enquadradas, e por isso um bom romancista policial precisa ter pelo menos um par de ases na manga. São como os trapaceiros. Todo mundo sabe disso, pensava Cortés, de Poe a Conan Doyle, passando por Agatha Christie. E assim, retrocedeu cinqüenta páginas, tirou da manga seu próprio ás e, sem o menor escrúpulo, deslizou-o por baixo da porta, na forma de um envelope com fotografias comprometedoras.

— Você não passa de lixo, Olson — repetiu Cortés em voz alta.

Olson, que viu o envelope surgir, perguntou, apontando com a arma o pedaço de papel:

— Que mutreta é essa, Delley?

Cortés tinha o hábito de recitar os diálogos em voz alta, para ter uma idéia de como soavam, sem interromper o fluxo furioso de sua escrita.

— Não é uma foto ruim, Olson. Você ficou bem, mas eu poderia jurar que essa raposa não é a sua mulher.

— Delley, onde você está querendo chegar? Você é um rato!

Delley reprimiu sua ira apertando os dentes, e rugiu como se não tivesse ouvido:

— Olson, fique calmo. Sua mulher será compreensiva. A boneca é mesmo uma verdadeira gracinha.

Modesto Ortega voltou a se deitar. Aquilo ia longe.

Paco Cortés precisaria, no mínimo, de mais duas páginas. Não estava gostando nem um pouco da solução que encontrara, porque Espeja, o velho, era categórico. Pagava seiscentos pesetas pelas 120 primeiras páginas, mas a partir daí não desembolsava nem mais um centavo. "O problema é seu, costumava dizer. Serei obrigado a gastar mais papel e não posso aumentar o preço de cada exemplar. Dê graças a Deus por eu não sair cortando, como teria feito meu-tio-que-descanse-em-paz; é assim que os editores têm o que precisam ter." Cortés amaldiçoou o patrão imaginando o que diria, mas encarou as duas páginas sem nenhuma sensação de dor. O romance estaria terminado. Ele era um escritor, costumava repetir, doesse a quem doesse. A Dora, em primeiro lugar. Havia lhe dito muitas vezes: você tem que entender, meu amor, é como se disséssemos, nós, os escritores, somos assim, temos essas coisas, esses inconvenientes. "Você está me dizendo que todos os escritores se deitam com prostitutas?", foi o que Dora lhe perguntou, furiosa. E Paco, então, respondeu, com absoluta seriedade: "Quase todos. Pelo menos uma vez. São coisas da arte."

— Você está terminando, Paco? — perguntou Ortega, em voz baixa, atrás dele, mas o amigo não ouviu.

Entregava-se com frenesi às últimas frases: Delley, vivo; Olson, vivo. Evans, Emerson e os outros comparsas, vivos. Mas nada restaria do governador Austin: um vilão daqueles tinha que morrer de um balaço no meio da testa. Uma bala beijaria seu crânio. Adotava o estilo dos clássicos. Foi Olson quem o tirou de circulação. Com a mesma pistola que usara para matar Dora. E aí simulou um suicídio. A morte da pequena lhe seria atribuída. Logo acertaremos as contas com Olson, pensou Cortés. No próximo romance. Ou melhor, romances. Aquelas últimas frases soaram na cabeça do seu criador como os acordes de uma sinfonia apoteótica que seria seguida de uma retumbante salva de palmas.

Mas nada se ouviu. A casa estava em silêncio. Era uma casa triste, com mais aposentos do que ele e seu gato precisavam, mal iluminada, sem outros móveis além daqueles que já encontrara ali, todos fora de moda, maltratados por inquilinos anteriores, lâmpadas que poderiam servir de forca, armários com espelhos inteiriços para examinar todas as manhãs o fracasso diário, e se alguém olhasse direito, perceberia que era um fracasso com ares de aborrecimento, mais o sofá onde estava deitado seu amigo Modesto, assistindo a um televisor ainda preto-e-branco que parecia ter sido encontrado na lixeira. Modesto Ortega voltara a dormir. Era sempre assim. Era só se distrair e fechar os olhos que caía no sono, até mesmo quando estava em pé. Ele sempre dizia, tentando se justificar: é por causa dos meus remédios. Era difícil entender por que sempre tinha tanta pressa de ir à reunião, pois passava metade do tempo cochilando.

— Que relação existe entre dormir e cometer um Crime Perfeito? — perguntou Ortega, como se lesse o pensamento do amigo.

— Você seria capaz de cometer um crime, Modesto?

— Qualquer pessoa seria capaz de fazê-lo um dia se lhe garantissem o anonimato e a impunidade. Eu mesmo...

— Não seja presunçoso, Modesto. Você seria incapaz de matar uma mosca... Além do mais, com um nome desses... Você colaboraria com um assassino? Acobertaria-o?

— Sou advogado, Paco. Sua dúvida me ofende: sim, se ele fosse meu cliente, e não, se não fosse. Confio muito pouco na Justiça, mas acredito ainda menos nos assassinos.

Ortega voltou a ficar fora do ar, como se não pudesse garantir se o diálogo anterior havia acontecido de fato ou se havia sido um sonho. Mas o certo é que, acreditasse ou não Cortés, ele seria capaz de cometer um crime, como todos os mortais. Era só ter um motivo razoável, uma vítima certa no lugar certo, um bom álibi e contar com a discrição atenciosa da polícia.

Havia pensado nisso muitas vezes. Sim, era moralmente razoável. Moralmente? Sim, foi o que Modesto Ortega disse. Não precisava mais esperar. Começa a imaginá-lo. Sonhava.

— Modesto?

Chegaram a ele, vindos do quarto da televisão, roncos profundos, serenos e líricos.

FIM. Francisco Cortés gostava de terminar seus romances categoricamente, para o caso de ter restado alguma dúvida, embora essa não fosse a última página que escrevia, e sim a penúltima, já que reservava à primeira o privilégio de ser a última. Manias de escritor. Nome e título da obra. Enfiou uma folha impecável no carro da Underwood. Gostava daquele pedaço de papel imaculado. Era a página mais fácil de escrever e, no entanto, cobrava por ela o mesmo que pelas outras. *Os negócios sujos do governador.* Moveu o carro quatro vezes, centralizou o cursor com os olhos, respeitando, com a ajuda dos tabuladores, a posição da linha que acabara de escrever, e refletiu por um momento. E aí escreveu Samuel Speed. Com dois dedos. Sempre escrevia com dois dedos, a uma velocidade endiabrada, como se estivesse disparando uma metralhadora com as duas mãos. Uma M-32 soviética de tambor basculante.

Podia escolher outros pseudônimos: Fred Madisson, Thomas S. Callway, Edward Ferguson, Peter O'Connor, Mathew Al Jefferson, Ed Marvin Jr. e mais uma dúzia que usava caprichosamente.

Nunca havia assinado nada com o próprio nome. Quem compraria um romance policial escrito por um homem separado chamado Francisco Cortés, que levava uma vida patética e que vivia ali mesmo em Madri, numa rua chamada Espartinas? Espeja, o morto, pensara a mesma coisa, assim como Espeja, o velho. E Espeja filho também pensaria assim, se o tempo passasse sem que a sorte melhorasse. E se, apesar de tudo, tivesse a audácia de assumir seu nome, quem iria acreditar que alguém a quem certamente chamariam de Paco tinha conhecimentos suficientes para escrever sobre Chicago, Detroit, Londres, Nova York ou qualquer uma daquelas obscuras cidades francesas, nas quais, à maneira de Simenon, havia situado suas tramas? Sim, até poderia transportar os acontecimentos para Madri. Mas era uma questão de credibilidade, o mais importante da arte de romancear. Esse aspecto também estava mais do que explicado: ninguém acreditaria que num lugar como Lavapiés aconteceriam crimes semelhantes aos que aconteciam em Nova York, Londres, Chicago ou Marselha. Não. Hammett e Chandler, esses sim sabiam matar conscientemente. Oito, dez, doze mortos por romance. Sem nenhum problema, esperando pela lógica, perseverança e perspicácia que resolveria o caso. E que olhos! Eles, sim, tinham olhos para tudo. Aí estava o detetive de *Bay City*

Blues, capaz de ver à noite tão bem como as corujas. Procurava um revólver caído entre as pináceas de um bosque. Noite fechada. Nem uma luz. Nem uma lanterna. Nem a brasa de um cigarro. Finalmente, descobriu-o meio enterrado, e antes de agachar-se para recolhê-lo, viu que "uma formiga caminhava ao longo do cano". Os clássicos são geniais. Paco Cortés queria ser um clássico. Numa hora dessas, ninguém espera que o leitor vá prestar atenção numa formiga ou ficar pensando se as formigas vão dormir com as galinhas e muito menos se andam por aí flanando ou se envolvendo com o cano de um Colt 45, mas aos clássicos tudo se perdoa. Para Paco Cortés, crime era uma coisa muito séria. Crimes como Deus manda: a bala ou a punhal, e nada de afetações, como costumava dizer. Assim como De Quincey, ele achava que todos os casos de envenenamento viravam uma bobagem quando eram comparados ao estilo legítimo, ou seja, o da morte com sangue no meio. Era o que também acontecia com as estátuas de cera quando postas lado a lado com uma estátua de mármore, ou com uma gravura quando comparada ao quadro verdadeiro, no museu. Gostaria de mandar para o inferno todos os traficantes de veneno que atentavam contra o honesto hábito de cortar pescoços. Aquelas abomináveis inovações só serviam para promover a polícia científica, dizia. Os clássicos têm que atacar de frente. O leitor tem que achar desde o primeiro momento que aquilo que lhes é contado pode ou não ser verdade, mas tem que ser ou ter sido, e tudo o que acontece muito perto dele, em Madri, por exemplo, acaba soando vulgar, e ninguém acredita em vulgaridades. O que o leitor iria pensar de um assassino chamado Casimiro Palomo, nascido em Torrijos, na província de Toledo? Era uma coisa que ficaria bem em *El Caso*, e nada mais do que isso. Com um nome como esse, é impossível galgar os degraus da arte. Não é mais convincente que a pessoa que está pressionando o dono de uma casa de penhores seja negra e se chame Newton Milles? As coisas que aconteciam na Down Street de Los Angeles, diante da baía, junto às docas do porto, podiam ser tão críveis como as que aconteciam na Costeira dos Anjos? Não, obviamente. Cortés lia com atenção a seção local dos jornais e, sobretudo, de *El Caso*, procurando argumentos servidos de bandeja pela redatora Lolita Chamizo, sua amiga, mas eles nunca prestavam. Às vezes, havia sangue demais ou uma notoriedade exagerada; em outras, tudo era muito simples e nada comovente. E a arte, da qual os romances policiais são a expressão mais sublime, está sempre à caça do equilíbrio aristotélico: a virtude está no meio, ou, para falar de outra maneira: nem tanto nem tão pouco. Na Espanha, os assassinatos eram cometidos um a um, com intervalos de tempo muito grandes. Onde está aquela maravilha de hecatombes com quinze, vinte homens executados com tiros limpos, precisos? Onde estão os cenários, os motivos, os suspeitos que se assemelhem aos construídos por Raymond Chandler, o mestre dos mestres? Vinte mortos num povoado de cinco mil habitantes, que fantástico! Aqui, o sujeito tinha que trabalhar com pancadarias da Guarda Civil num escritório onde se podia ver um crucifixo ladeado por uma foto do Caudilho e outra do Ausente... Isso era, simplesmente, fétido. Poderia servir aos diretores emergentes do novo cinema espanhol, mas não era prato para ele. Espeja, o velho, tinha razão, e embora o reprovasse inteiramente, era o que era: nada de romance social. O que ele perseguia era sempre sutil.

Sam Speed. Bastaram três disparos da tecla xis para que Samuel fosse convertido em Sam. Sam Speed. Pareceu-lhe mais sonoro, preciso e convincente. E depois, lembrava muito Sam Spade.

Começou a cantarolar. Era comum viver alguns momentos de euforia quando terminava um livro, mas a própria euforia não levava muito tempo para devolvê-lo ao seu próprio descrédito.

Modesto, despertado pelas primeiras notas daquele hino de alegria, ouviu os preparativos. Estavam atrasados. Haviam transcorrido mais de dez minutos. Cortés tirou de uma pasta azul algumas folhas de papel, colocou-as sobre a mesa e enfiou nela o novo romance. Ao fechá-la, o estalo dos cordões elásticos lhe soaram como uma glória celestial.

— Modesto, podemos ir.
— O livro é bom?

Deixou-se contagiar pelo bom humor do amigo. Seu rosto ficou iluminado. Encolheu os ombros.

— Você está cansado de saber como são essas coisas. Poderia ter sido pior.
— Não. Sempre ficam boas. Nós, leitores, não achamos nunca que falta alguma coisa. É incrível como você desenvolve as histórias com facilidade. Não sei onde vai buscá-las. E em apenas um mês. Ninguém faz isso na Espanha.
— Não exagere.
— Você me entende.
— O importante é que dentro de meia hora vamos receber 72 mil pesetas.

Modesto Ortega adorava que Paco se lembrasse sempre de incluí-lo naqueles plurais.

Meia hora depois, estavam batendo na porta das Edições Dulcinea, S.L., na rua Preciados.

TRATAVA-SE DE UM pavimento bagunçado, decrépito, que ficava diante da galeria Preciados. Havia sido alugado por Espeja, o morto, em 1929, e seu herdeiro ainda pagava o mesmo aluguel. A falta de higiene não fazia senão aumentar, a partir do chão. Doze balcões debruçados sobre a rua, pisos de madeira gastos pelos remorsos gerais, um cheiro difuso de lixívia e vinagre, mais de dezessete salas e salinhas ocupadas em sua totalidade por mesas vazias e estantes em que repousavam milhares de exemplares, alguns há mais de quarenta anos, cheios de poeira, testemunhas oculares da história da empresa familiar e da decadência da raça espanhola. O pior do pior para os negócios sólidos e modernos, nos quais imperava uma assepsia total.

— Não é a mesma coisa ser publicado por uma editora que fica na esquina da rua 45 com a Quinta Avenida ou por uma outra que funciona na rua Preciados. Você me entende — disse Cortés, enquanto subiam a pé as escadas. — E ainda mais sem elevador.

— Além de tudo — sublinhou o advogado, quase sem fôlego por causa do esforço.

Uma mulher que também era da safra de 1929 e trajava um vestido negro com gola branca abriu a porta. Ela o fez como se lhes permitisse a entrada ao primeiro capítulo de um romance gótico. Seria normal se o aspecto da recepcionista os levasse a achar que não sairiam vivos dali. Eles seriam assassinados e alguém venderia seus despojos a um assistente de um médico maníaco e inescrupuloso.

Eram quatro da tarde, mas o escritório estava equipado com todos seus efetivos: secretária, contador, tesoureiro, um antigo funcionário que era uma espécie de faz-tudo e o próprio senhor Espeja, o velho, preso à sua escrivaninha de carvalho como um comandante ao timão do navio. Boa imagem.

— Os senhores terão de esperar. O senhor Espeja está, neste momento, recebendo dona Carmen. Vou avisá-lo de que você está aqui, Paco.

— Por favor, Clementina.

A velha secretária entrou na sala contígua. Era uma mulher alta, abrutalhada, com uma corcunda levemente dissimulada que se inclinava em direção ao ombro direito, e passos mansos e silenciosos. O detalhe da gola branca, com frisos de ovo frito, e as pontinhas brancas dos punhos engomados, davam-lhe um aspecto ainda mais sinistro.

O senhor Espeja, o velho, como era habitual, gritava de uma maneira pouco educada. Quando se viram sozinhos, o próprio Paco Cortés sussurrou a Modesto Ortega que a dona Carmen mencionada era Carmen Bezoya, responsável pela linha água-com-açúcar da editora desde quase as próprias origens desse tipo de romance no mundo. Dizia-se, ou se dissera, para ser mais exato, que ela tinha sido amante de Espeja, o morto.

— É só um minuto.

Ao voltar, Clementina foi sentar-se em seu lugar. Sobre a mesa, perto do telefone, modelo de baquelita, que também não era substituído desde 1929, havia num pratinho um vaso de barro do tamanho de um pote de iogurte. Entre pedrinhas negras, crescia um cacto semelhante a uma almofadinha cheia de alfinetes e coroado por uma diminuta flor da cor de pau-brasil. Parecia que alfinetes estavam espetados na ponta de um dedo. Modesto Ortega ficou olhando para a velha secretária, que nem se deu ao trabalho de lhe sorrir. Poderia se dizer que havia um vago parentesco entre o cacto e ela.

"Eu tenho dito, dona Carmen, e não me faça repetir: nada de romance social. A senhora escreve romances água-com-açúcar há sessenta anos, e por isso não preciso lembrá-la de como eles são feitos. As leitoras gostam que as mulheres sejam jovens, bonitas e pobres, e os homens, canalhas, belos e ricos. As belas são um pouco tontas, e as boas são menos belas, porém mais decentes. As belas, vagabundas, e as feias, por sua vez, são excelentes mães, namoradas e irmãs. Já os homens são sempre os mesmos: egoístas e destruidores das virtudes delas. Você me entende. As belas acabam fingindo-se de bobas e as inteligentes acabam sendo um pouco mais belas. Você está me acompanhando? Então, que porcaria é essa de escrever um romance em que a protagonista se apaixona por um padre operário? Você acredita que chegaremos a uma situação semelhante à da Rússia e que estamos aqui para publicar romances socialistas? Você quer arruinar um negócio, o meu negócio, que funciona desde 1929? Vá escrever teologia de libertação em outro lugar. Eu não vendo esse tipo de coisa."

Paco Cortés e Modesto Ortega ouviam em silêncio, sem atrever-se a sair das suas cadeiras, a explosão de ira de Espeja, o velho, que balançava a porta de seu escritório. A senhorita Clementina procurou minimizar aquilo tudo.

— Você sabe como ele fica. Tome, acaba de chegar.

Estendeu a Paco Cortés um exemplar de *Não o faças, boneca*, de Smiles Hudges, outro de seus pseudônimos. Na capa de Manolo Prieto, como todas as da editora Dulcinea, via-se um homem de chapéu e gabardina que tentava tomar uma pistola de cano curto, a princípio um Colt A-1 Commander, de uma loura platinada que também usava uma capa de gabardina, embora o decote insinuasse que ela poderia não estar usando nada por baixo. Olhou ligeiramente o desenho e passou o volume a Ortega, que se apoderou dele com ansiedade.

— É aquele sobre as esmeraldas que eram contrabandeadas num carregamento de café?

Cortés assentiu com a cabeça.

Aquela sala se comunicava com várias outras. Era bem iluminada, mas estreita e comprida. Tinha tantas janelas que lembrava um bonde. Como se fossem guardiões, dois imensos bustos de estuque, enfiados em nichos especiais, ladeavam a porta da sala do diretor. A poeira de mais de quarenta anos acentuava a severidade de seu porte. Toda a fantasia decorativa de Espeja, o morto, estava ali, naquela nota artística, mantida desde a fundação daquele entreposto comercial como imagem de um tabernáculo sagrado.

— Quem são eles? — perguntou Modesto Ortega, que acariciava o livro recém-saído do forno, sem se atrever a olhá-lo, adiando assim o prazer de lê-lo e de voltar a admirá-lo mais tarde, quando estivesse sozinho.

— Quevedo e Lope — respondeu Cortés.

A resposta humilhou o advogado. Tratando-se de Quevedo e Lope, qualquer um era obrigado a reconhecê-los. Limitou-se a resmungar: "Claro, quem poderiam ser, além deles?"

Cortés, sentado num sofá forrado de veludo vermelho, estragado e cheio de ácaros, só pensava em levar a pensão de Dora.

Não haveria uma maneira de consertar as coisas? Estava disposto a perdoar-lhe tudo. O que você tem para me perdoar? Imaginou que esta seria a pergunta que Dora lhe faria, cheia de rancor, e assim procurou tornar seu pensamento ainda mais silencioso, para que nem seu eco chegasse, mesmo na imaginação, à ex-mulher. Habituado a conviver com os personagens dos romances, que dialogavam dentro da sua cabeça, havia transferido essa mania aos seres de carne e osso, de modo que bastava que pensasse neles para que eles começassem a conversar na sua frente.

Estava disposto a perdoá-la, ainda que não tivesse nada a perdoar, porque, na verdade, tudo havia acontecido por culpa dele. Mas que culpa tem um escritor? As coisas que acontecem aos escritores são muito diferentes das que acontecem aos outros mortais. Ela devia saber disso desde o dia em que se casaram. Não que eu goste das mulheres, havia se desculpado, eu gosto é da trama. E ela...

— Depois da reunião, vou levar o dinheiro para Dora. Você me acompanha, Modesto?

A frase foi cochichada, como se estivessem na sala de espera de um médico.

Modesto Ortega, distraído, observava, não sem desconfiança, as feições de Quevedo e Lope. Demorava a reagir. Seus pensamentos tinham mais de azeite do que de água. Não sabia que era velho. De vez em quando, ao examinar seu cabelo, já totalmente grisalho, pensava: sinto-me um garoto. Ou seja, um velho. E as idéias corriam soltas dentro dele. Flutuavam mais do que fluíam. Como o azeite. Não era rápido. E talvez por isso não fosse eficiente nos tribunais.

— Um deles não deveria ser Cervantes? A editora não se chama Dulcinea? Pelo menos tinham que ter colocado ali a imagem de Dom Quixote. Nada parece ter lógica.

Por isso gostava tanto dos romances policiais e de detetives. Neles, a lógica era primordial. Como no xadrez. Também gostava de jogar xadrez. E seu amigo Paco era o rei da lógica. Tudo tinha que se encaixar. Nenhum detalhe lhe escapava. E quando tinha tempo, conseguia, como os confeiteiros, fazer algo genial: polvilhava o romance já pronto com detalhes significativos, lógicos, como se fossem glacê; sugestões e relações falsas que se desfaziam quando se lhes puxavam os fios. A técnica levava o leitor agradecido a experimentar o máximo do prazer dedutivo nas últimas páginas. Mas que lógica poderia haver numa editora que se chamava Dulcinea e exibia bustos de Quevedo e Lope?

A porta do escritório se abriu e apareceu uma dama de uns duzentos anos, pequena como um broche, envolta em vapores de naftalina e com lábios de um vermelho tão vivo que causavam uma grande impressão. Vestia panos de sedas brancas e rendas, apertados, meio amarrotados, que pareciam ter saído do baú de recordações meia hora antes. Lembravam uma obra gótica. A julgar pela intensidade do carmim, a dama certamente acabara de comer o fígado do senhor Espeja, o velho. Ou, pelo menos, um cacto.

Ao ver Cortés, que conhecia por tropeçar nele por ali desde que era o menino, achou que devia dizer algo, mas ao descobrir que ele estava em companhia de Ortega, ponderou, respirou fundo, balançou a cabeça, sacudiu-a com galhardia e saiu sem se despedir, mas não tão orgulhosa a ponto de dissimular que o desapiedado senhor Espeja, o velho, a havia feito chorar. Por isso, saiu cambaleando. Espeja, o velho, havia arrancado dela, uma senhora tão distinta, dela, que conhecera Espeja, o morto, algumas lágrimas. Por que Espeja não estava vivo para lavar a ignominiosa infâmia daquela afronta? Era assim que ela descrevia em seus romances os atentados à honra.

— Clementina — ordenou a mulher —, diga-lhe que, da minha parte, espero que me telefone para pedir desculpas. Estarei em casa.

Saiu de cena por uma porta enquanto Paco entrava por outra.

— Paco, acabo de despedir dona Carmen. Estava nos levando à ruína. Feche a porta. Ela está inteiramente caduca.

Modesto Ortega ficou do lado de fora esperando, sem tirar o olho de Quevedo e Lope.

— Nunca houve aqui um busto de Cervantes ou de Dom Quixote?

A senhorita Clementina não entendeu a pergunta, e olhou-o da mesma maneira que o cacto olhava para ela.

— Não, desde que estou aqui sempre foram esses dois. Foram comprados pelo senhor Espeja-que-descanse-em-paz numa loja de estuque que fica precisamente na rua Cervantes — a coincidência divertiu-a e fez com que soltasse um grunhido que lembrava uma risadinha. — A nota fiscal ainda deve estar em algum lugar. Aqui não se joga nada fora.

Ficaram mais dez minutos absolutamente calados. A mulher remexia com a ponta afiada de um lápis as pedrinhas vulcânicas do vaso de barro.

— É uma múmia — continuou dizendo Espeja, o velho, a Paco Cortés do outro lado da porta. — Você acredita que ela começou a escrever romances sobre padres operários? É nisso que dá a democracia. Outro dia, trouxe-me uma história de uma duquesa que ia para a cama com o chofer. E o chofer era apaixonado pela filha dela. Até aí nada demais. Mas, em seguida, sem ter nada melhor para dizer, resolveu inventar que o capelão do palácio se apaixonara pelo chofer, e a filha da duquesa, que também gostava do chofer, deu cabo do padre, com quem o chofer estava de caso sem que a duquesa soubesse. Você está conseguindo me acompanhar? Assassinado. Eu lhe disse: mulher, o que os padres lhe fizeram? Você está se transferindo para o romance social ou quer fazer um romance policial? Se quisesse que o chofer se deitasse com a filha, com o padre ou com todos de uma só vez, seria um problema seu. Mas que necessidade você tinha de assassiná-lo com o vinho da missa?

— Pobre dona Carmen. Ela não sabe que os envenenamentos não cabem nos romances. Isso é coisa dos italianos, que são muito cerimoniosos e um pouco afeminados também — disse Pablo Cortés.

— De que demônios está falando? — resmungou Espeja, o velho. — O caso é que, enquanto eu lhe dizia tudo isso, a espantalho me olhava como se tivesse ficado idiota. Você sabe que eu a mantive aqui durante todos esses anos em respeito à memória do meu tio-que-descanse-em-paz. Ele tinha apreço por ela. Pobre tia Lola, não é possível imaginar o que ela sofreu. Você quer escrever romances água-com-açúcar, Paco? São 620 pesetas por página, vinte pesetas a mais do que as histórias de detetive. E a você, posso pagar 650. É que elas vendem o dobro. E são mais fáceis de escrever. As mulheres não querem saber se as coisas fazem sentido ou não. O importante é que tudo acabe em casamento. E, nos dias de hoje, você até pode ser sacana. As tias estão aceitando tudo, está me entendendo? Agora, com a democracia, é possível fazer de tudo. Mas nada de padres maricas nem de maricas. O que me diz? Talvez lhe conviesse mudar de gênero. Você também está ficando idiota...

Não havia uma só vez em que, estando com Espeja, o velho, este não o desrespeitasse.

— No momento, o que me convém é receber por este aqui — respondeu Paco, secamente.

Depois da euforia provocada pela palavra FIM de seus romances, ele mergulhava, invariavelmente, num estado de afasia, de depressão, e foi naquele momento que ele perdeu definitivamente o humor.

Espeja levantou-se, foi até uma grande escrivaninha de carvalho que estava às suas costas, uma daquelas cheias de escaninhos, que pertencera, sem dúvida, a Espeja, o morto, e abriu uma das gavetas. Tirou dali uma pesada caixa metálica, esmaltada de verde, e a colocou sobre a mesa de despacho. Sentou-se de novo e começou a manipular uma corrente presa ao seu guarda-pó, até que surgiu nas suas mãos um imenso molho de chaves, entre as quais procurou uma muito pequena.

Quando o contador não estava, era Espeja, o velho, quem fazia, pessoalmente, os pagamentos. Contou o dinheiro de Cortés. Havia ali mais do que o triplo da soma que lhe era devida, e assim, antes que Espeja, o velho, fechasse a caverna de Ali Babá, Cortés atreveu-se a lhe pedir um adiantamento por conta do próximo romance.

— Você sabe que esta editora é séria. Não é uma casa de empréstimos — resmungou com cara de poucos amigos... — De quanto você precisa?

Cortés incorporou a agilidade felina de Delley. Pensou: preciso de mais cinqüenta mil, mas se pedir cinqüenta, ele me dará dez, então vou pedir cem e ele me dará quarenta... Mas, como, nesse momento, ele está pensando a mesma coisa que eu, não tenho outro remédio senão lhe pedir...

— Cento e cinqüenta mil pesetas.

A cifra sacudiu Espeja, o velho. As chaves pularam das suas mãos como uma raposa que tivesse recuperado a liberdade, e teriam caído no chão se não estivessem presas na corrente.

— É muito dinheiro — observou, de uma maneira sombria.

— Dora está pressionando. Faz quatro meses que não lhe pago a pensão — mentiu Cortés. Ele não fazia nada além de contar os dias que faltavam para levar a pensão da mulher. Mas Espeja não conhecia esses detalhes, como nenhum outro da vida de seus empregados. — Por conta dos dois próximos romances — acrescentou Paco, sem abrir mão de nenhuma parte da esmola.

— Não tenho essa quantia — mentiu Espeja, o velho, que contou trinta notas de mil e guardou as que sobraram na caixa verde.

A facada colocou uma nuvem no rosto do editor.

— Assine.

Paco, temendo que ele se arrependesse, pegou o dinheiro e assinou o recibo que o editor lhe estendia.

— O que me diz, Paco? Faça um romance de detetives e outro de amor até que eu encontre alguém que escreva apenas os de amor. Para você, tanto faz escrever um lixo negro ou um lixo cor-de-rosa.

Ao chamar de lixo o conteúdo da pasta azul que estava sobre a mesa, achou que estava cobrando os primeiros juros do empréstimo.

Meia hora antes, Francisco Cortés teria achado mais verossímil ser assassinado ali mesmo pela senhorita Clementina e por Espeja, o velho, do que aquilo que começaria a acontecer a partir daquele exato momento. Como diria Modesto Ortega, teria sido mais lógico. Mas pouca coisa na vida tem uma lógica.

Sentiu na garganta um caroço de tâmara, que nem subia nem descia. Devo estar ficando gripado, pensou Paco. Mas meia hora antes também não lhe ocorrera que pudesse estar ficando gripado. A conversa com Espeja, o velho, havia afugentado todas as suas defesas. Quando escrevia, só achava que era real o que ia colocando no papel. O resto não contava. Essa era uma coisa que Dora reprovava nele. Dizia-lhe: quando você está fora de casa, é porque está fora de casa, e quando está em casa, está fora porque está escrevendo. Nunca o tenho só para mim. Ela tinha razão. Iria levar-lhe o dinheiro e diria que a perdoava. Não, não diria que a perdoava, porque isso pioraria as coisas. Não gostava de mendigar. Abandonaria as tramas, as mulheres. Era como a nicotina, como o álcool, como a droga. Há quem se vicie em crimes, em mulheres, em romances e em tabaco. Sem perceber. Começa-se por brincadeira, coisa de homem. Ele era personagem de si mesmo e de sua própria vida, assim como os de seus romances eram personagens das ficções que urdia para eles. As coisas lhe ocorriam sem que pensasse. Umas levavam às outras. Levantava-se todo dia sem saber como ele ia acabar, assim como Delley e Olson, a duas páginas da palavra FIM, ainda estavam resolvendo qual dos dois sobreviveria, se os dois morreriam ou se os dois se salvariam. Ele se comportava como seus personagens. Por que Dora não entendia isso, se já lhe havia explicado mais de cem vezes? Para ele, as mulheres não eram um desenlace e sim uma proposta. Era a lógica da vida, embora reconhecesse que em seus romances havia muito mais lógica do que nela, porque, ao chegar ao final, poderia sempre reescrever algumas páginas e ajeitar tudo convenientemente. Como fazer para voltar ao passado e consertar os erros cometidos? Como colar de maneira imperceptível os pedaços de um jarro quebrado? Sua vida era um vaso quebrado, ao qual faltavam alguns pedaços. Isso era certo. Sempre desaparece algum. Sim, a garganta lhe doía. Se fosse um romance, ele teria rasurado as palavras dor de garganta com vários xis e a dor desapareceria. Num romance, teria suprimido a queda do jarro, e o jarro continuaria incólume. Não rasurara sua aventura com Mariola porque não via nada de errado nela. Mas teria impedido Dora de conhecê-la e assim não teria lhe dado a oportunidade de expulsá-lo de casa. Aquela absurda traição não a teria ferido se ela não tivesse sabido dela. Mas, na vida, as coisas acontecem de maneira imprevista. Ao sair da editora, teria que passar numa farmácia. Havia uma no caminho da reunião, aquietou-se. Nos romances, as coisas, sobretudo as imotivadas, acontecem mais facilmente. Mas, como se meter de novo na vida de Dora, pular os capítulos anteriores, mudar os episódios dolorosos e fazer com que o que acontecera nunca tivesse acontecido ou fosse esquecido para sempre nos capítulos seguintes? Como ela iria esquecer? Achou novamente que havia pensado muito alto; era essa a pergunta que, na sua imaginação, sua ex-mulher poderia estar lhe fazendo. E agora, aquele imbecil estava lhe dizendo que toda sua vida era uma lixeira cheia de romances desprezíveis.

— O que me responde, Paco? É o que eu digo: você está ficando idiota. Você bebe demais. Acorde. Para você, tanto faz escrever uma merda ou outra merda. Resolva o meu problema. Eu já estava adivinhando que a velha não serviria mais. Ela está acabada.

Foi aquele palavreado que entornou o caldo, pensou imediatamente Paco Cortés. Espeja havia acendido um charuto barato que iluminava o seu rosto, dando-lhe uma aparência de bruxo. Tinha um aspecto de velho indecente: vestia uma roupa da cor de asa de mosca, gravata preta de luto ou de assessor de ministro, não se sabia muito bem, era magro, tinha uma cor doentia, uma careca lustrosa, peito afundado, mãos brancas, femininas, as pontas dos dedos amareladas pela ação da nicotina, unhas sujas de poeta, e um tique nervoso que o fazia tossir sem parar. Ele passava uns lenços não muito limpos na boca, depois os dobrava com extremo cuidado e devolvia-os à algibeira. Uma porcaria.

— O que me diz? Parece que ficou aparvalhado.

Paco Cortés estava olhando há algum tempo a janela. Pensava em Dora, e também em Espeja. Seu corno! Teve medo de que Espeja, o morto-que-descanse-em-paz, tivesse ouvido o seu pensamento e o tivesse soprado ao ouvido de Espeja, o velho, tão próximo estava dele. Toda vez que levava a pensão de Dora, acontecia algum imprevisto. O empréstimo permitiria que lhe levasse um buquê de flores. Não, flores não. Nada desagrada tanto as mulheres do que receber flores de homens que elas não querem que lhes dêem flores. Isso é algo que elas reservam para seus homens, como fazem as mulheres da vida com os beijos na boca, guardados para seus namorados. É possível que achasse que não tinha o direito de lhe dar flores. Um lenço. Sim, todas adoram lenços. Depois de passar pela farmácia, compraria um lenço para ela das ciganas que faziam ponto na Gran Vía. Sentiu-se um miserável. Com o dinheiro que conseguira tirar de Espeja, poderia se permitir entrar numa loja e comprar uma coisa melhor. Tinha sido um bom golpe. Pegou-o desprevenido. Trinta mil a mais. Paco sentiu a euforia dos que desafiam a sorte. E, além de tudo, agora o bicho está preso. Só lamentou não ter pedido trezentos mil.

— Espeja, parei de escrever. Não vou escrever mais nem romances rosas nem negros nem verdes. Acabou. Você não vai me ver nunca mais, porque é um velho indecente, um explorador, como explorador era o puto do Espeja, o morto, e como será o puto do Espeja filho. Vocês são uma família de putos indecentes.

Paco estava louco. Ele não gostava de palavrões, nem ele nem seus personagens tinham o hábito de usá-los. Coisas da época da censura, e ele havia se acostumado com a censura. Nunca um de seus personagens tinha pronunciado a palavra puto. Nos romances policiais modernos, publicados depois de 1977, havia palavrões. Havia muitas expressões do tipo que se fodam, filho-da-puta, corno, seu monte de merda. Mas já era tarde para ele. Na verdade, alguma coisa estava acontecendo. A cada dia, apareciam dez novos romancistas, muitos, todos os dias, presentes nos jornais, nos pasquins, na televisão. Nem se sabia de onde podiam sair tantos. E logo depois estavam todos indo a Cuenca, a Gijón, a Barcelona. Congressos, simpósios, seminários. Eram muito intelectuais para ele. Seus próprios personagens teriam dito maldito ou canalha, mas nunca palavrões. Ele era um cavaleiro do sul. Em seus romances, não havia filhos-da-puta, e sim bastardos, nem cornos, e sim cabritos, nem fodam-se ou que se fodam, e sim morram ou que se danem. Não falavam mal, não diziam obscenidades. Não havia esse tipo de coisa em seus romances. Por isso, a palavra puto atingiu-lhe o peito como uma grossa cusparada, mas acabou saboreando todos aqueles putos lentamente, gulosamente, como se fossem balas de café com leite.

— Você ouviu o que eu disse, Espeja? A sua família, toda ela, é de Espejas e de putos.

Ao ouvir seu tio Espeja, o morto, e seu filho Espeja serem chamados de putos e indecentes, Espeja, o velho, ficou petrificado, boquiaberto. A cinza do charuto quase caiu na braguilha da sua calça. Não acreditava no que tinha ouvido. Perdia, num mesmo dia, sua autora de romances água-com-açúcar e seu autor de romances negros, mas, no que dizia respeito à linguagem, jamais havia tido os escrúpulos de Cortés ou o zelo da censura.

— Paco, você é que é um grande filho-da-puta — gritou, pondo-se de pé. — Saia imediatamente desta casa!

Os vidros tremeram.

— Adeus — limitou-se a dizer Paco, encolhendo os ombros.

Viu a pasta azul sobre a mesa. Pensou em levá-la. Mas isso teria complicado ainda mais as coisas.

Era uma despedida demasiadamente curta para 22 anos de relações profissionais com os dois Espeja. Em um segundo, cruzaram a cabeça de Paco pelo menos dez respostas brilhantes que qualquer um de seus personagens poderia ter dado.

Delley teria dito: "Bem, Espeja, a partir de agora você mesmo terá que escrever esses romances porcaria..."

John Murray, o detetive aristocrata de Surrey, teria sido mais cínico: "Espeja, não deixe de me mandar nenhum dos seus novos romances. Serão, certamente, obras-primas..."

Mas a palavra que ele gostaria de ter dito era a impronunciável, puto, ou puta.

Francis Avon, outro de seus detetives, teria sido mais contundente: "Espeja, enforque-se." Ou melhor: "Espeja, que o crucifiquem."

Mas, em sua cabeça, Paco ouviu uma tradução simultânea. Vá se foder, Espeja. Gostou também dessa conjugação. Era lamentável que a houvesse descoberto justamente na hora em que havia decidido deixar de escrever. Deixaria-a para os mais jovens. Lamentou abandonar essa fase da vida sem ter batido uma porta com violência. Mas, se queria recuperar Dora, teria que deixar o escritor para trás. É o mal da vida: você acaba muitas vezes onde deveria começar, e começa quando tudo já está acabado. O mesmo acontece com as decisões graves, como essa, por exemplo. Ela já havia sido tomada muito antes, sem que soubesse como. Tudo o que acontece, acontece sempre um pouco antes, como é o caso dos relâmpagos, trovões, raios. E aquele raio havia atingido de maneira espalhafatosa aquela sala.

Quando estava saindo do escritório, Espeja gritou:

— Espere aí. Você acha que pode me deixar assim, cretino?

Espeja não sentia mesmo o menor constrangimento em usar a língua viva do povo.

— Tenho vários compromissos com a imprensa — continuou trovejando —, também tenho compromissos com a distribuidora. E tenho promissórias a pagar ao banco. Você entende? Comprei papel para o ano todo, e ainda estamos em fevereiro. Esta aqui é uma máquina que funciona como um relógio e se você não cumprir os compromissos, será processado. Vou fritá-lo vivo.

O novo "cretino" que fechou a frase soou como a expectoração de um sargento em combate. Modesto e a senhorita Clementina entreolharam-se sem saber se deviam intervir e separar os dois homens que, ao que tudo indicava, poderiam estar se matando lá dentro.

Quando Cortés apareceu, Modesto Ortega já estava em pé. O romancista estava pálido e sem forças. Seu lábio tremia ligeiramente, num tique nervoso que Modesto desconhecia.

A senhorita Clementina levantou-se agitada. Levava na mão o lápis com que estivera revolvendo a terra negra em volta do cacto. Estava assustada com os acontecimentos, e como era fiel ao chefe como uma velha cadela, parecia que tinha a intenção de cravar o lápis no peito do romancista.

Espeja insultava Paco, sem perceber o advogado.

— Isto não vai ficar assim, seu imbecil — gritava cada vez mais alto.

— Adeus, Clementina. Mande lembranças à sua mãe.

Paco Cortés sempre mandava lembranças à mãe de Clementina. Acreditava que esse tipo de gentileza deixava as velhas secretárias muito felizes e achava que um escritor de romances policiais podia perder as estribeiras diante de um superior, mas nunca diante de uma secretária.

Espeja havia abandonado sua mesa e gesticulava com o charuto na mão, brandindo-o como se fosse um florete.

— Você não era ninguém, imbecil, foi feito por essa editora. E é assim que retribui a mim e ao meu-tio-que-descanse-em-paz? Você acredita que alguma outra editora vai querer publicar suas bazófias? Não há, em toda Espanha, outra casa especializada em romances de banca. Nós somos a número um. Muito bem, escreva romances sociais, que é o que na verdade lhe interessa, seu morto de fome... Você é um homem morto.

A última frase era um plágio descarado das que se viam nos romances de Cortés, que Espeja achava tão ruins. Em seguida, o editor lembrou que Cortés estava levando trinta mil pesetas emprestadas, e aumentou ainda mais o tom de voz.

— E devolva-me agora mesmo esse dinheiro... Vou meter você no xadrez. Além de um grande filho-da-puta, você é um ladrão...

— O que aconteceu? — perguntou-lhe Modesto Ortega já na rua. Agarrava-se ao exemplar de *Não o faças, boneca* como se ele fosse um salva-vidas.

— Não vou voltar a escrever.

Modesto Ortega deu um pulo e mudou de lugar. Estava caminhando à direita do amigo, mas, ao ouvir a notícia, viu-se do lado esquerdo, sem saber bem como.

— Paco, o que está dizendo? Se tiver que fazer alguma reivindicação, faça. É certo que ganharemos este caso. Espeja é um explorador.

Paco Cortés caminhava em silêncio e não ouvia muito bem as palavras de ânimo do amigo. Em seus ouvidos silvava um apito agudo que aumentava e diminuía, deixando neles mínimos sons indistintos.

Seria possível dizer que o romancista não tinha a menor consciência do tamanho do passo que acabara de dar.

— Eu não agüentava mais. Espeja é um velho indecente — concluiu, tentando imprimir serenidade a suas palavras. — Acabou.

Modesto Ortega caminhava ao lado de Cortés como um boxeador grogue andando em círculos pelo ringue. O que aconteceria com as andanças do bom Wells, sempre tão solícito, tão desprendido, tão interessado por tudo, tão romântico? E a inteligência de Tom Guardi, o italiano que conhecia como ninguém as entranhas da máfia, um homem implacável, amante das tradições de seus ancestrais, capaz de descobrir as mais endiabradas tramas criminais diante de um prato de macarrão e de uma garrafa de vinho Marsala? E Marc Flaherty, o irlandês que sabia tudo sobre o contrabando de uísque? Desapareceriam para sempre? E o distinto cavaleiro inglês James Whitelabel, o discreto, engenhoso, excêntrico sir James, que tinha um castelo na Escócia, uma governanta implacável, um filho que era uma bala perdida e uma inteligência à prova de bomba atômica, sempre disposto a socorrer os desorientados inspetores da Scotland Yard para resolver crimes declarados insolúveis? Ele também ia pagar o barqueiro Caronte com o dinheiro do senhor Espeja e perder-se para sempre na outra margem da lagoa de Estígia?

— Você não pode fazer isso, Paco. Pense friamente antes de tomar uma decisão — cochichou com um fio de voz. — Quantos romances você já escreveu?

— Por isso mesmo, Modesto. Olhe para mim. *Os negócios sujos do governador* é o 33º, e estou como estou; isso quer dizer que as coisas não iam bem, Modesto. Agora os leitores querem algo mais. Os detetives de hoje são especialistas em cozinha mediterrânea e filosofam sobre a luta de classes. Antigamente, quem filosofava eram os sargentos de polícia e os balconistas de farmácia. Os jovens estão procurando emoções sofisticadas que eu não sou capaz de lhes dar. Querem ler romances em que os assassinos são mais inteligentes do que os policiais, os ladrões mais atentos e mais afortunados do que as pessoas decentes, e os sem-vergonha, mais sedutores do que as pessoas honradas. Os maus são os bons, e os bons, os estúpidos. A sociologia chegou para provar que os crimes são motivados pelas atribulações da infância ou pela hostilidade do meio ambiente. Ninguém pode ser culpado de nada nem o mal existe por si só. Resumindo: o problema não está em *Who's done it?* Todos acreditam que os crimes são determinados pelo campo de forças que se cria em torno da vítima, pela imposição do destino, que emana dela, pela sua relação com os demais, enfim, esse sistema de forças e probabilidades que cerca qualquer criatura humana e que se chama destino. Você me entende? Eu acredito no destino, mas dentro de uma ordem, ou seja, de um caos. Porque, se é verdade que sem destino não há Crime Perfeito, sem caos não há romance nem literatura. Agora qualquer um quer ser como Bogart foi no cinema, mas, ao mesmo tempo, ficar milionário, ter uma casa em Beverly Hills e dar um apartamento de presente a Lauren Bacall para preparar com ela, nos fins de semana, na cozinha, pimentõezinhos tenros assados no fogão de lenha e lulas grelhadas. Era possível ser detetive e cultivar rosas, mas onde já se viu detetive de avental? Degeneramos como os bizantinos. Romperam-se as regras. Somos de outro tempo. Além do mais, nesses anos todos, nunca encontrei um personagem como Deus manda. Tive bons casos, não posso negar, mas eles resultaram em maus personagens. Nesse negócio, tudo depende do detetive. Os crimes são quase todos iguais, em todos os lugares e em todas as épocas. Mata-se por amor, por dinheiro ou por poder. O que varia é como os casos são resolvidos. Também não entendo as mulheres dos romances. Não tenho uma boa relação com elas. As coisas de que gosto na vida ficam engasgadas nos meus romances. Os romances policiais clássicos, como eu os entendo, são coisa de homens, como a cavalaria. Quem é Dulcinea? Nada, ninguém, uma sombra, um desejo de Dom Quixote. Quixote não gosta das mulheres. Não há naquelas páginas uma mulher romântica, que suspire. Quem suspira são os homens, e as mulheres não gostam de uma coisa dessas nem na vida nem nos romances. Diga-o a mim. Os crimes, os touros e as guerras são coisas de homens. O que podemos fazer? O sol se manifesta em outras colinas. Hoje, quem compra livro são as mulheres, e elas querem ser ressarcidas com um pouco de romantismo. Assim, quem está chegando agora logo as deixa todas nuas e numa temperatura inalcançável para mim. Elas continuam de joelhos, mas são enganadas com amor e fantasia. Eu, Modesto, nunca encontrei um bom personagem, nem homem nem mulher. Tenho bicado aqui e acolá, como se diz, todos os assuntos. E qual é o resultado? Está aí, para todo mundo ver. Qualquer imbecil pode dizer que o que faço não passa de porcaria. E tem razão. Vou dizer isso a Dora hoje mesmo. Acabaram-se as intrigas, nos romances e na vida, pelo menos para mim. Acabou a colheita. Ela tinha razão.

Modesto Ortega permanecia mudo. Ficou sem argumentos, e o único que lhe ocorreu não achou honesto empregar. Um advogado também se movia pela lógica, mas, acima de tudo, pela ética. Dora não voltaria para ele. Se Paco estava deixando as intrigas para recuperar a mulher, não conseguiria nada. Ela estava vivendo com outro homem há pelo menos um ano. E Paco sabia. Estava contente. Depois da separação, era a primeira vez que se sentia feliz. Desde que pagasse a pensão da filha, para ela tanto fazia que seu ex-marido deixasse de escrever romances policiais ou que o levassem numa liteira para ser roteirista em Beverly Hills, como acontecera com Chandler e Faulkner.

— Eu gosto, e muita gente gosta de seus romances, Paco. Não é verdade que não seduzam as mulheres. Há histórias de amor. A de *Conta três*, entre Violeta e Flaherty, é daquelas que marcam época. Você tem de continuar a escrever. Se não gostassem, não teriam sido publicados. Claro que seu editor era uma sanguessuga e, no fundo, você acabou fazendo o melhor. Só tem agora que procurar um novo editor.

— Não. Isto acabou — afirmou Paco Cortés como um comandante que resolve queimar seus navios diante daqueles que lhe são leais e diante da história. — Você não consegue perceber que tudo isso acabou? Como o preto-e-branco no cinema. Romances *noir*... Agora são feitos todos em tecnicolor. É aquilo que já lhe disse: assados e lagostins de Palamós.

— Eram romances preciosos... Eu gostava deles — entoou Modesto Ortega, como se estivesse cantando uma balada de Villon.

Os amigos ficaram em silêncio por alguns minutos. O próprio Modesto percebeu, com pesar, que acabara de falar no passado.

Cruzavam o bairro de San Ildefonso. Haviam passado ao largo das ciganas da Gran Vía, e Paco tinha se esquecido de comprar um daqueles lenços falsos. A essa hora, não havia muita gente nas ruas. Também haviam deixado para trás uma farmácia. A garganta já não lhe doía. Acreditou estar melhor. Era um dia cinzento, o céu estava sujo, da cor das calçadas, e as casas pareciam meio tortas, temia-se que viessem ao chão ao menor tremor de terra. E era exatamente isso que Modesto Ortega receava que acontecesse a qualquer momento. A notícia faria tremer toda a cidade. Iriam se deparar com uma montanha de ruínas quando menos imaginavam. Sentiu o coração sepultado em escombros. Não caminhavam pela Gran Vía nem pela Valverde, e sim por uma paisagem cheia de cascalhos chamuscados e crateras fumegantes. O que seria da sua vida sem os romances do amigo? O que lhes reservava o futuro? Temeu pelo de Cortés. Sabia tão bem como ele que não tinha nenhuma renda além daquela que vinha da editora Dulcinea e que não havia feito outra coisa nos últimos 22 anos além de escrever romances policiais, de detetives e de intrigas em geral.

— Como pretende pagar a pensão de Dora? Você sabe que estou à sua disposição para o que der e vier, até quando for possível...

— Obrigado, Modesto. Arranquei do velho, além das 72 mil pesetas do romance, mais trinta mil. E não penso em devolvê-las. Vou abrir uma agência de detetives. A coisa toda está muito bem pensada.

Mentira. Acabara de ter a idéia naquele exato momento.

O susto foi tão grande que Modesto Ortega voltou a experimentar uma grande sacudidela, e foi transportado do lado esquerdo de Cortés, onde estava, ao direito, e, tal como acontecera antes, sem saber como.

— Pense no que está dizendo, Paco. Eu sei o quanto é difícil ganhar a vida atendendo ao público. Essa é uma luta para ser iniciada quando ainda se é jovem. Na sua idade, é melhor esquecer os filmes. Você se lembra bem de Sherlock Holmes...

— O nosso?

— Não, o verdadeiro. Depois de ter feito aquele sucesso fenomenal com Sherlock Holmes, todos passaram a acreditar que Conan Doyle e seu personagem eram a mesma pessoa, ele foi contratado pela Scotland Yard e o que aconteceu?

— Sim, não soube resolver nem o primeiro caso. Fracassou estrepitosamente. Eu não sou Conan Doyle. Eu não sou um lorde. Está resolvido. Passo da literatura à vida. Eu estava ficando paralisado. Foi o que Espeja me disse, e tinha razão. Acabaram os Fred Madisson, os Thomas S. Callway, os Edward Ferguson, os Mathew Al Jefferson, os Peter O'Connor. Adeus, Sam Speed, essa foi sua primeira e última aparição. A partir de agora, volto a ser Francisco Cortés, mais concretamente Paco Cortés. A vida voa, e tudo estava morto.

— Como morto? — interrompeu-o, escandalizado, o advogado. — E tudo o que eu tirei de seus romances? As descrições, a maneira como você pintava as coisas; elas até pareciam estar diante de você.

— Nada. Agora o personagem sou eu. Eu sei quem sou, e, sobretudo, já sei quem quero ser, e não tem nada a ver com o que fui até agora. Agora você é quem vai ter que contar a minha vida — pilheriou o ex-romancista. — Eu sou o protagonista de meu próprio romance. Deixei de ser aquele que inventava personagens e vou ser aquele que inventa a si próprio. Está entendendo? Como num romance de Miguel de Unamuno. Dora vai ficar entusiasmada.

— Com Unamuno?

— Não — Cortés foi mais preciso. — Exatamente o contrário; com esta decisão de deixar de escrever livros. E ela sabe que aquele caso com a Mariola não teve a menor importância. Acabou para sempre. Voltaremos a viver juntos, nós e a menina.

— Paco, você está ficando louco. Deve ser pelo fato de ter trabalhado 22 anos para a editora Dulcinea. Vamos mudar de editora — e devolveu o plural a Paco numa correta correspondência. — O que está dizendo que vai fazer é um disparate. Você sabe escrever romances policiais, e é a isso que tem que se dedicar.

— Você pode me dar uma mão, como sempre prometeu. Os advogados vivem tão perto dos delitos que precisam mais dos detetives do que da polícia, e quanto piores forem os delinquentes, melhor será para os advogados.

— Quando eu lhe disse isso?

— Lorenzo também poderá colaborar no começo.

Referia-se a Lorenzo Maravillas, inspetor de polícia lotado há três anos na delegacia da rua de la Luna e há dois meses e meio um dos mais ativos e entusiastas participantes das reuniões dos ACP.

— No último romance, este que você acabou de entregar a Espeja, menciono um bar que se chama Lowren por causa dele.

Os Amigos do Crime Perfeito apreciavam esse tipo de atenção. Paco costumava enfiar em seus romances o retrato de alguns colegas ou citar coisas que eles lhe contavam; pequenos floreios que eram considerados como grandes gentilezas do amigo. Da mesma maneira, nunca se esquecia de Dora nem de sua filha, Violeta.

— Loren parece ser uma boa pessoa — admitiu Modesto. — Mas, em que vai poder ajudá-lo?

— Na melhor das hipóteses, vai querer ser meu sócio. Poderíamos fazer uma sociedade. Um policial, um advogado e um detetive. É perfeito. Loren me passa os casos, eu os resolvo e você defende os criminosos.

— Mas quem procura a delegacia de Loren são pessoas que querem tirar carteira de identidade ou coisas assim.

Modesto não via lógica no projeto do amigo.

— Além do mais, Paco, você acredita mesmo que há espaço em Madri para outra agência de detetives? Há quatro ou cinco, e a metade delas não tem o que fazer. Vi uma reportagem sobre isso dia desses na televisão. É o que acontece também com os médicos. Parece-me que as pessoas não gastam uma peseta com um médico particular se podem recorrer ao seguro-saúde. E para esse trabalho que você quer fazer existe a polícia.

— Não acredite nisso. Com o surgimento do divórcio e de todas essas novidades, as pessoas estão muito excitadas, e precisam de detetives que espionem para elas. É a moda, e as pessoas gostam de estar na moda. Eu também li ontem que desde a aprovação da lei do divórcio separaram-se na Espanha 150 mil casais, e a tendência é aumentar ainda mais.

— E o que isso tem a ver com os romances que você escreveu? Os seus temas são a máfia, os contrabandistas, a malandragem, as pessoas que aparecem mortas com um punhal cravado nas costas em um quarto fechado, detetives corruptos e prostitutas honradas, as organizações criminosas, os assassinos profissionais... Quantos assassinos de aluguel vivem nas margens do rio Manzanares?

— O importante é o método, Modesto. Tendo método, você pode resolver qualquer coisa. Tudo isso é um mundo. Eu converso muito com policiais. Sou, por assim dizer, do Corpo, você sabe muito bem disso. Você não pode imaginar a quantidade de coisas que surgem, quantos são os casos que escapam dos policiais. Todos casos incríveis que estão a implorar por uma mente sagaz.

— Sim, mas esses acabam não sendo resolvidos, e não o são porque não há uma peseta por trás deles. Como você viverá? Para que precisarão de um detetive? Você vai passar o dia seguindo um casal para ver onde praticam adultério e tirar fotografias?

— No começo, pode ser bom. É como tocar piano. Tendo um método, você pode tocar a música que mais lhe agrade. A princípio serão casos sem importância, mas as pessoas que procuram detetives são as que têm dinheiro, e onde há dinheiro acaba havendo delito, e onde há delito sempre há alguém disposto a cometê-lo, e uma vez cometido, sempre aparece alguém que quer delatá-lo à polícia e outros que tentam encobri-lo. Eu quero encarar esse desafio.

— Não sei...

— Está decidido. Eu creio que não fui um escritor. Na vida, como nos romances, de vez em quando, principalmente quando se é atacado, você tem que dar uma virada. E aí não acontece nada demais. Seguirei adiante.

— Mas como pode sustentar uma coisa dessas depois de ter escrito os romances que escreveu? Se você não é um romancista espanhol, então quem será? Você tem tanto talento como qualquer um, até mais, porque, ao fim e ao cabo, quase todos escrevem sobre aquilo que viram. Não há nenhum mérito nisso. Mérito é o seu, que fala de coisas extraídas da imaginação. Você nunca esteve em Chicago, nem em Nova York, nem em Londres, nunca na vida saiu de Madri, mas, quando fala dessas cidades, todas parecem estar vivas. Parece que você está ali. Não sei como consegue. Você não esteve em Londres, e eu sim. Quando passeei por Hampstead, o bairro era tal qual você tinha descrito em *O chá das seis*. Você se lembra do que escreveu sobre o incêndio do hotel Majestic de Los Angeles ou da cabana às margens do lago Michigan? Parece que estava lá. Posso até ouvir os patos. Como sabia que havia patos no lago de Michigan? E eu os vi com minha mulher quando fomos levar Martita para estudar lá. Mais que ouvindo, parece que estou vendo. Seus personagens são mais do que você, Paco; antes que você pensasse neles, não existiam, e agora estão soltos, andando por aí, trazendo um pouco de justiça, um pouco de ordem, um pouco de lógica para o mundo... E isso é muito...

Estava ficando emocionado, e até eloqüente. Quem dera também se transformasse nos tribunais e as palavras lhe chegassem com mais facilidade.

— Deixe para lá, Modesto. Sou grato. Você é, para dizer o mínimo, um excelente advogado.

— Você poderia morrer — continuou — e ninguém perceberia. Agora, se os seus personagens deixarem de existir, seus leitores poderão denunciá-lo por assassinato, e processá-lo por perdas e danos...

Aquele era um argumento...

Francisco Cortés, o autor de romances policiais, de detetives e de intrigas em geral, ou o que restava dele, ficou comovido. Mas não era pessoa de, uma vez tomada uma decisão, voltar atrás. Como dizia Unamuno, a quem citava de vez em quando para subir de categoria: "Nas decisões, e nos livros, há aqueles que são vivíparos e ovíparos, os que têm de incubar o ovo durante semanas e os que geram decisões ou livros em poucos instantes. E eu sou destes, basta me olhar." Esse ensinamento era semelhante ao que havia tirado dos romances. Duro, teria que ser duro. As mulheres gostam dos durões, e os leitores ainda mais. Ele fora largado por Dora por ser brando. Mas, a partir daquele momento, deixava de dar qualquer importância aos leitores; eles passavam a ter a mesma importância que as linotipos tinham para Delley. A prova disso estava no fato de ter levado 22 anos para negociar com os Espeja. Dali em diante, Francisco Cortés seria um homem duro. Ao final da tarde, chegaria à casa de Dora e lhe diria: faças as malas, pegue a menina e venham para casa. E Dora o seguiria. Mas que bobagem era esta que estava pensando? A casa de Dora era a sua. Como iriam segui-lo ao apartamento em que ele vivia, se não era possível viver ali? Mas dava no mesmo, era só uma maneira de pensar. Sim. Começou a ver que só havia vantagens.

Estavam chegando ao Comercial. Eram quase cinco horas.

— Vou falar hoje mesmo com Loren. Com o dinheiro que tenho, posso alugar um porão por alguns meses, e começar a funcionar. E logo tudo estará rodando. A roda da vida. A ronda. E os clientes começarão a chegar. Será uma verdadeira procissão de maridos traídos, mulheres enganadas, sócios que trapaceiam uns aos outros, fraudes, heranças esbanjadas prematuramente, furtos, vidas duplas, dolos, tocaias, agravantes...

Esse era, precisamente, o título de outro de seus romances, *Vidas duplas*... Ele próprio havia levado vida dupla e por isso se via como se via...

Teria que dizer a Dora que este mês não seria possível pagar o que lhe devia, aquilo que estava acordado. Explicaria. E ela entenderia. Mal. Dora não gostaria nem um pouco de não receber a pensão. Pensaria que tinha voltado a vadiar por aí. Não era o momento de expor os contras, mas apenas os prós. Bem, não se gasta nada seguindo alguém. O metrô, um táxi. Nada. Só é necessário ter um caderno de anotações e uma caneta esferográfica.

— Modesto, não diga a ninguém que deixei de ser escritor, principalmente a Milagros.

VIRAM SAM Spade e Perry Mason chegar e acharam que as suas caras estavam tortas porque já sabiam do que estava acontecendo na Câmara dos Deputados.

Spade perguntou se Maigret, o policial da delegacia da rua de la Luna, tinha aparecido. Responderam-lhe que não e que, diante daquilo que estava acontecendo, era bem provável que não viesse.

— Acontecendo onde?

Spade olhou-os com jeito de quem suspeita de que ninguém queria ser o arauto de uma história terrível já conhecida de todos. Mas não era esse o caso, pelo contrário. Quando viram que nem Perry Mason nem Sam Spade estavam sabendo a respeito do que tinha acontecido, todos se atropelaram para contar a história de uma só vez, e misturaram aos fatos as muitas incertezas e angústias naturais daquele momento. Agora sim estavam vivendo um episódio "histórico": alguns soldados haviam invadido a Câmara dos Deputados. Estava acontecendo um golpe de Estado. Neste exato momento? Sim. E quais são as repercussões "ao nível de Estado"? Ninguém sabia dizer.

— Não é possível — concluiu um Perry Mason aturdido.

Não. Havia acontecido. Estava acontecendo. O que dizia a televisão? Não sabiam. Não havia televisão no Comercial. Tomás, o garçom, Thomas para os ACP, tinha, assim como Miss Marple, um rádio transistor colado na orelha, e trazia-lhes à mesa, junto com os pedidos, as novidades transmitidas pelas várias emissoras que sintonizava avidamente.

Sherlock Holmes, sentado ao lado de um dos janelões, observava distraidamente a rua. Segurava um grande cachimbo de espuma-do-mar, um presente de sua mulher. O cachimbo estava apagado, e ele o manuseava nervosamente. De todos os ACP, era o mais perturbado. Fácil entender: era o único deles que havia vivido e participado da guerra, e acreditava que aqueles acontecimentos eram uma cópia extremamente preocupante de tudo o que ocorrera na Espanha nos já distantes dias de julho de 1936. E por isso limitava-se a espiar através dos janelões do Comercial o que estava acontecendo lá fora. Temia ver surgir a qualquer momento, vindo lá dos lados da Brunete, ocupando os bulevares, tanques avassaladores, blindados, opressores. Mas o que se via era um movimento semelhante ao de qualquer outro dia: carros subindo, descendo, dando a volta, o pacífico jornaleiro, umas pessoas com cara de poucos amigos que o metrô tragava e cuspia, certamente desavisadas do que estava acontecendo na Espanha.

— Aconteceu a mesma coisa quando mataram Calvo Sotelo; é exatamente igual — disse, solenemente, Sherlock Holmes. — Não se pode viver com um morto a cada dia, como nós temos vivido.

A cor abandonara Sherlock Holmes, e seu bronzeado permanente, que lhe dava um ar de velho galã de cinema, adquirira uma tonalidade esverdeada. Ele tentava dissimular a intensa sudorese das mãos esfregando-as como se não tivesse acabado de entrar num ambiente aquecido. Seus dentes mastigavam o cachimbo.

— Vou-me embora — comentou, com voz sumida.

Mas antes quis lembrar algumas coisas aos amigos. Queria-os bem, os ACP tornavam-no mais vivo. Segundo Sherlock, as detenções e as arbitrariedades começariam naquela mesma noite.

Mason balançava a cabeça com gravidade. Não era possível saber se estava lhe dando razão ou discordando dele. Pensava simultaneamente em Paco e na cena que acabara de presenciar na editora de Espeja, no golpe de Estado e em sua própria família. As palavras de Sherlock roubaram-lhe a fleuma. Sua filha Marta vivia em Barcelona. Imaginou a linha de uma frente de guerra dividindo a Espanha ao longo de três anos; ele e a mulher de um lado, e a filha do outro. Teve vontade de ir embora, mas não sabia como sair. Não queria parecer um covarde. O fato de ter passado a vida inteira admirando os tipos duros dos romances deveria ter lhe ensinado algo.

Como bom empresário, Nero Wolfe estava preocupado exclusivamente com os efeitos que aquilo poderia ter no progresso do país.

— Se for como em 1936, veremos a gente de Madri passar por necessidades — advertiu.

Pelo menos Sherlock e Perry Mason começaram a experimentar, além do medo, uma sensação intensa de fome, e ela acabou se propagando pelo ambiente.

Nero Wolfe era um menino por ocasião da guerra. Não se lembrava muito dela, mas sim da fome padecida depois.

Mason concordou de novo, sem dizer nada. Sherlock insistiu:

— Será um calvário...

— Por favor, Sherlock, não assuste a gente. E você, Mason, pare de lhe dar razão, não seja pessimista — ao dizer isso, Spade ergueu o braço, estalou os dedos algumas vezes, e chamou Tomás, Thomas, que estava no outro extremo do café, atendendo a um cliente.

Uma agência de detetives, pensou, não precisava de investimentos. Só dos gastos do dia-a-dia. Precisava batizá-la. Haveria de encontrar um nome. As conversas excitadas que aconteciam ao seu lado eram apenas um rumor distante. Não conseguiam distraí-lo. Um nome: Argos, aquele que tinha cem olhos. Tinha uma mão boa para títulos. Ocorriam-lhe sempre de primeira, nem precisava retocá-los. Esperava até o fim, e aí eles apareciam espontaneamente, felizes, como se nada tivesse acontecido. Na hora exata em que precisava: *Mau assunto, O diamante de Vermont, Em parceria com a viúva de Ascot, A Meca do crime, A lua cheia está vazia, Balas de açúcar negro, Os cinco ases do baralho, O dedal de safiras, O gabinete da senhora Seisdedos, A dois passos do local do crime, Segundas e terças-feiras...* Ainda há pouco precisava de um nome para a agência, e já o tinha: *Argos Detetives*. No dia seguinte, cuidaria da papelada. Precisaria, também, de uma marca comercial. Encomendaria uma placa bem vistosa, dinâmica, moderna, em forma de flecha, para indicar que os detetives da Argos atenderiam rapidamente a todos os que precisassem deles. Não entendia por que os ACP se preocupavam tanto com a presença de elementos da Guarda Civil na Câmara dos Deputados. Um motim vulgar, que não passaria de um ranger de sabres. Estava envergonhado pela Espanha. Por isso gostava da Inglaterra, da França e dos Estados Unidos, e do romance *noir*. Era possível imaginar os *bobbies* entrando no Parlamento britânico? Só os espanhóis poderiam ter inventado aqueles tricórnios de verniz que davam uma idéia bastante precisa do que havia debaixo deles, quadriculados até o cocuruto e cheios de brilhos fúnebres. Se pudesse, rasgaria sua nacionalidade em cem pedaços. Argos.

Se os títulos são a metade de um romance, pensou, Argos seria meia empresa. O futuro sorria para ele naquelas horas aziagas para a Espanha. Gostava muito de alguns dos seus: *Quase perfeito, Não me peça mais sonhos, Um e um são três, Não quero justiça,* primeira parte de *Só peço vingança*, o já mencionado *O chá das seis*... Teria que pensar num logotipo. A outra metade do êxito. Isso também era importante. Um caduceu. Não tinha nada a ver com Argos, era o símbolo de Mercúrio, mas Mercúrio era um deus muito apropriado para uma agência de detetives: tinha asas nos pés e, nesse negócio, velocidade é uma coisa primordial. Um caduceu é uma coisa bonita, um capacete com asas, um bastão e duas serpentes escalando-o como se fossem uma trança... Os romances policiais estão muito desprestigiados, mas, graças a eles, ao fato de tê-los lido e escrito, adquirira uma sólida cultura, uma cultura enciclopédica.

— Em que está pensando, Spade?

— O quê?

Os pensamentos se fragmentaram em sua cabeça como a garrafa de uísque de Delley. Assustou-se.

— Em 18 de julho, ninguém imaginou que aquilo fosse durar três anos, muito menos que depois seriam outros 35... Igrejas e conventos voltarão a ser queimados.

A última frase de Sherlock era dirigida especialmente ao padre Brown, outro dos ACP, mas ele não deixou de observar Mason. Já havia percebido que ele era um aliado na questão da retirada.

— Você também se lembra disso, não é, Mason? E você, dom Benigno, não diz nada?

Padre Brown sorriu beatificamente, esvaziou o cachimbo no cinzeiro com toques ligeiros, comprovou que não restava sujeira no fornilho e disse, risonho:

— Pobres conventos, restam tão poucos... Mas não seria nada mal que algumas igrejas fossem queimadas.

Mason continuava concordando de maneira sombria, alheio ao falatório do padre Brown, e também limpou seu cachimbo.

Seria possível dizer que aquela reunião não era dos ACP e sim do Clube dos Fumadores de Cachimbo. Até Miss Marple tinha o dela. Nem se davam conta do efeito surpreendente que era ver todos eles com seus cachimbos...

— Sherlock, está ficando tarde. Além do mais, o padre Brown é um grande carola, ou não é, padre? E você, Mason, não fique olhando para ele com essa cara cinzenta.

Marlowe falava de uma maneira muito madrilena. Parecia que estava sempre pedindo lulas nas casas de frituras da plaza Mayor.

A fama de Mason entre os ACP era de ser uma pessoa muito sombria. O bigode pontiagudo e os cabelos brancos davam-lhe uma aparência extremamente triste. Quando alguém que não fosse Spade dirigia-se a ele, retraía-se como um molusco e fazia uma careta. Pior ainda se fosse Marlowe. Não tinha nenhuma simpatia por ele, mas não se atrevia a atrapalhá-lo nem a contradizê-lo. Estava claro que Mason não tinha um caráter muito forte, e era quase impossível entender como um homem daqueles, um verdadeiro escárnio, virou o personagem principal da série televisiva que levava seu nome. Não se sabia como agiria nos julgamentos para não se deixar dominar pelos adversários. Não era lógico que fosse advogado, evidente, mas essa falta de lógica, o fato mais notório de tudo aquilo que constituía sua vida, era exatamente aquilo que ele nunca havia percebido. A insolência cristalina de Marlowe deixou-o tão mortificado que não voltou a abrir a boca.

— Ora, Mason, você leva tudo muito a sério — insistiu Marlowe em tom de pilhéria, totalmente alheio aos sentimentos que despertava no advogado.

Marlowe era o filho do relojoeiro da rua Postas. "Fornecimento. Abastecimento. Ferramentas." Quando falava de seus pais, chamava-os sempre de "meus velhos". Meu velho, minha velha... A família também tinha outra loja na parte alta da rua Carretas, perto da Gran Vía. Marlowe fazia o papel de mensageiro entre Postas e Carretas. E nessas idas e vindas, filho do chefe que era, escamoteava algumas horas para participar das reuniões dos ACP. Colecionava pistolas. Na verdade, dava continuidade à coleção de pistolas iniciada pelo seu "velho". Armas antigas e modernas, todas em funcionamento, até mesmo as mais velhas, que ele consertava e restaurava. Dizia que os relógios o haviam ensinado a ler romances policiais, e os romances policiais, a entender melhor as pistolas. Muitas vezes, a alma de um bom crime está numa boa arma. Não era partidário dos venenos, mas menos ainda da balística sofisticada, das carabinas de longo alcance ou das miras telescópicas com raio X. "O crime perfeito é como um bom relógio, não atrasa nem adianta nunca, acontece sempre na hora exata." Gostava dessas frases, que humilhavam e deixavam indefesos todos aqueles que as ouviam. Acabara de dar baixa do serviço militar. Era de estatura mediana, tinha a cabeça grande e feições que denotavam tenacidade e uma audácia acentuada pelo olhar. Olhava o interlocutor nos olhos, de maneira impetuosa e desafiadora. Estava sempre bem-vestido, barba feita, excessivamente perfumado com loções másculas, sempre disposto a abordar, a conquistar o primeiro rabo-de-saia que visse pela frente. Poderia ser definido como um filho perfeito do burgo de Madri. Foi, também, o mais jovem de todos os ACP, até a chegada de Poe.

— E Poe? — alguém perguntou.

— Não veio — respondeu Marlowe. — E vocês, velhinhos, parece que estiveram borrando as calças.

Nesse momento, como se tivesse sido convocado, Poe apareceu na porta.

— Mais respeito, rapaz — respondeu Sherlock, esticando o pescoço, antes mesmo que tivessem saudado o recém-chegado. — Você não sabe o que foi aquilo.

— Como não sei? Meu velho esteve com seus dois colhões na Divisão Azul, matando bolcheviques — disse Marlowe.

— Marlowe — advertiu Spade, arrebatado de seu devaneio pela palavra colhões —, não fale assim diante do clero e das mulheres.

O padre encolheu os ombros, dando a entender que, da sua parte, perdoava-o. No que diz respeito às mulheres, a mais velha, Miss Marple, que também não simpatizava com Marlowe, concordou com Spade, e a outra, a jovem vestida de negro, não moveu nem um músculo do rosto.

— Bem — continuou Sherlock, sem dar importância àquela interrupção. — Estive lá e posso dizer que foi horrível. Arrancavam as pessoas de casa, matavam-nas durante a noite, os cadáveres apareciam em valas e nos lugares mais estranhos. Fui várias vezes com minha mãe ao Parque Móvel de Bravo Murillo para ver se entre os corpos que traziam todas as manhãs estava o do meu tio, um irmão de minha mãe. Fizemos isso durante um mês, e ele não apareceu nunca, mas vimos mais do que queríamos e do que pode ser esquecido.

Ninguém disse nada. O fantasma da guerra civil, como o corvo agourento do verdadeiro Poe, instalou-se no meio da conversa, sobre a mesa, meteu-se entre as xícaras de café, os copos de água e as contas deixadas pelo garçom, grasnando seu irrefutável *nevermore*.

No café, fora os ACP, estavam dois velhos esqueléticos. Um deles devia estar ali, imóvel, há uns oitenta anos; o outro acabara de entrar e sentara-se ao seu lado. Não falavam. Iam sorvendo, tranqüilos, os seus golinhos de café com leite. Pareciam não saber de nada.

Os funéreos vaticínios de Sherlock deram uma nota sombria ao ambiente. Ninguém se atreveu a contradizê-lo. Nunca se havia falado de política nas reuniões dos ACP. Nem mesmo Maigret, o policial, que poderia falar sem parar das coisas que presenciava no trabalho, gastava um minuto de seu tempo com aquelas questões que naquela época mobilizavam toda a população. Não que os ACP fossem proibidos de falar de política. É que nenhum deles tinha interesse por ela. Os ACP, uma imitação do Detection Club fundado por Chesterton, D. L. Sayer, Agatha Christie, F. Willis, Crofts, Wade e outros, era um clube de amantes do romance policial, um grupo de pessoas unidas pelo amor à arte pela arte, à arte pura, sujeitos que achavam que o assassinato era uma das belas-artes, para repetir a frase ímpar.

Spade resolveu intervir na conversa, e repetiu, sem se dar conta, a pergunta que havia feito ao chegar.

— Alguém sabe se Maigret virá?

Sim, faltava Maigret. Maigret era Lorenzo Maravillas. Naquele momento, Maigret era uma peça-chave. Era lógico que, sendo policial, estaria muito bem informado sobre os acontecimentos. Os golpes de Estado não são tramados sem o conhecimento prévio da polícia, e menos ainda de uma polícia como a espanhola.

— Não — disse Spade —, para mim o golpe tanto faz, porque conheço a polícia espanhola; mesmo participando do golpe, não saberá de muita coisa mais. Nossos policiais fazem as coisas sem saber por quê.

— Talvez fosse o caso de um de nós ir até a rua de la Luna — sugeriu Mason.

Todos olharam para Spade, mas ele balançou a cabeça.

— Eu não posso ir à delegacia.

Todos entenderam Spade.

Alguém ponderou, então, que talvez fosse melhor esperar. Era possível que Maigret acabasse aparecendo.

Maigret não perdia nenhuma reunião. Era um entusiasta por natureza. Estava solteiro. Havia deixado o País Basco há quatro anos, e este fato o mantinha num estado de permanente euforia. Era, habitualmente, o primeiro a chegar às reuniões e o último a sair, quando o serviço permitia.

As atas sempre atualizadas de Nero Wolfe informam que naquele dia 23 de fevereiro a reunião dos ACP contou com a participação de Spade, Perry Mason, Milagros, Poe, Miss Marple, do próprio Nero Wolfe, do padre Brown e de Marlowe. Um terço dos integrantes dos ACP, mas também os mais assíduos. Faltaram Max Cuadrado, um jovem cego assim batizado em homenagem ao insigne detetive cego Max Carrados, que resolvia os casos com a ajuda dos olhos de seu amigo Parkinson; Nestor Burma, peça decorativa do grupo, derrubado por uma gripe, como tantas pessoas naqueles dias; Mike Dolan, codinome de Lolita Chamizo, redatora do jornal *El Caso*, também uma usuária de cachimbo e de um aparato inteiramente masculino formado por ternos, paletós, camisas de colarinho macio e gravatas de aspecto judicial; e, por último, o membro mais velho do grupo, dom Julio Corner, que, à maneira do personagem da baronesa de Orczy, jactava-se de resolver todos os casos sem sair do lugar. Era um sábio. Tinha o hábito de dizer que para confirmar que o céu é azul em todos os lugares não é necessário dar a volta ao mundo, teoria plenamente apoiada por Sam Spade, que a colocava em prática escrevendo sobre cidades em que jamais havia pisado, e isso com uma fidelidade semelhante à dos cronistas oficiais das próprias cidades. Mas, embora nas atas desse dia não constasse o nome de Maigret, a realidade se encarregaria de contradizê-las, porque Maigret finalmente apareceu. E se este fato não consta do livro de registros é, sem dúvida, porque Nero Wolfe levou-o antes da chegada de Maigret.

Sherlock Holmes continuava ao lado do janelão, sem encontrar a oportunidade propícia para se levantar e sair sem dar a impressão de que havia se acovardado.

— Acho que a gente deve armazenar provisões para o que possa acontecer.

A sugestão foi de Nero Wolfe. Este tinha um restaurante, e o instinto levou-o a se lembrar de se abastecer.

No rosto eqüino de Sherlock surgiu a fome sofrida durante a guerra e o pós-guerra.

— O lugar apropriado para se estar agora é na própria casa, ao lado da família — observou.

— Como no Natal.

Havia soado o humor cáustico de Spade. Inconfundível. Adotava-o também nos romances. A discussão com Espeja, o velho, muito mais do que o golpe de Estado, havia o aguçado.

— Faça você o que bem entender, mas eu vou embora.

Sherlock levantou-se, chateado pela primeira vez na vida com um comentário do amigo. Tinha uma tempestade no rosto. O padre Brown, que também não gostava de que as pessoas carregassem cruzes sozinhas, levantou para fazer de Sherlock um Cireneu, mas estava tranqüilo: se era verdade que estava prestes a acontecer uma nova perseguição religiosa, ele deveria ir correndo tirar o cabeção e colocar outra roupa, apesar de que, como as coisas estavam pintadas, ele temia que fosse o contrário: teria que tirar a sotaina da sacristia.

— Eu também estou indo. Podem estar precisando de mim na paróquia.

O padre Brown era outro que também nunca faltava. Seu comportamento era mais explicável do que o de Maigret: estava convencido de que os fiéis tinham uma propensão maior, e mais natural, ao mal do que ao bem. Miss Marple desligou o rádio transistor que havia colado na orelha, guardou-o no bolso e também começou a se preparar para ir embora. Mason enfiou-se no sobretudo sem dizer nada. Nero fechou cuidadosamente o livro de presença, e, na qualidade de mestre-de-cerimônias, deu por encerrada a reunião, aderindo ao grupo dos desertores. A preocupação e a inquietude haviam se generalizado, mas não aconteceria nada se, uma única vez, depois de quinze anos ininterruptos, a reunião não fosse celebrada.

Spade, Marlowe, Poe e Milagros ficaram sozinhos.

Milagros, a mulher de negro, também nunca dizia nada. Era muito reservada. Tudo o que dissera naquelas reuniões dos ACP poderia ter sido memorizado por um papagaio. Não bebia álcool nem refrescos nem nada, apenas um café atrás do outro. Ficava o tempo todo hierática, com as costas retas como uma tábua, ouvindo atenta e mexendo a cabeça sem se despentear. Mesmo quando se olhava para ela de frente, parecia estar de perfil, como as mulheres egípcias dos tempos dos faraós. Tinha um rosto fino, longo, pálido. Os lábios não tinham cor. As orelhas eram dois lírios. A cor de azeviche dos olhos, uma incógnita. Fumava com a mesma voracidade com que tragava os cafés com leite, mas não expelia a fumaça, tragava-a, dando a impressão de que a mantinha dentro do corpo para não chamar a atenção. Vestia-se sempre inteiramente de preto. Nunca usava saias, sempre calças, até no verão. Blusas pretas, diademas pretos, lenços escuros. Mas era muito audaciosa nas sandálias e nos sapatos, às vezes creme ou cor-de-rosa ou brancos. Isso no que diz respeito ao seu aspecto exterior. Interiormente, perseguia uma única coisa: ser real, ou seja, ser como uma das heroínas dos romances de seu amigo. Se tivesse perguntado a Sam Spade, teria tido a confirmação, porque era ele o único que o sabia, mas ninguém além dela tinha levado a pior, pelo fato de que toda a realidade presente nas obras de Spade havia sido depurada sempre quando ele estava ao lado de Dora, a mulher oficial, e não dela.

Milagros havia sido namorada de Spade antes dele conhecer Dora casualmente na delegacia da rua de la Luna. Três meses depois, estavam casados. Não recebeu bem a notícia, mas acabou aceitando-a. O casamento levou Milagros, conhecida pelos ACP como Miles, em memória do personagem de Patricia Highsmith, a deixar de freqüentar as reuniões do Comercial. Nunca perguntou nada a Spade. Todo mundo entendeu que as coisas não poderiam ter acontecido de outra maneira. Mas quando Dora e Spade se separaram, Miles voltou a aparecer. Teria sido chamada por Spade? Milagros soube da notícia por conta própria, como as andorinhas que chegam da África e vão diretamente ao velho ninho? Ninguém nunca soube nem se atreveu a perguntar nada sobre a reaparição, se haviam ou não reiniciado a relação. Ela, hierática como sempre; ele, indiferente como sempre. Na saída do Comercial, depois da reunião, às vezes ela ficava com ele. Mas, na maioria das ocasiões, acenava para um táxi com dois dedos em cujas pontas sempre ardia um cigarro, e mergulhava no carro sem dizer nada nem se despedir de ninguém. Seria possível dizer que gostaria de aparecer e desaparecer da mesma maneira que os espíritos. Nunca proferia uma palavra a mais, uma piada, uma frase de cumplicidade. Era sofisticada e muda como uma esfinge. Tampouco se sabia nada sobre as suas atividades. Não trabalhava. Vivia de renda. Havia sido casada com um homem muito rico, mas sua fortuna era própria, de família.

— Paco, você não precisava ter brincado com Sherlock. Ele é uma pessoa muito boa.

A palavra Paco, jamais pronunciada no Comercial como uma referência a Spade, devolveu o tom de intimidade à conversa, um ar de familiaridade que surpreendeu Marlowe e Poe, porque, da mesma maneira que a política estava excluída das reuniões, todos ali se chamavam, quase obrigatoriamente, pelos apelidos, e muitos se tratavam de senhor, outra das normas raramente acatadas dos ACP.

Sim, Sherlock era uma boa pessoa, mas Spade não era culpado do que havia acontecido com Espeja.

Estabeleceu-se um longo silêncio. Marlowe e Poe não se atreveram a interrompê-lo, até que Spade, ao cabo de muitos minutos, mais para quebrar o gelo, perguntou do estavam falando antes de saberem daquela história da Guarda Civil na Câmara dos Deputados.

— Estávamos tentando estabelecer, mais uma vez, as regras do verdadeiro romance policial — disse Poe, timidamente, como se fosse um aluno aplicado.

Antes de começar a participar das reuniões, Poe era, para todos, apenas um estudante como muitos outros que repassavam as aulas e suas anotações em uma das mesas do café. Às vezes era visto conversando com uma jovem um pouco mais velha do que ele. Até que uma tarde aproximou-se deles e disse: percebi que vocês falam sempre de romances policiais e eu gosto de romances policiais. Vocês se importariam se eu me sentasse e ficasse ouvindo vocês?

A disposição positiva e a naturalidade usada para formular o pedido deixaram todos ao mesmo tempo surpreendidos e orgulhosos. Sherlock perguntou, de que romances o senhor gosta? Poe, ao ser tratado de senhor, vacilou. Não havia lido muitos. E disse o nome do primeiro que lhe veio à cabeça: *Os assassinatos da rua Morgue*. Foi Spade quem o batizou. Disse, olhe, aqui todos temos um nome. Vamos chamá-lo de Poe, que tal? O senhor tem um ar romântico. É tão pálido, tão magro. E por que não Dupin?, disse Poe. O senhor prefere Dupin?, respondeu-lhe, conciliador, Spade. Poe pensou bem e disse não. Poe está bem. Eu gosto.

Em muitos anos, ele foi o primeiro neófito da igreja. Pelo menos o primeiro admitido de maneira tão espontânea. Todos se mostraram não apenas de acordo, mas encantados, principalmente Marlowe e o próprio Spade. É verdade que nenhum dos ACP tinha deixado de perceber aquela jovem belíssima que às vezes o acompanhava. Era extraordinariamente bela. Parecia um anjo.

Chamava-se Hanna e era dinamarquesa. Naquele dia 23 de fevereiro, não estava com ele. Poe a havia conhecido no Liceu que então freqüentava. Era um Liceu de assuntos gerais e ficava justamente no terceiro andar do prédio onde funcionava o café. Poe trabalhava num banco e se preparava para entrar na universidade. Hanna era professora de inglês do Liceu e tinha dez ou doze anos a mais do que Poe.

Poe gostou de Spade e Hanna também. Mas não procuraram um nome para ela, que nunca demonstrou interesse em fazer parte dos ACP. Às vezes participava das reuniões e outras, não.

O rapaz tinha um ar romântico. Era muito magro, muito pálido, muito tímido. Seu cabelo era muito negro, liso e brilhante. Imberbe. Mãos muito compridas sulcadas por veias azuis. Poderia ter sido batizado de Chopin e não de Poe, e o resultado teria sido o mesmo. Falava com um fio de voz. Volta e meia tinha que repetir as palavras, porque elas não eram ouvidas na primeira vez. Essas repetições acentuavam o seu ar de desprotegido. Mas também era analítico e frio, como se percebia nas reuniões que abordavam questões ou enigmas policiais. Era o primeiro a resolvê-los ou, senão, aquele que descobria o ângulo mais original e inusitado.

— Bem — Spade pigarreou...

Esperava-se que dissesse algo. Aquela era uma reunião feita sob medida para Spade. Todos ali o consideravam uma autoridade inquestionável na matéria, tanto os membros mais antigos como os mais jovens.

Spade falou longamente, e ficou tão animado que até esqueceu a discussão com Espeja e o golpe de Estado. Esqueceu até que teria de ver Dora dentro de pouco tempo. A questão das regras dos romances policiais era logicamente fundamental, mas era muito árduo, também, tentar inserir, de uma vez por todas, nos anais da criminologia, o que era ou não um CP, ou seja, um Crime Perfeito, dentro do gênero dos romances policiais, tendo em vista que eles se chamavam Amigos do Crime Perfeito.

— Para começar — sentenciou Spade —, aprende-se mais com os assassinatos vulgares do que com os maquiavélicos crimes de Estado...

— Disse-o bem — apoiou Marlowe. — Sobretudo no dia em que está sendo cometido um de grandes proporções na Espanha.

— Marlowe, não interrompa — continuou Spade. — A menos que Shakespeare esteja presente. Para um detetive, todos os crimes são iguais, assim como os fígados são para um hepatologista. Os crimes podem ser considerados atos perfeitamente democráticos. Quando alguém é morto, vira cadáver, e quando transformados em cadáveres, todos ficam bem. Enquanto se está vivo, é necessário provar muitas coisas. Agora, quando se está morto, até os mais estúpidos sabem desempenhar seu papel.

Spade sintetizara, grandiosamente, para seu exíguo auditório, as regras de um Crime Perfeito.

— Todo mundo sabe que a polícia diz que não há Crime Perfeito, e sim detetives desleixados ou incompetentes...

Tomás, o garçom, aproximou-se:

— Vamos ter que fechar. Ordem do dono. Ele ligou.

— Deixe a gente ficar mais meia hora — pediu Spade.

— Meia hora, está bem, mas nem um minuto a mais. O dono disse que o café será fechado no exato momento em que ficar vazio — admitiu Tomás, que, baixando a voz, parecia sussurrar. — Estão dizendo que todas as capitanias gerais vão se sublevar.

Spade desconsiderou a profecia e deu continuidade ao que estava dizendo.

— Eu dizia que os policiais garantem que não há Crime Perfeito só para manter o prestígio da corporação, mas graças ao fato de existirem crimes perfeitos, poucos são cometidos, inclusive os que não são perfeitos, que são a maioria. Apesar de todos terem nascido com a vocação de serem crimes perfeitos. Não há criminoso tão louco a ponto de cometer um crime para acabar na prisão. E é pelo fato de existirem crimes perfeitos que existe a polícia. A polícia não existe por causa dos crimes grosseiros que ela resolve com muita publicidade, uma publicidade da qual os romancistas se aproveitam para colocar as coisas em seus devidos lugares, depurando, aperfeiçoando e registrando a qualidade e a perfeição de um crime, como um escultor clássico teria feito com um cânone da escultura.

Ele não gostou de ter recordado a si próprio este último ponto. Havia deixado de ser romancista naquela mesma tarde e tinha renegado todos os cânones que não o conduziram a lugar algum, e muito menos ao classicismo.

— Bem — continuou depois de pigarrear e de refrescar a garganta com mais um trago de gim-tônica. Ao tragar, sentiu uma certa dor. Talvez tivesse contraído mesmo uma amigdalite.

— Primeira norma...

Spade fechou os punhos e disparou o dedo indicador...

— ...o leitor e o detetive devem ter as mesmas chances de resolver o problema. Isso é fundamental. É como ir à caça. Não se pode esperar pela raposa armado com uma escopeta, na boca da toca. Deve-se deixá-la livre. A mesma coisa com os touros. Se o problema fosse matar o touro, isso poderia ser feito no touril. Mas a tauromaquia é uma arte, e o romance policial também é uma arte, hoje a mais destacada da literatura, em minha modesta opinião. Segunda...

E o dedo médio foi fazer companhia ao dedo indicador, que continuava rígido...

— ...O escritor não deve usar astúcias e truques além daqueles que os culpados usam em relação aos detetives. Terceira, — e o anular somou-se aos dedos anteriores — no verdadeiro romance policial, não se devem imiscuir assuntos amorosos. Saias à vontade, mas nada de amor. Uma coisa dessas lançaria pelos ares o mecanismo puramente intelectual. Quando se está diante de um CP, é necessário se concentrar naquilo que de fato há. Camas discretas, sim, mas nada de sentimentalismos.

Milagros riscou a boca com uma prega de incredulidade e sarcasmo, que Spade nem levou em conta.

— Quarta: o culpado não pode ser nunca o detetive ou um membro da polícia. Seria uma vigarice tão vulgar como inaceitável — mostrou a mão aberta com os dedos separados. — Quinta: o incriminável deve ser descoberto pela dedução, nunca por acidente nem azar nem pela confissão espontânea do culpado: senhor comissário, fui eu, estou preso. Aquilo que houve com o Raskolnikov de *Crime e castigo*, como foi repetido até a saciedade nessas reuniões dos ACP, é inaceitável. A maior parte das obras clássicas terminam com esse tipo de procedimento incompetente, admitido pela mesma razão que alguém pode sustentar que um filme mudo é uma obra-prima e que uma pintura rupestre é digna de ser comparada às *Meninas* e à Vênus, de Willendorf, ou como diabos se chame, equiparável às obras de Fídias.

Ao ver que a mão estava novamente fechada, e o polegar apontava para o alto, abandonou a enumeração e prosseguiu.

— Não existe nenhum romance policial sem cadáver. Ler trezentas páginas sem a recompensa de um belo presunto seria, simplesmente, monstruoso, porque nos privaria do sentimento de horror e do desejo de vingança. Não deve haver mais do que um detetive em cada romance. Não há nenhum conceito que justifique o fato de o romancista eleger como culpados empregados domésticos, mordomos, jardineiros, lacaios, chofres etcétera. Essa é sempre uma solução apressada e é preciso ser sério: deve-se procurar um culpado que valha a pena. E pela mesma razão de que só pode haver um detetive, é conveniente que haja um único culpado, para que todo o ódio que o leitor vai experimentando seja concentrado. Para alguns, as máfias e as associações criminosas não deveriam ter lugar nos romances policiais...

Eu não concordo muito com isso, mas, enfim... Nada de passagens descritivas nem poéticas nem pormenorizações de atmosferas. Elas retardam a ação e desconcentram o leitor. Diálogos sim, muitos diálogos. Quanto mais curtos, mais variados, e dá menos trabalho escrevê-los. Os leitores ficam agradecidos, a ação avança e o editor paga pelas páginas cheias de claros o mesmo que paga pelas páginas cheias.

A simples menção a um editor fez com que ele se lembrasse do seu com desgosto.

— A solução dos casos deve ser realista e científica. Os milagres devem ser excluídos dos romances policiais. Até o padre Brown concorda com isso. Os criminosos também não devem ser procurados entre os profissionais do crime. O que impressiona não são os crimes cometidos por malandros e sim por damas de caridade ou pelo presidente do Supremo Tribunal ou por uma mosca-morta ou por um cavalheiro de conduta irrepreensível ou por um padre; posso dizer isso agora que o padre Brown não nos ouve. Um padre assassino é um bom tema. Eu tenho um romance em que o assassino é um padre. A princípio, foi censurado, mas depois eu disse que se tratava de um pastor protestante e aí deixou de existir qualquer inconveniente. E é absolutamente imperdoável que aquilo que é, ao longo de todo um romance, apresentado como um assassinato se transforme, ao final, em acidente ou suicídio. Nesse caso, o leitor teria pleno direito de denunciar o romancista por extorsão ou esperá-lo à saída de casa e assassiná-lo. Importantíssimo: a motivação do crime tem de ser pessoal. Os complôs internacionais e todas essas bobagens de 007 são coisas de imbecis, o mesmo que salvar alguém no último minuto projetando do salto do sapato um avião supersônico, com sauna e doces gozos paradisíacos. Nada também de usar truques baratos. Nada de descobrir o criminoso brutal por meio de uma bagana encontrada no local do crime, nem por falsas marcas digitais, nem porque o cão da casa não latiu, nada de irmãos gêmeos nem de soros da verdade, nada de assassinatos cometidos num quarto fechado na presença de um inspetor de polícia e, definitivamente, nada de criptogramas nem de hieróglifos decifrados nos fundos de uma loja de antigüidades do bairro chinês, nada também de manuscritos ou instrumentos ultra-secretos resgatados em uma hasta pública, nada de enigmas que aguardam em um leilão desde os tempos dos egípcios, com a conseqüente maldição faraônica... E esse decálogo poderia ser resumido em um único mandamento: o Bem é o Bem e o Mal é o Mal; nada de tentar fazer com que o Bem passe a ser o Mal nem o contrário, nem que os bons se tornem maus nem os maus, bons; os crimes dos romances são brincadeiras de crianças, e os meninos gostam que os contos lhes digam de que lado devem ficar. E, sobretudo, não se pode esquecer que o crime perfeito não é mais do que uma metáfora extrema da luta pela vida, em que aflora o melhor e o pior da natureza humana; por isso, há tanta gente pensando no fato de que o assassinato pode ser uma das belas-artes: atrás da graça do anjo, a importância de Lúcifer.

Depois desse longo discurso, Spade bebeu outro longo gole de gim-tônica. Marlowe bateu palmas cinco ou seis vezes, aproveitando as duas últimas, batidas com mais força, para chamar a atenção de Tomás, a quem nada podia chatear mais do que chamá-lo como se chamam os desatentos. Chegou resmungando, e Milagros, ao vê-lo diante de si, pediu outro café.

— Já desligamos a máquina. Vai haver um grande acontecimento e vocês aí, assim, tranqüilos...

Não esperou que lhe dissessem nada. Deu meia-volta e caminhou em direção ao balcão.

Spade agradeceu com uma reverência a despedida do garçom e, com um ligeiro sorriso dirigido a seu público, agradeceu especialmente a Marlowe, a quem não disse que havia tomado emprestadas algumas daquelas normas do Código de Van Dim, a quem não citara pelas mesmas razões que Virgílio nunca citava suas fontes. Mas não pôde deixar de pensar que aquela última sessão da reunião havia sido o canto do cisne. Ficou ligeiramente triste. Tristeza sobre tristeza. Espeja, ACP. Tudo chegava ao final. O que seria dos ACP? O que ele próprio iria fazer? E se acontecesse na Espanha o que acontecera no Chile? Romances policiais sempre haverão de existir. Mas ele já não era um romancista. Sabia disso. E entendeu que o sabia já há alguns anos. Enganara a si mesmo. Dava-lhe trabalho não pensar em si mesmo como havia pensado nos últimos 22 anos. Por acaso não se tratava de um simples pronunciamento. Os ACP se dissolveriam, abandonariam seus preciosos pseudônimos, terminaria o modo de vida que havia conhecido até aquele momento. Talvez Espeja estivesse ligando para sua casa. Tudo havia chegado ao final. Sentiu outra vez a insidiosa e íntima convicção do seu fracasso.

Spade era clarividente, e vislumbrou que naquele dia estavam sendo levados ao túmulo a democracia, e Sam Spade, Miss Marple, Nero Wolfe, Nestor, Perry Mason, Poe...

Mas não deixou, também, que transparecesse nenhum de seus temores.

— Maigret está chegando! — exclamou Marlowe.

Todos olharam, simultaneamente, para os vitrais. Mas ele se confundira. Alguém parecido passou ao largo.

— Eu preciso vê-lo — disse um Spade cheio de pesar. Nenhum de seus companheiros poderia ao menos suspeitar da intensidade das turbulências que o sacudiam por dentro.

— A verdade é que os nossos homens estão bem colocados — disse em seguida Spade.
— E por que você está dizendo isso agora, Sam? — perguntou Marlowe.
— Passou pela minha cabeça.
— Não gosto da minha situação — discordou Marlowe. — Teria preferido uma outra. Sou mais bonito do que Humphrey Bogart.

Marlowe fez um de seus gestos característicos. Levou a mão direita ao peito e deslizou-a lentamente de cima abaixo como se usasse uma gravata e quisesse alisá-la, ao mesmo tempo que projetava a mandíbula e abria a boca num "as coisas são assim".

Chamava-se Isidro Rodríguez Revuelto e não havia adotado Marlowe por alguma razão detetivesca especial. No fundo, gostava do jeito que Marlowe tratava as mulheres. Gostava da maneira como as chamava de Boneca, Preciosa, Magra, Chatinha, Pequena, e as beijava sem que lhe respondessem, segurando-as com uma única mão, dobrando-as para trás e explorando-lhes a boca com a língua, tudo isso sem largar o cigarro bem equilibrado na outra, e como as levava para a cama sem que ninguém soubesse, às vezes nem mesmo os leitores, e sem ter que conversar logo depois com elas sobre tudo aquilo, cada qual seguindo seu caminho, noites de frenética e cínica paixão, e na manhã seguinte adeus, um longo adeus, sem rancor, como bons amigos, cada um seguindo seu próprio caminho, como os vira-latas. Achava aquilo tudo muito poético.

Spade ficou olhando e sorriu. Ao contrário do que pensava Mason, achava que Marlowe tinha graça. A graça do povo de Madri.

Spade estava, então, com 38 anos. Perry Mason, segundo a ficha, havia nascido quinze anos antes. Marlowe tinha 22, Poe vinte, e Milagros, 37.

Todas as fichas traziam uma fotografia. Na dele, Spade não parecia ter 38 anos, e sim ser muito mais jovem, e Perry Mason muito mais velho, com uns olhos de raposa que contrastavam com seu inofensivo aspecto de gastrônomo francês.

Era possível perceber no olhar de Marlowe uma certa desfaçatez simpática, mas também um fundo de infelicidade. Que leitor, especialmente os de romances de faroeste ou de detetives, não é infeliz? E também não era tão insolente quanto Mason acreditava. Era apenas um tipo que se costuma chamar de gozador.

Poe usava um corte de cabelo que poderia ser qualificado de asqueroso, com umas costeletas largas inteiramente fora de moda. Estava muito magro. Talvez sua mãe tivesse razão ao dizer que não se comia bem em Madri.

Aquela reunião era inteiramente atípica. Já não sabiam do que falar, mas não queriam ir para casa. Nas plenárias dos ACP, o tempo era insuficiente, quase não permitia que fossem comentados os últimos avanços da criminologia e os casos mais interessantes. Qualquer menção a coisas da vida privada era deixada de lado. Mas, como naquele momento não tinham nada para se perguntar, Marlowe, que dizia proteger Poe como a um forasteiro, perguntou por Hanna.

— Hanna deve estar assustada com tudo isso que está acontecendo por aqui. Acho que deveríamos chamá-la para tranqüilizá-la.

Poe ficou olhando o amigo, mas não mexeu um músculo do rosto. Era sempre difícil saber em que estava pensando.

Sua amiga Hanna não tinha uma ficha, o que queria dizer, com toda probabilidade, que jamais fez parte dos ACP. Mas aparecia numa das fotos do grupo que foram preservadas.

Parecia ser, de fato, uma mulher muito bonita. Esguia. A expressão, absolutamente doce. Na foto. Cabelo liso, longo, muito claro, quase branco, branco como ouro branco, como a aveia que brota no mês de agosto. Olhos azuis ou verdes, era difícil precisar.

— Se me permite — falou Marlowe, dirigindo-se a Poe num tom que deixava claro que ia dizer, quisessem ou não ouvi-lo —, Hanna é uma preciosidade.

O galanteio soou como uma restituição feita à tesouraria das Verdades Universais.

— De fato — insistiu Marlowe para o caso de não ter sido claro.

Na foto, Hanna vestia um jérsei tão branco como o peito de um cisne. Um cisne.

Não se sabe de quem partiu a idéia de elaborar aquelas fichas. Eram semelhantes às fichas usadas pela polícia naquela época. No lugar do escudo da polícia, no mesmo canto superior esquerdo, estava sobreposto o anagrama dos ACP. Em algumas das fichas, o papel havia se soltado e aparecia a águia imperial que quer levantar vôo, com uma lança e flechas nas garras. O anagrama dos ACP representava um labirinto, uma circunferência com caminhos intrincados. Parecia um daqueles ideogramas que podem ser vistos nos letreiros dos restaurantes chineses. Eram como certos caminhos interrompidos, inviáveis e enganosos que não levam a lugar nenhum, mas terminam exatamente onde começam. Era notório que havia sido idealizado, e realizado pelo próprio Spade. Muitos de seus romances partiam da mesma hipótese: não só o criminoso voltava ao lugar do crime, como o crime levava-o ao mesmo lugar em que o cometera, ou, nos piores casos, ao mesmo lugar onde estava antes de cometê-lo, convencido a cometê-lo de novo.

ATÉ QUE Thomas, de cara feia, expulsou-os do Comercial. Os outros dois garçons já haviam tirado o uniforme e, vestidos para enfrentar as ruas, esperavam pelo fim daquilo tudo.

— Estamos fechando. Em Sevilha e Valencia, tanques estão sendo preparados para sair às ruas. Em Valladolid também. E, em Madri, há quem diga que a Divisão Brunete já está a caminho. Nós estamos indo para casa.

Ditas assim, por uma boca seca e uma língua pastosa, todas aquelas coisas pareciam ter a mesma importância. A discussão sobre as características do romance *noir* que diferenciam um Crime Perfeito de um crime que não o é, assunto tão espinhoso como a beleza imarcescível de Hanna, ficou, portanto, à espera de uma oportunidade mais tranqüila.

Os quatro amigos se levantaram.

— O que você vai fazer? — perguntou Marlowe, já na rua, diante da entrada da estação do metrô.

Todos combinaram que iriam para casa.

Sherlock poderia ter razão. Situações como aquela deveriam ser vividas em família. Spade, cuja família se resumia na filha pequena, ficou sem saber se ia para sua casa ou para a casa de Dora.

Milagros desceu da calçada e se plantou no meio da rua para caçar um táxi. Não havia nenhum no horizonte. Mas antes, perscrutou com um olhar de um ou dois segundos, alusivo, cheio de significados, as meninas-dos-olhos de Spade, para saber se havia nelas alguma coisa que dispensasse as palavras. Poe percebeu aquele olhar. Não era pessoa de deixar escapar pequenos detalhes. Olhou para Spade. Era evidente que ele havia notado, mas resolvera não acolhê-lo. Tratou-o como se fosse um daqueles folhetos, que um desconhecido enfia na sua mão no meio da rua e logo depois você joga na lata de lixo sem ao menos se dar ao trabalho de ler.

Marlowe, alheio àquelas manifestações sentimentais, exibia a curiosidade que os filhos legítimos do burgo de Madri têm em relação aos acontecimentos históricos. Disse que caminharia até a avenida San Jerónimo. Queria dar uma olhada no "ambiente". Mas, como era um legítimo filho do burgo de Madri, não queria ir sozinho. E perguntou a Poe se poderia ir com ele, e Poe, que não precisaria se desviar muito do caminho porque estava morando numa hospedaria da rua Hileras, mais uma do rosário de pensões e hospedarias em que estivera vivendo nos últimos meses, disse, sem tirar as mãos dos bolsos, bem, é claro.

Estavam se despedindo quando houve uma quebra absoluta dos prognósticos: viram Maigret se aproximar, andando bem depressa.

— Vocês já estão indo embora? Está sendo armada uma coisa incrível! Suponho que vocês já saibam do que aconteceu.

E como se não fosse suficiente, trazia duas notícias de última hora, recém-saídas do forno. Uma mulher havia sido morta num apartamento da rua del Pez e a casa da mãe de um policial havia sido assaltada.

— Deve ser vontade de morrer num dia como o de hoje — disse.

— E deve ser vontade de assaltar a mãe de um policial — completou Marlowe.

Maigret era um homem jovem. Tinha por volta de 35 anos, era alto, atlético, moreno, e vestia sempre roupas esportivas extremamente caras.

Seria obrigado a ir aos dois lugares, não havia remédio. Não poderiam beber alguma coisa, rapidamente?

Explicaram-lhe que o Comercial tinha acabado de fechar. Maigret mudou de idéia, repentinamente. Tinha de voltar à delegacia.

Vestia uma calça cinza de flanela, uma camisa preta de gola americana e uma gravata quadriculada. Sapatos do tipo mocassim. O corpo, desprotegido. Ele nunca usava sobretudo, capa ou qualquer tipo de abrigo. O aspecto esportivo combinava com seu cabelo fino, comprido e despenteado. Fora apelidado de Maigret porque trabalhava na polícia científica. Não guardava nenhuma semelhança com o verdadeiro Maigret, um pai de família mal-humorado, conservador, burguês, acabrunhado até dizer chega; uma espécie de herói dos franceses da classe média, e uma média de trezentos litros de vinho tinto ao ano. Lorenzo Maravillas, de quem Spade havia tirado o Lowren de seu último romance, tinha um aspecto muito mais saudável. Era alto e bonito. Seus olhos grandes e verdes eram um pouco rasgados, detalhe exótico responsável pelo seu apelido, o segundo, na delegacia: Sandocán.

Na delegacia, seu trabalho era fotografar delinqüentes e descobrir impressões digitais deixadas no local do crime. Usava brochas, pincéis e vários tipos de pó, como se fosse um maquiador de estrelas de cinema.

A presença de Maigret tranqüilizou Spade, Marlowe e Poe.

As mesmas pessoas que um segundo antes acreditavam que estavam diante do fim do mundo, viram, claramente, que aquele imenso estrondo não seria mais do que uma rebelião sem maiores conseqüências.

Miles continuava observando o horizonte à procura de um táxi, mas de vez em quando lançava olhares rapidíssimos para Spade, tentando pescar alguma coisa.

— São todos uns boçais, e o maior deles é o seu sogro — disse Maigret, dirigindo-se a Spade.

Ele precisava tomar um café antes de começar a trabalhar. A noite seria movimentada. Havia sido disparada uma ordem para que todos se apresentassem no seu local de trabalho. A disponibilidade teria que ser total.

Às vezes, depois das reuniões, os membros dos ACP que queriam continuar bebendo iam para o Trafalgar Pub, um híbrido de *pub* e bordel muito cafona que ficava na rua Fuencarral. Banquetas altas forradas de couro, tachinhas de latão dourado e três caça-níqueis epiléticos dispostos lado a lado. Convenceram Milagros a acompanhá-los. Ela desistiu de procurar um táxi, acendeu um cigarro e dirigiu a Spade um novo olhar, mais demorado, que era ao mesmo tempo dadivoso e mesquinho.

— Tenho uma notícia para vocês — declarou Spade, com uma certa solenidade, assim que os cinco se viram sentados em volta de uma mesa alta. — O meu golpe não é de Estado, mas para mim é como se fosse: deixei a editora, abandonei os romances. Não voltarei a escrever romances. Volto para casa derrotado, como um Dom Quixote, mas não vencido. Vou montar uma agência de detetives com Modesto: a Argos Detetives.

O corpo de Marlowe foi sacudido por um fingido calafrio, como se fosse essa a melhor maneira de receber uma novidade tão extraordinária. Poe limitou-se a observar Miles. Queria ver a reação da mulher. Ela permaneceu como estava, hierática. Maigret levou as mãos à cabeça e, em seguida, afrouxou o nó da gravata, para que a novidade descesse mais facilmente.

Spade queria contar a primeira parte da história — havia deixado a editora — pessoal e especialmente a Milagros, e a segunda — ia montar uma agência de detetives — a Maigret.

— Deve ser uma piada — desdenhou Marlowe.

— O país inteiro está sofrendo um golpe e você vem falar em piada?

Marlowe baixou a cabeça, cheio de pesar.

— Seus romances são bons — reagiu o jovem.

— Obrigado, Marlowe — acalmou-se Spade, sem lhe dar maiores atenções, e continuou, dirigindo-se a Maigret. — Eu e Modesto ficamos pensando que você poderia querer ser nosso sócio. Você é muito bom nesse negócio de fotografia. Poderia fotografar os caras, você sabe, os que nós vamos seguir ou qualquer outro que cruze nosso caminho. Modesto será o Diretor do Departamento Legal, você seria o Diretor de Documentação e Serviços Especiais, e eu, o Diretor Executivo.

Maigret ficou pensativo. Todos dependiam dele. Depois de um tempo, o policial disse:

— Se me permite lhe dar um conselho, Spade, não faça isso. O seu negócio é escrever, acredite em mim. Agência de detetive não é um bom negócio. Em Madri, há oito ou dez, e todas vão mal.

Exagerou, para desanimá-lo.

— Eu também poderia trabalhar com vocês — interveio rapidamente Marlowe, com um entusiasmo refrescante, triunfante, como se tivesse acabado de se alistar nos *boys scouts*. — Eu faria qualquer coisa para largar o meu velho e começar algo por minha própria conta. O trabalho menos importante poderia ficar comigo. Aquela coisa de seguir pessoas, entrar nos lugares sem ser percebido. Eu sou bom. Tenho qualidades pessoais. Sou bonito, minha lábia é de artista. De modo que você poderia me nomear Diretor de Assuntos Operacionais. Eu seria responsável pelo Detetivismo Prático: bigodes postiços, blusões de dupla face, plumbagina, alvaiade, negro de marfim...

— Está vendo, Loren. Até Marlowe enxerga o futuro. É preciso confiar na juventude — sentenciou Spade.

Marlowe, que recordou um diálogo do John Dalmas de Chandler, falou depressa, mudando o tom de voz:

— "Eu quero 25 dólares por dia mais despesas. Muito. Quanto para as despesas? Gasolina e óleo; talvez uma ou duas putas, alguma coisa para comer e uísque. Principalmente uísque... Sua voz era mais seca que um pedaço de giz. Olhei para ele e ele me devolveu o que devolvem os caça-níqueis, nada..." O que vocês acharam?

Ninguém aplaudiu. Poe animou-o, fingindo que tirava um chapéu imaginário, mas não abriu a boca.

Maigret não queria entrar em discussões, mas era um bom amigo. Da maneira mais suave possível, procurou fazer com que ele compreendesse que aquele não era o dia mais apropriado para falar do futuro de ninguém. Estava em jogo o futuro de todos.

— Preciso ir embora. Está ficando muito tarde para mim. A gente conversa sobre isso em outra ocasião. Você me acompanha, Sam? — perguntou Maigret.

— Você sabe que eu não posso aparecer naquele lugar — disse Spade contrariado, porque queria tratar do negócio dele. O resto não tinha a menor importância, mesmo que o fim dos tempos estivesse se aproximando.

Saíram do Trafalgar Pub. Em menos de duas horas, o movimento de Madri havia caído muito. Caminharam até a Glorieta de Bilbao, mas pararam quando Maigret percebeu que estava caminhando em sentido contrário.

— Eu vou por ali — e Maigret olhou para a rua Colón. — Quem quiser me acompanhe.

— Vou com você — disse Poe, timidamente.

— Mas você não ia ver comigo como está o ambiente na avenida San Jerónimo? — perguntou Marlowe.

— Acabei de passar por lá. Está tudo fechado. Não é possível atravessar — informou Maigret.

— Não importa. Eu vou me exibir por ali.

— Eu tenho que ir ver minha mulher — desculpou-se Spade, como se estivesse falando de uma pesada obrigação.

— Você não tem mais mulher, Paco.

Foi um golpe baixo de Miles. Em seguida, sem se despedir de ninguém, ela desapareceu num táxi.

Paco Spade não pôde esboçar a frase que tinha nos lábios. Despediu-se. Até a quinta-feira seguinte, se não houvesse outra guerra civil. E também partiu em direção a Gênova.

Maigret, Marlowe e Poe caminharam juntos por um bom pedaço. Quando chegaram à rua Colón, ali de onde se parte para a Corredera Baja de San Pablo, Marlowe seguiu seu caminho. Estava certo de que partia para uma quermesse.

— Arre!

Maigret e Poe continuaram andando sozinhos. Só se conheciam de vista, nunca haviam conversado, nem nas reuniões dos ACP nem fora dela. Maigret nem sabia o nome de batismo de Poe, de modo que começou por aí.

— Temos nos encontrado ao longo dos últimos três meses, mas a verdade é que ainda não nos apresentaram como Deus recomenda. Meu nome é Lorenzo.

Apertaram-se as mãos.

— Eu sei, já sei. Eu me chamo Rafael, Rafael Hervás — disse Poe.

A timidez levava-o a repetir as frases.

Lorenzo Maravillas perguntou o que ele fazia, em que trabalhava, onde morava. Poe falou do banco e disse que vivia numa hospedaria na vizinhança do Porta do Sol.

— E para onde você está indo agora? O que vai fazer hoje à noite? Sua família vive em Madri?

Ele tinha uma família: a mãe e dois irmãos mais velhos, mas não em Madri. Não tinha ninguém em Madri, ninguém. E pai em lugar nenhum, seu pai estava morto.

— Sinto muito — murmurou o policial.

— Foi há muito tempo. Não cheguei a conhecê-lo — disse Poe, como se estivesse se desculpando.

Caminharam um pouco em silêncio.

— Eu não sabia de nada — disse Maigret ao final de todo aquele tempo, só para quebrar o silêncio. — Deve ser triste não conhecer o pai.

Poe, sempre muito reservado, tímido, calado, fez uma confidência, coisa rara nele.

— Sim, é sim. Não dá nem para imaginar.

Continuaram calados durante um trecho do caminho. Maigret começou a pensar que precisava se livrar daquele jovem que preenchia os espaços reservados aos diálogos com silêncios desconfortáveis. Ele era comunicativo, e não gostava de gente taciturna. Mas quem quebrou o gelo foi Poe, e com naturalidade.

— O senhor tem família aqui?

— Por que me trata de senhor? Aqui não. Minha família é de Sevilha.

— Alguém me disse que uma das normas dos ACP determina que todo mundo se trate de senhor — disse, timidamente, Poe.

Maigret explicou que a norma do senhor só valia quando estavam no Comercial.

— É como eu costumo dizer. É uma besteira do Spade. Ele às vezes se comporta como se fosse meio maluco. Você já viu alguém tratar alguém de senhor no Comercial?

— Eu trato todo mundo de senhor. Foi o que me disseram que tinha de fazer.

— Quem lhe disse isso?

— Marlowe.

A especificidade daquele assunto, em vez de estabelecer uma cumplicidade, travava ainda mais o diálogo.

— O senhor é de Sevilha? — perguntou, finalmente, Poe, num esforço inútil para parecer natural.

— Sim — respondeu Maigret.

— Não é perceptível pelo sotaque.

A informalidade era desconfortável para Poe. Ele tinha dificuldade de manter uma conversa normal com as pessoas. Era por isso que estava, aos vinte anos de idade, em Madri, sem amigos, morando numa pensão do Sol. Era possível que estivesse sofrendo, mas jamais confessaria.

— Minha mãe vive em La Almunia — disse Poe de repente, e contou a Maigret que também lá viviam seus irmãos e seus sobrinhos e onde ficava a aldeia e que não tinha para onde ir e que não tinha a menor vontade de voltar para a pensão.

Poe falava em voz baixa, olhando para frente, sempre com a cabeça inclinada. Sem nunca olhar nos olhos. Maigret teve pena do rapaz.

— Poe, quantos anos você tem?

Poe sorriu de novo, mortificado.

— Vinte.
— Você já serviu ao Exército?
— Não, não preciso. Sou filho de viúva. Minha mãe é viúva, como lhe disse. Minha irmã é dezessete anos mais velha e meu irmão, treze. Minha mãe depende de mim.
— Venha comigo, se tiver vontade. Se lhe perguntarem alguma coisa na delegacia, diga que é meu primo.
O animado Maigret era homem de decisões otimistas.
— Você gosta de romances policiais?
Poe nem abriu a boca.
— Pois hoje vai ter uma aula prática.
Em menos de dois minutos, Maigret desistira de se livrar daquele jovem e resolvera adotá-lo e ensinar-lhe algumas coisas. A decisão lhe fez bem.

A sordidez da delegacia, o abandono em que se encontravam as dependências do andar de baixo, a maior parte delas com as portas abertas e vazias, contrastava com a estridência arrogante dos telefones e as vozes que provinham da parte de cima. Havia manchas, e não eram poucas, de borracha negra em todas as paredes, como se alguém tivesse promovido sessões de pancadaria nos corredores e os policiais tivessem dado, sem pensar, ao acaso, umas patadas gratuitas, coisa extremamente absurda porque era naquelas salas do primeiro andar que tramitavam, exclusivamente, documentos de identidade e passaportes.

Subiram para o segundo andar, onde ficavam o escritório e o laboratório fotográfico de Maravillas, e também as salas de seus companheiros, todos instalados no fundo de um corredor muito estreito, ladeado por paredes também maltratadas e asquerosas, cobertas de manchas e de fendas e de buracos que lhes davam uma aparência fidedigna de documentos cartográficos de países imaginários.

Os cubículos angustiantes tinham sido tomados por uma excitação exacerbada. A Espanha inteira estava recolhida em casa, como se fosse Natal — a ironia de Spade — e parecia que estavam preparando ali o cotilhão da noite de fim de ano. Vista de perto, aquela atividade parecia tão inútil quanto caótica. Havia três radiotransmissores sintonizados em volume máximo em diferentes ondas, uma televisão portátil que exibia imagens de chuvisco, de péssima qualidade, e emitia um incômodo som de fritura, e mais quatorze policiais, alguns vadiando sem saber o que fazer, como feras que se flagelam e se excitam arranhando as barras de ferro das jaulas, e outros, abertamente contrários à aventura golpista, taciturnos, atentos e sombrios.

Quando o chefe de Maravillas, Maigret ou Sandocán ouviu-o chegar, saiu de sua sala gritando. E antes de perguntar por que ele estava chegando tão tarde, disse que ia baixar o cacete nele. Estou cheio de você, disse.

Era um velho magro, de estatura desprezível, débil e enérgico. Tinha uns sessenta anos. Usava um terno cinza de corte executivo. Quatro mechas de cabelo muito longas coladas no crânio. Cara cheia de veias vermelhas e azuis que pareciam ter explodido todas ao mesmo tempo. O conjunto dava ao homem uma coloração violácea que intensificava seu caráter irascível. Estava bêbado. Sempre estava, desde o meio-dia. Começava com vermute e ia até a meia-noite, o dia e a noite fechados com uísques, vodcas ou o gim habitual. No caso, estava fedendo a gim. A língua, travada. Precisava disfarçar. Gania as palavras com uma energia impressionante para quem não tinha mais de onde tirar forças.

— Quem é esse cara? O que ele faz aqui?

Gritou tão alto que Poe arrependeu-se de ter acompanhado o amigo, e iniciou um discreto movimento de retirada. Maigret deteve-o, segurando-o pelo braço.

— É meu primo. Um bom menino, um dos seus, dom **Luís**. Foi como alimentar uma fera. Dom Luís, o comissário chefe, aquietou-se instantaneamente, como por encanto.

— Esta é uma coisa que deve ser dita antes. Você não tem nome, rapaz?

Um novo ânimo tomou conta de dom Luís. Era uma esperança pestilenta. Passou o braço em volta dos ombros do rapaz e o arrastou à sua sala, as costas viradas para Maigret, e dando ordens a torto e a direito, a todos e a ninguém.

— Maravillas, você está sabendo do caso da velha da rua del Barco? Você tem que correr para lá agora mesmo disparando merda.

Olhou, então, com curiosidade para Poe, e disse-lhe, amavelmente:

— Então você é da Força Nova?

Poe não sabia como se defender da camaradagem daquele desconhecido. Ele estava enfiando as unhas em seu pescoço.

A sala de dom Luís era presidida por um retrato do caudilho quando jovem, quando ainda tinha um ar de Napoleão; faixa verdacha cruzando metade do peito metade da barriga, e aquele olhar perdido no infinito de quem ganhou uma guerra, deixou um milhão de mortos estendidos nos campos de batalha, e pôde, finalmente, subir aos céus com a sensação do dever cumprido. Sob ele, uma bandeira descomunal, certamente trazida pelos terços de Flandes. Sobre a mesa, apoiado num gólgota atapetado, um Cristo cromado fazia às vezes de peso de papel.

Dom Luís acabou soltando sua presa. Sentou-se à extremidade oposta da mesa. E comunicou a Maigret e, já que a porta da sua sala continuava aberta, a toda a equipe da delegacia, que "uns sujeitos que tinham o que é necessário ter" haviam feito na Espanha o que deveria ter sido feito há muito tempo. Agora, as coisas voltariam para o seu devido lugar. Soou, então, uma ventosidade desatinada que as regras da verossimilhança teriam achado demasiado exata para ser real, mesmo nas novelas mais medíocres. Um homem tão enfermiço não poderia soltar gases tão pedregosos e tão tonitruantes.

— A culpa é dos antibióticos. Despertam os gases — desculpou-se.

Poe estava constrangido. Maigret havia desaparecido, e o rapaz não sabia o que aconteceria naquela sala.

— Então você é da FN? — repetiu, desconfiado.

Poe respondeu com um gesto ambíguo de sobrancelhas.

— Sandocán! — gritou de novo como um energúmeno para a porta, no exato instante em que começava a berrar o telefone na sua mesa. — Tire o seu primo daqui. Ele é um idiota.

Maigret entrou e arrancou Poe da vista do comissário chefe, que falava ao telefone. Quando estavam saindo, ouviram ele repetir muitas vezes "às suas ordens, meu general", e alguma coisa como "maricas e comunistas". Já perto da porta de saída, ouviram mais uma vez o vozeirão de dom Luís. Ele gritava: "fechem esta porta!", berro acompanhado de vapores bélicos.

Maigret levou Poe a seu laboratório.

— Entre — disse, abrindo caminho.

Tratava-se de um quartinho asfixiante, mal-ajambrado e certamente provisório. O Módulo Experimental, ligado ao Gabinete de Identificação da Unidade Policial da Porta do Sol, precisava de melhorias urgentes. Maigret havia engendrado um sistema que lhe permitia ficar sentado confortavelmente durante horas, lendo romances policiais sem que ninguém o molestasse. Um cabeamento apropriado acendia a pequena luz vermelha posicionada sobre a porta sempre que lhe fosse conveniente. Estivesse trabalhando ou não.

Pediu desculpas.

— É o sogro de Spade.

Poe fez cara de surpresa.

— Você não sabia?

Era evidente que não.

— Então, vamos lá — acrescentou, enquanto pendurava no ombro uma máquina fotográfica e levantava do chão uma maleta de metal. Passou-a a Poe.

— Você vai ver um crime. Ao natural. Nada a ver com romance.

No mesmo momento em que Maigret e Poe chegavam à casa da velha da rua del Pez, Spade estava batendo na porta do apartamento em que sua mulher ainda vivia, perto da Plaza de Roma.

Dora não gostava que Paco aparecesse sem telefonar. Muito menos tão tarde. Era inadequado sob todos os aspectos. Mais sério: ela dividia o apartamento há onze meses com um jornalista da mesma idade dele, Paco. Dora não queria nada que interferisse numa relação que parecia ter lhe devolvido as ilusões perdidas.

— Você sabe que não gosto que apareça aqui, muito menos sem avisar.

Dora não estava disposta a permitir que entrasse.

— Cadê a menina? — arrependeu-se, imediatamente, de ter feito uma pergunta tão idiota, e, para consertar, acrescentou, as unhas arranhando o portal de madeira:

— Dora, você está belíssima...

Ela ainda não tinha trinta anos. Era, de fato, muito bela, mas não tanto quanto achava Paco Cortés, que a considerava, tirando Ava Gardner, a pessoa mais bonita do mundo.

Tão alta quanto ele, era morena e tinha olhos imensos. Mas era a voz que a tornava tão atraente. Às vezes, quando ainda viviam juntos, Paco fechava os olhos e lhe pedia, conte-me coisas ou leia-me em voz alta. E envolvia-se naquela voz sussurrante como em um pedaço de veludo. Que voluptuosidade! Tinha uma cabeleira negra cheia de ondas, uma boca bem proporcional e um nariz reto. O rosto clássico de uma cariátide.

— ...verdadeiramente linda.

Era notório que ninguém além de Paco jamais lhe dissera coisas como essas com tanto fascínio, mas ela havia sucumbido tantas vezes a essas palavras e a outras semelhantes que a simples idéia de ceder um centímetro fazia com que os próprios elogios a deixassem irritada. E depois, era sabido que ele dissera coisas parecidas a muitas outras mulheres.

— Você veio só para me dizer isso? — perguntou-lhe secamente, sem se afastar um centímetro, com uma das mãos apoiada no umbral da porta obstruindo-lhe o caminho.

— O repórter está aí?

Também não havia ninguém que pudesse ser tão inconveniente.

— Paco, por favor, esqueça-o. O que você quer? Tenho muitas coisas para fazer.

Paco conhecia bem Dora e, graças aos romances policiais, conhecia bem o seu gênero, e entendeu que a resposta de Dora à sua pergunta só podia ser um não. O campo estava livre. Assim, começou pedindo desculpas e adotou um ar submisso.

— Sinto muito, Dora. Você já sabe o que houve no Congresso?

Dora assentiu com um movimento pesaroso das pálpebras.

— Mamãe me telefonou. Está preocupada com papai. Ele estava de cama, arriado por uma gripe, mas, quando soube dos fatos, saiu correndo para a delegacia. Já estava bastante carregado. Conhecendo-o, sei que é capaz de qualquer coisa.

— É por isso que eu vim. Estava preocupado com vocês. Todos dizem que a situação é muito grave. Creio que em momentos como esses a gente deve estar com a família. Posso entrar para ver a menina?

Dora esteve a ponto de dizer-lhe que elas não eram a sua família, mas não tinha vontade de começar uma discussão, e acabou permitindo, com um gesto de enfado e resignação, que ele entrasse.

— Só por um momento. Você vai ter que ir embora daqui a pouco.

A menina, que brincava num canto da sala, reconheceu o pai e o recebeu com uma grande manifestação de alegria. Paco Cortés ergueu-a nos braços e a lançou para o alto três vezes, como se fosse o gorro de um cadete, e isso desenhou no rosto da pequena uma expressão ao mesmo tempo de satisfação e pânico.

Dora contemplava a cena com um sorriso triste. A reação quase delirante de tão entusiasmada que o pai provocava na menina deixava a mãe orgulhosa, mas também a inquietava. Paco deitou a menina em seu braço esquerdo e, com a mão direita, tirou do bolso da gabardina — uma gabardina velha e enrugada semelhante à de Delley, de Sam Spade e de Sam Speed — uma escavadeira de ferro que quase rasgou a capa em mil lugares com suas pás dentadas e cabines giratórias. A menina recebeu com gritos de viva seu novo brinquedo, colocou-o ao lado das outras peças do parque de diversões que havia armado no assoalho e perdeu o interesse pelo pai.

— Posso sentar um minuto?

Dora encolheu os ombros, como se estivesse diante de uma fatalidade. Paco desabou no sofá. Dora aliviou seu cansaço sentando-se no braço de uma poltrona que ficava diante dele, como se quisesse reafirmar com o gesto que a visita seria breve.

— Ele não está?

Paco, que já sabia a resposta, tentou fazer com que a palavra *ele* soasse o mais educadamente possível.

— Não — respondeu Dora, sem que Paco pudesse adivinhar se ele não estava porque ainda não havia chegado ou se não estava porque não viria mais.

— Tenho uma boa notícia para você — disse Paco Cortés.

Dora não se mostrou entusiasmada. As notícias que seu marido lhe apresentava como sensacionais nunca o eram de fato, porque não levavam a parte alguma. "Parece-me que querem traduzir meus romances para o inglês. Você imagina?" "Espeja me disse que a partir de janeiro vai me pagar mais por página. Percebeu que eu poderia assinar um contrato com um concorrente." "A partir de agora, seremos felizes, Dora." Essas eram, habitualmente, as boas notícias de Paco.

Dora esboçou uma careta que pretendia ser, mas não era, amistosa.

— Também trouxe isso para você.

Procurou em outro bolso um embrulho feito com papel de presente e estendeu-o. Havia, finalmente, entrado em uma das lojas da rua Goya e comprado um lenço de seda. Dora nem abriu o pacote. Deixou-o de lado.

— Você não vai abri-lo?

— Daqui a pouco.

Aquele menosprezo feriu Paco. Ela não estava disposta a transigir. Achava Paco um homem perigoso, um sedutor nato, cheio de recursos. Por isso, a relação deles tinha ido a pique. E cada vez que o via, naquela mesma casa que os dois haviam compartilhado, propósitos e idéias vinham abaixo.

Ele estava, sim, muito atraente. Estava mais magro. Seus olhos brilhavam. Paco Cortés também tinha olhos muito bonitos. Pareciam com os seus. Somos iguais, diziam um para o outro no começo. Ela gostava até daquele nariz grande, aquilino, fino, de árabe. "De judeu", matizava ele, só porque não acreditava que os árabes gostassem de romances policiais.

Paco desviou o olhar para a filha, que brincava, feliz. Ficou assim, sem abrir os lábios, olhando a menina, por alguns momentos, como se isso bastasse. Esperava que Dora abrisse o presente e sabia que Dora sabia que ele estava esperando por isso, e Dora sabia que era isso que Paco esperava, e antes que pudesse evitá-lo estava desfazendo o embrulho.

— É bonito, Paco.

E disse bonito porque lhe pareceu ser uma capitulação menor do que se dissesse que era lindíssimo. Apreciava o bom gosto de Paco. Gostava que soubesse do que ela gostava. Onde teria aprendido tanto sobre as mulheres? E pensar nas mulheres que se relacionaram com seu marido feriu-a, e feriu-a lembrar que havia sido Paco o primeiro a fazê-la esquecer a aversão que chegou a sentir por todos os homens, uma conseqüência do dano irreparável que lhe havia infligido um deles. Pareceu-lhe, também, que não estaria se entregando de todo se conseguisse não desfazer as dobras do lenço, de modo que, com um gesto deliberado, colocou-o sobre a mesa tal como saíra do embrulho, sobre o papel de presente.

— Discuti com Espeja...

Fez-se silêncio. Paco procurou entender a reação de Dora olhando para seu rosto. Ela estava distraída. Passava o dedo em uma das flores da estamparia do lenço.

Paco também queria dosar a notícia. Respirou, adotou um ar de mistério e reserva, e acrescentou:

— Estou abandonando os romances, Dora. Acabou. Não voltarei a escrever.

Dora não se moveu. Tinha ouvido o marido dizer, sucessivamente ou de uma só vez, que deixaria de fumar, que deixaria de beber, que deixaria de chegar a altas horas da madrugada ou que deixaria o emaranhado de saias que os levara à separação. Mas jamais ouvira ele dizer que deixaria de escrever romances. Aquilo era sagrado. A única coisa com a qual Paco jamais havia brincado.

— Que romances? Os de Espeja ou os seus?

— Todos, Dora. Se até agora não escrevi os meus, os de verdade, os que gostaria de ter escrito, é porque só fui capaz de escrever os de Espeja.

De todas as pessoas às quais havia, naquele mesmo dia, participado sua decisão, a única que acreditou nela foi Dora, talvez porque fosse a única a quem nunca havia mentido. Enganara-a muitas vezes, mas nunca lhe mentira. Quando lhe perguntou, há dois anos, se Paco tinha estado com outra mulher, Paco olhou-a nos olhos. Ele sempre gostara dos olhos de Dora. Tão negros, tão vivos, tão eloquentes! Naquele dia, eram mais de três da manhã e Dora, que estivera chorando, esperava por ele acordada. Nunca se importara que seu marido saísse às vezes com seus amigos. Ela até o incentivava a fazê-lo, depois de vê-lo enfiado o dia inteiro em casa, trabalhando sem parar. Conhecia bem todos seus amigos. Não eram os companheiros das reuniões dos ACP, e sim outros, que havia conhecido aqui e ali, nos tempos já bem distantes do colégio, na universidade, ao longo da vida, preservados de alguma maneira. Às vezes, Dora o acompanhava, mas eles acabavam sempre falando das mesmas coisas, de romances policiais, e, quando aparecia alguma esposa, ela era obrigada a ficar ouvindo aquelas histórias tediosas a respeito de assuntos domésticos.

Acabou desistindo de acompanhá-lo. Naquela ocasião, na noite de que falamos, Paco não respondeu à pergunta direta de Dora, e ela teve que repeti-la. Você estava com outra mulher? Sim, respondeu Paco, secamente. Os olhos de Dora, aqueles preciosos olhos negros, voltaram a encher-se de lágrimas, mas ela permaneceu imóvel.

Nos romances de Paco, as mulheres jamais choravam, e muito menos por um homem. As belíssimas heroínas que saíam da cabeça de Paco Cortés teriam preferido deixar que arrancassem as suas unhas a chorar por algum homem. Suas dores eram afogadas em martínis, assim como as dos homens eram afogadas em uísque de malte puro. Mas Dora não era uma heroína, e sim uma mulher de verdade. Dora não tinha o hábito de chorar. Chorara duas vezes na vida. E essa era a segunda. Paco não sabia nada sobre a primeira. E não poderia ter adivinhado a causa, relacionada com aquele lamentável episódio que levara Dora a odiar e a desprezar os homens, seres que considerou repugnantes durante quase dez anos. Estavam um diante do outro, em pé. Você esteve outras vezes com ela? Esse "ela" ainda era para Dora um campo minado, pois não sabia se teria de falar de muitas mulheres de uma vez ou apenas de uma. Não sabia o que seria pior. E Paco Cortés, que não queria feri-la com a verdade, também não quis enfrentá-la com a mentira, e disse, baixando um pouco a voz, mas não o olhar: algumas vezes.

Era uma resposta muito evasiva para o que Dora pedia, para aquelas lágrimas que a humilhavam mais do que a ele, e repetiu a pergunta. Paco disse, a princípio, o que importa quantas vezes? Dora limitou-se a esperar pela resposta. Depois de uns minutos, Paco anuiu, não sei, dez, talvez doze, disse. Uma única mulher? Paco, que havia respondido mais ou menos a todas as perguntas com uma única palavra, não se atreveu, diante de mais essa, nada além do que piscar com circunspeção, para não parecer um cínico. Dora, que não havia conseguido conter as lágrimas, acabou não podendo também conter a raiva. Lançou-se contra ele, gritou, esbofeteou-o, insultou-o, chutou-lhe as pernas, golpeou-lhe o peito com os punhos com toda a força que conseguiu reunir. Paco não cedeu terreno; não fez nada para se defender ou se proteger. Naquele momento, compreendeu que havia se comportado como um imbecil: acabava de perder a mulher que amava. Mas o que doeu mesmo foi quando Dora, entre soluços cheios de raiva, gritou vocês homens são todos uns canalhas, pois não conseguiu entender completamente quem estava incluído naquele plural.

Dora exigiu que ele abandonasse imediatamente o apartamento, e Paco passou a noite vagando pelas ruas desertas de Madri, à espera da alvorada e do perdão.

"Que noite tão amarga. Não se é um homem até que se passe uma noite caminhando sozinho por uma cidade, sem rumo, trazendo na boca o amargo sabor da desdita, sentindo nos olhos a mordaça do sono e as brasas da insônia, sentindo na alma a paz angustiada da morte e os punhais abrasivos do infortúnio, sentindo na imaginação o medo dos ocasos e a perspectiva infinita de uma dor que apenas começava." Isto mesmo, essas mesmas palavras, ele emprestaria ao herói do romance que escreveria quinze dias depois, intitulado *A noite é inocente*. Naquela noite estava, sem dúvida, ainda longe de poder pensar em si mesmo com a frieza de algum de seus detetives.

A aurora chegou pontualmente, mas o perdão não amanheceu em parte alguma. Tentou ajeitar as coisas. Dora se recusava a falar com ele. Mandou trocar as fechaduras. Paco insistia em voltar, culpou-se de tudo. Dora finalmente cedeu, e Paco voltou ao apartamento carregando a tristeza dos culpados. Mas um fato fortuito, um telefonema de outra das moças que havia conhecido numa daquelas noites de loucura, e que Paco jamais soube como conseguira o número de seu telefone, fez a roda girar de novo. E Paco, que não havia mentido a Dora na primeira vez, tampouco lhe mentiu na segunda. Juro, assegurou-lhe, que não há nada entre nós. E se não há nada, por que ela ligou aqui para casa? Não adiantou que Paco fizesse a mesma pergunta: por que havia ligado? Maldisse sua sorte. Subitamente, uma aventura desativada e morta foi a que fraturou um casal ao qual a aurora e o futuro pareciam sorrir.

Paco nunca deixou de se condenar por não ter mentido para a mulher, como haviam feito tantos na história da humanidade, continuavam fazendo e fariam no futuro para a honra da instituição e do bem-estar dos bafejados por ela. Esse tipo de problema era solucionado todos os dias em milhões de lugares do mundo com uma simples mentira. E graças a isso o mundo parecia funcionar. Pela trapaça. Mas Paco não conseguiu mentir, pela mesma razão que nenhum de seus detetives mentia. Na vida e nos romances policiais, é necessário saber de que lado se está. Ele havia jogado a mesma partida em uma outra equipe de uma só vez, e as coisas haviam saído mal. Naquela segunda vez, o pai de Dora, dom Luís, acabou intervindo. Ele já havia ficado contra a primeira reconciliação, assim como fora contra o casamento, e viu naquelas escaramuças a maneira de tirar do caminho um genro que lhe parecia um desocupado, um sem-vergonha, um mulherengo e o pior partido do mundo para sua filha. Expulse-o de casa, aconselhou então a Dora, ele é um vadio e não me obrigue a lhe contar outras coisas.

Havia mandado segui-lo. E Paco, que passava a vida construindo romances nos quais todo mundo vigiava, espiava e rastreava todo mundo, nunca percebeu que tinha colados em suas patas dois policiais da delegacia da rua de la Luna, na qual estivera tantas vezes. Eles o seguiam por todo o rosário de bares americanos e clubes alternativos nos quais buscava, como dizia a Dora, procurando justificar-se, "argumentos" para seus romances. Se escrevesse os romances sociais, ou "sérios", como preferia dizer Espeja, o velho, que ele prometia a Dora que faria algum dia, teria vivido em favelas e bairros operários. Mas o crime gosta das putas, e as putas, do crime. "São coisas que andam juntas, como a merda e o cu", segundo dissera, numa frase pouco memorável, o sargento Bob Martin, da divisão de Narcóticos, ao descobrir certo dia uma muamba importante escondida no reto de Tim Ferguson.

E aquele "não me obrigue a contar outras coisas" de dom Luís só podia significar uma coisa. Que contara à filha tudo o que sabia, e mais ainda do que sabia, o que só era admissível no terreno das conjecturas.

Mas Dora, que havia sido informada pelo próprio Paco de muitas das suas incursões, que acreditava serem inocentes, acreditou em seu pai quando este resolveu cuspir nela todo o veneno que trazia dentro dele.

Pai e filha não se entendiam muito bem, mas ele era o avô da menina. Assim, um certo dia, antes que Dora tivesse chamado o chaveiro pela segunda vez, Paco encontrou os sogros em sua casa. Dom Luís, como de hábito, estava ligeiramente bêbado, ou seja, num nível tal que ninguém pudesse estranhar. Se eu vir você molestando Dora ou a menos de cem metros de distância dessa casa, meto-lhe dois tiros, disse dom Luís, e antes que alguém pudesse evitá-lo, estava a um passo de Paco, com o punho erguido diante de seu rosto. A menina, que ainda não completara um ano, assustou-se com o vozerio e começou a chorar. O choro da menina arrancou um pranto não menos assustador da sogra, uma mulher que amava jóias, permanentes marmóreas e unhas pintadas de coral. Dora, também aos gritos, interpôs-se entre o pai e o marido, pedindo um pouco de calma. Dom Luís havia enfiado as mãos na cintura para afastar a parte de trás do paletó. Seu único objetivo era o de que todos soubessem que estava armado. Esta era uma atitude que costumava adotar sempre que queria impressionar alguém; uma mulher jovem, por exemplo, um preso ou até um calouro recém-saído da Escola de Polícia da rua Miguel Ángel. Paco limitou-se a olhar a cena com a cabeça enviesada, como se estivesse examinando uma pintura abstrata. A indiferença do genro exasperou ainda mais o comissário, que radicalizou sua atuação. Voltou a repetir, aos berros, que atiraria várias vezes em Paco se voltasse a vê-lo por ali.

Desde então, Paco nunca mais havia visto o sogro. Deixara também de visitar seus velhos amigos da polícia. Tinha que se conformar em encontrar Dora e a menina uma ou duas vezes por mês, freqüentemente num café, no meio da tarde. Não tinham tempo nem para beber um refresco. Também não faziam planos sobre o futuro da filha.

Mas, naquela noite, o futuro que mais preocupava era o dos adultos.

— Paco, você tem quer ir embora.

— Ele vai chegar?

— Não. Não está em Madri.

— Eu deveria ficar com vocês, por tudo o que pode acontecer. Posso dormir no sofá. Um golpe de Estado é uma coisa muito grave. Violeta também é minha filha.

Falavam em voz baixa, como dois amantes, e isso deu a ele vagas esperanças, e a ela, muita inquietação.

— Você não vai me perguntar o que estou pensando fazer?
— O que você vai fazer, Paco?

Dora estava cansada. Via-se que já tinham tido conversas semelhantes outras duzentas vezes.

— Na verdade, não sei — respondeu-lhe Paco, com um ar desolado.

Não se atreveu a falar da idéia original da agência que estava pensando em montar, mas relatou o episódio vivido com Espeja, o velho.

— Acho que passou a tarde inteira ligando para Espartinas para pedir desculpas.

Pegou a carteira e entregou a Dora as trinta mil pesetas que havia pedido emprestadas e outras cinqüenta mil.

— Pegue. Não vão me fazer falta.

Referia-se à agência de detetives, mas ele mesmo percebeu na frase um viés dramático em que havia, mais que o mistério que procurava, um efeito misterioso.

Dora pegou o dinheiro, sem saber como interpretar aquelas palavras.

— É mais do que você nos deve — disse sem ter contado o dinheiro, apenas pelo volume.

— Logo faremos as contas.

— Tem que ser agora. Preciso saber quando seremos obrigados a nos ver de novo.

— Se não vou vê-la até que o dinheiro acabe, devolva-me o que está sobrando e voltaremos, como sempre, a nos encontrar no final do mês.

Dora contou o dinheiro em silêncio, separou o que era delas e devolveu-lhe o restante.

Paco insistiu para que ficasse com tudo.

— Não podemos ser amigos?

— Somos amigos, Paco. Mas agora você tem que ir. Tenho que dar o jantar para a menina.

— Posso ficar para ver como você lhe serve o jantar?

Dora pensou:

— Não.

Todas aquelas frases estavam envoltas num sussurro, como se eles estivessem conversando na cama, logo depois de terem despertado de um pesadelo.

— Te amo, Dora.

— Por favor, Paco, não comece — e a fragilidade do diálogo ficou patente em seu fio de voz, quase uma carícia.

Haviam chegado a um ponto em que nenhum dos dois podia dar um passo a mais. Dora ficou de pé e Paco imitou-a. Ele não encontrou nem mesmo forças para se despedir da menina, distraída com seus brinquedos.

Na porta, Dora disse:

— Tenha cuidado na rua, Paco. Vá direto para casa. Logo nos falaremos.

E Dora, que há quase dois anos nem ao menos lhe dava a mão quando se encontravam ou se despediam, roçou seus lábios num beijo fugaz, imprevisto, sonâmbulo, e antes que Paco reagisse já havia dito adeus e fechado a porta.

Quando se viu sozinho no corredor, Paco não soube o que fazer. O que Dora teria pretendido dizer com aquele beijo? Ele gostou daquele beijo pelo que tinha de novelesco. Gostava muito da vida quando ela se parecia pelo menos um pouco com seus romances. Voltou a tocar a campainha. Sabia que Dora estava do outro lado, mas não sabia que ela afogava como podia um soluço desesperado, e que havia cruzado os braços sobre o peito para se defender do próprio infortúnio, e que, mais do que abraçá-los, apertava com as mãos os ombros como se fossem o mastro das suas próprias convicções, como um Ulisses reduzido, para não sair correndo atrás daquele homem por quem ainda estava perdidamente apaixonada, e trazê-lo para casa, e enfiá-lo na cama, e levantar-se com ele, com um fio de voz do meio dos sonhos.

Paco esperou uns instantes do lado de fora. Quando compreendeu que Dora não abriria a porta, desistiu de chamar o elevador, e desceu pelas escadas, lentamente, como os heróis dos seus romances, mas sem se lembrar de nenhum deles.

MAIS OU MENOS no mesmo momento em que Paco Cortés deixava a casa de Dora, a polícia judiciária cercava o apartamento da rua del Pez, e Poe, Maigret e mais três companheiros seus de delegacia ganhavam a rua e o fantasmagórico, frio e rarefeito ar de uma noite que prometia ser tão longa como de desenrolar incerto.

Os poucos carros que ainda circulavam em Madri andavam numa velocidade tão endiabrada que poderia tanto eximi-los de qualquer culpa pelo golpe de Estado como torná-los seus cúmplices. Poderia se dizer que seus ocupantes estavam correndo para aderir ou procuravam colocar-se a salvo num lugar seguro.

O quadro da rua del Pez parecia ter sido pintado involuntariamente por José Gutiérrez Solana, pelo que havia nele de desolação, velhice e derrota. Era o primeiro morto que Poe encontrava, e o rapaz resistiu com a integridade de um médico legista. Já este e o próprio juiz limitaram-se a olhar o cadáver de longe, deixaram o trabalho nas mãos de seus auxiliares e correram para uma salinha na qual o primeiro ficou tomando notas, e o segundo, iniciando as primeiras diligências. A contrariedade deles talvez não se devesse tanto ao drama como ao fato de terem sido tirados de seus aprazíveis refúgios num momento tão inoportuno; talvez por isso tenham exibido sua irritação e descarregado um par de frases amargas a respeito da demora de Maigret, já que não poderiam examinar o cadáver até que as fotografias tivessem sido tiradas.

Um velho de oitenta anos, e não uma velha, como haviam sido informados inicialmente, aparecera enforcado na maçaneta de uma porta. Apesar da sua estatura grotesca e das suas péssimas condições físicas, os joelhos do morto descansavam, com naturalidade, no solo. Tinha a cabeça inclinada, um hematoma ocupava boa parte da metade direita do rosto e os braços, pendurados, estavam ligeiramente separados do corpo, como se o pobre homem tivesse tentado voar.

Era pouco provável que se tratasse de um suicídio. Naturalmente, nenhum dos presentes, inclusive o médico legista, um homem velho muito saudável, havia testemunhado ou ouvido falar de algo parecido com aquilo.

Um dos policiais aproveitava a ocasião para fazer piadas à custa daquela morte tão incomum.

O pequeno apartamento do assassinado, alugado há muito tempo, ficava num edifício gótico que tinha uma escada pestilenta formada por degraus caprichosamente desiguais, e havia sido invadido por curiosos e vizinhos que não conseguiam se livrar do seu assombro; estavam tão espantados quanto loquazes. Quando Maigret, Poe e comitiva chegaram, cada um dos presentes já tinha idéias muito sólidas, mas não menos contraditórias, que expunham com extrema convicção.

O investigador, sem se atrever a tocar nos móveis por temer que partículas da imundície e da miséria do lugar ficassem grudadas na sua roupa, efetuava de pé os primeiros interrogatórios, enquanto seu auxiliar, sentado em um sofá, indiferente à sujeira e ao seu próprio terno, tomava os depoimentos por escrito: quem havia encontrado o cadáver, se o morto vivia sozinho no apartamento, quem e quando havia visto o defunto pela última vez, que parentes ele tinha, se é que os tinha, onde eles viviam, como ele era, qual era o seu caráter, que tipo de vida levava...

— Veja, Poe, esse é um caso muito interessante. Suicídio ou assassinato?

Quando Maigret já havia esquecido a pergunta e maquiava com um pincel as maçanetas das portas, Poe, que havia caminhado pela casa, distraidamente, aproximou-se do amigo e ficou um pouco ao seu lado, olhando como ele trabalhava.

— Eu diria que foi suicídio. Um suicídio — sua voz estava turvada pela timidez. — Se fosse um assassinato — continuou —, seria um crime perfeito, e não há crime perfeito, como nós sabemos. Se existisse um criminoso capaz de fazer uma coisa dessas, nós saberíamos quem é, pois teria deixado um cartão de visita.

— Maravillas, de onde você tirou este Sherlock Holmes? — perguntou um dos membros da brigada que ouvira a dedução.

— É meu primo — esclareceu Maigret.

Poe, envergonhado e enrubescido até a raiz dos cabelos, jurou não abrir a boca mesmo que o próprio doutor Watson em pessoa quisesse saber sua opinião.

De fato, não havia na casa sinais de luta ou de resistência, tudo estava em ordem, o suicida tinha, inclusive, tirado os sapatos, sabe-se lá por quê, e os havia deixado ao pé da porta, colocados juntos um do outro, limpos, como se estivessem esperando a chegada dos Reis Magos. No espaldar de uma cadeira próxima, dobrado cuidadosamente em quatro, havia um cachecol, seguramente o mesmo que o homem tinha usado naquele dia para sair à rua. Os vizinhos também não haviam notado nada de estranho. A mulher que vivia no apartamento da frente encontrou a porta aberta, chamou por ele, e como ninguém respondesse, foi atrás do marido, um aposentado que acabou examinando o apartamento.

Ao ver Maigret trabalhar com o material conhecido como branco de prata e outros reagentes, a única preocupação do bom samaritano era a de que ele encontrasse suas impressões digitais na maçaneta da porta de entrada, e começou a tentar explicar ao investigador que, apesar das evidências, ele não tinha nada a ver com aquilo. Ao mesmo tempo, maldizia o seu azar, atribuindo-o ao seu bom coração, que o levara a se meter onde não havia sido chamado. "Isso aconteceu comigo — repetia — por eu ser como sou", ou seja, uma pessoa tão boa, insinuava sem nenhuma vergonha, e já via a si mesmo, com enorme desgosto, passando os últimos anos de vida num cárcere, por conta de um erro judicial.

Ao perceber que não conseguiria desfazer o nó da corda que estrangulava o pescoço do cadáver sem quebrar-lhe o queixo, o médico começou a cortá-la com um bisturi, não sem antes consultar o investigador e o inspetor que tinha uma voz cantante para evitar ao máximo as divergências e os conflitos de competência, já que tanto o corpo policial como o corpo médico-legal e o corpo judicial eram extremamente sensíveis. Quando, finalmente, livraram o morto da corda, estenderam o cadáver no tapete. Sua face era uma das mais tristes que se poderia imaginar: esquelética, com uma mancha que lhe tomava boa parte da têmpora e da maçã do rosto e os olhos afundados, parecia estar apenas dormindo no meio de um pesadelo. O ricto espantado da boca dava uma nota lúgubre à sua aparência. Um policial examinou seus bolsos, mas não encontrou nada além de um maço de cigarros, meio vazio. Examinou-o, tirou um, acendeu-o com seu isqueiro e guardou o maço no próprio bolso, com absoluta naturalidade.

Durante as buscas, encontraram uma caderneta de poupança do velho e uma soma considerável de dinheiro, assim como outros documentos pessoais, uma caixinha de plástico com cartões de visita, a carteira da previdência social, alguns cartões de Natal pré-históricos e algumas dúzias de fotografias amareladas de pessoas que pareciam tê-lo precedido há muitos e muitos anos no caminho da morte. Procuraram caixas de remédios, mas não acharam outros medicamentos além dos usados habitualmente por uma pessoa saudável, que tomava alguns comprimidos e havia se desinteressado do resto. Estavam num armário do quarto. Às vezes, mortes como essa eram conseqüência de depressões mal medicadas, e os remédios acabaram no fundo de um saco de plástico que foi fechado por Maigret.

Nem o médico nem o juiz nem ninguém da brigada conseguia entender de onde aquele corpinho havia tirado forças para enforcar-se, se é que alguém poderia enforcar-se na maçaneta de uma porta. A maioria dos presentes achou que a hipótese mais provável era a de assassinato.

Os quartos e demais aposentos eram muito apertados. Para passar de um cômodo a outro, policiais e vizinhos viam-se obrigados a pular por cima do cadáver atravessado no corredor, e as conversas foram ficando tão animadas que se podia dizer que alguma coisa estava sendo festejada. Depois de algum tempo, apareceram os funcionários do Instituto Médico Legal, que levaram o corpo, contribuindo para que os ânimos serenassem e as tensões fossem aliviadas.

Quando todo mundo estava para ir embora, chegou um sobrinho do falecido, ao que parece a única pessoa da família que lhe restava.

Era um homem de uns quarenta anos, mal encarado, barba por fazer, com as mãos ainda sujas porque o haviam tirado do trabalho, uma oficina mecânica. Um homem corpulento, com uma barriga exagerada de cerveja. Desconfiava de todo mundo, irritado porque haviam invadido um lugar que supunha ser de sua propriedade. Segundo relatou ao juiz, viera porque seu tio o havia chamado algumas horas antes, mas não escondeu desde o primeiro momento que suas relações com ele não eram, nos últimos meses, especialmente tão boas quanto haviam sido em outras épocas, e garantiu que não o via há pelo menos um ano. Assim que ouviu essa afirmação, a mulher do vizinho levou Maigret para um canto e lhe assegurou que havia visto o homem nas últimas semanas pelo menos um par de vezes. Maigret agradeceu à mulher pela informação, pediu-lhe que não falasse com ninguém a respeito e esperou que o juiz acabasse de tomar as declarações do sobrinho. Assim que foi possível, Maigret de costas para os curiosos, foi conversar com o juiz, colocando-o a par da informação da vizinha. Ao juiz, a revelação inesperada, que complicava o caso, contrariou ainda mais. Ele queria acabar o quanto antes e ir para casa, de modo que deu por concluídas as diligências e os interrogatórios, ordenou que prendessem o sobrinho, expulsou todo mundo dali e declarou secreta a acusação judicial.

A brigada voltou andando para a delegacia, talvez porque ficasse a apenas alguns quarteirões de distância, talvez porque naquela noite especial tudo estava bagunçado. Os policiais conduziram o detido, algemado entre dois guardas, a pé, pelas ruas velhas iluminadas por lanternas exaustas e lampiões isabelinos. A cena, que lembrava outros tempos, contribuiu sem dúvida para que as pessoas que presenciaram a passagem daquele cortejo sinistro chegassem a conclusões erradas e acreditassem que havia começado aquilo que Sherlock vaticinara com tanto pesar: nem haviam esperado a meia-noite para dar início às primeiras detenções e arbitrariedades.

Maigret, sensível aos alarmes sociais, ordenou aos policiais armados que apertassem o passo e que caminhassem com mais recato, pela calçada e não pelo meio da rua.

— Foi você — concluiu um dos inspetores, também jovem, alto, indiferente ao drama. — Está muito claro. Basta olhá-lo para saber que é um cara estranho. Você vai cantar logo. Os loucos são os que cantam melhor. Eles gostam dos auditórios.

— São capturados por serem bobos, mais do que ruins — pontificou um companheiro, enquanto oferecia, num gesto camarada, um cigarro ao réu, que o levou à boca com as mãos algemadas.

— Aqui há um caso — pontuou Maigret. — E você, Poe, o que pensa disso tudo?

Poe, por respeito ao homem que levavam preso, não se atreveu a abrir a boca. O detido suportava com paciência as imputações dos policiais.

— Como é o seu nome? — perguntou o inspetor alto a Poe.

E Poe não respondeu.

— Vamos lá — insistiu Maigret. — Você deve ter alguma teoria.

O rapaz parou e deixou que o cortejo formado pelos guardas, inspetores e detido se adiantasse alguns passos.

— Não há gente que se suicida com um saco de lixo? — perguntou, timidamente, Poe. — Na melhor das hipóteses, trata-se de um suicídio.

— Mas não encontramos nenhum saco plástico — objetou Maigret.

Tinha pena daquele homem que estava sendo levado preso, mas não se atreveu a confessar um sentimento tão ingênuo.

— Rapaz, você não tem a menor idéia do que aconteceu — disse o policial alto, que conseguira ouvir a hipótese levantada por Poe.

Maigret e Poe, que carregavam a maleta, se atrasaram ainda mais, para evitar novas intromissões.

— O que Spade deveria fazer era esquecer essa idéia de abrir uma agência, deixar de escrever romances americanos e ocupar-se das nossas coisas. O que os americanos têm que nós não temos? Este será um caso interessante e Spade poderia narrá-lo como ninguém — disse o policial. — Se há uma morte, e nós temos uma morte, e se há um assassino, e nós temos um assassino, temos uma vida e uma morte, e, então, o que mais é necessário? Todos os romances tratam da mesma coisa: de uma vida e de uma morte. Se o romance começa contando uma vida e acaba em uma morte, é literário. Se o romance começa em uma morte e acaba contando uma vida, é policial. As duas formas são boas.

— Não sei — disse Poe, confirmando o hábito de começar sempre por um não para não contrariar ninguém. — Talvez tenha sido o sobrinho. Pode ter sido o sobrinho, mas eu ainda duvido disso. Nesse caso, teria demonstrado que é um homem mais pobre do que parece. Ele é o único herdeiro. Mas herdeiro de quê? De quatro baldes, dois ternos velhos, uma caderneta de poupança e um apartamento que cheira a alho. Se ele tivesse matado o tio, certamente saberia que seria o principal suspeito. De modo que não há um motivo claro. Além do mais, o velho tinha 82 anos e um aspecto não muito saudável. Poderia tê-lo assassinado num rompante, se vivesse com ele, mas apenas se viam. Todo mundo confirmou que o morto era um homem tranqüilo, afável, educado. Uma pessoa bondosa. Na casa, não havia sinais de violência. Como crime, com o detalhe dos sapatos e do cachecol tão bem arrumados pelo assassino para despistar a polícia, é um crime de romance. Mas a vida não é feita de romances, os romances é que são feitos a partir da vida. Por isso, metade dos romances de que falamos nas reuniões dos ACP são tão ruins. Para mim, a chave da morte está no passado do nosso homem. Eu acho que é necessário investigar como ele viveu. Esta é uma história que começa em uma vida e acaba em uma morte. Não é daquelas que começam numa morte, embora pareça. Quando se trata de gente que morre tão velha e de maneira tão dramática e misteriosa, a chave do que aconteceu está em seu passado. Em 99 por cento. É o que me parece. Não é possível explicar nada quando nos limitamos a procurar uma causa para cada efeito, porque cada efeito é conseqüência de muitas causas, e todas têm atrás de si muitas outras causas de muitos outros efeitos. A tudo isso chamamos de passado.

Maigret olhou para ele, desconcertado.

— A que passado você se refere?

Poe respondeu encolhendo os ombros.

A noite estava fria e a luz dos faróis parecia soldar-se ao seu redor com seu halo moribundo. Será até possível dizer que as casas estavam tão vazias quanto as ruas; a maior parte das janelas, apagadas, confirmava a cor do medo.

Chegaram à delegacia da rua de la Luna às dez da noite, e a essa altura a bebedeira de dom Luís, multiplicada pelo efeito dos antibióticos, havia alcançado níveis inimagináveis. Seu escritório estava cheio de personagens pitorescos, todos homens. Não eram menos de dez e tinham a seguinte característica: ou eram muito jovens ou da idade do próprio dom Luís ou ainda mais velhos. Todos estavam bem-vestidos, os mais velhos com uma camisa azul sob seus abrigos. Alguns roíam as unhas, outros olhavam a televisão portátil que antes estivera com os guardas, e outros organizavam e discutiam umas listas nas quais, por ordem de preferência, anotavam ações a serem desencadeadas, detalhadas em detenções, castigos exemplares e a ocupação de vários espaços sindicais e políticos. Reinava ali uma mistura de euforia, emoção histórica, delírio de grandeza e sede de vingança e revanche. E, se por ocasião da morte de Franco alguns haviam festejado estourando champanhe, nessa noite feliz aqueles estranhos haviam levado para a delegacia uma imensa quantidade de garrafas de conhaque patriótico, mais aconselhável para resistir a uma noite como aquela que, a princípio, levaria a todos muito longe.

Dez minutos naquele ambiente teriam sido suficientes para convencer qualquer pessoa de que a intentona já havia tido um retumbante êxito, de que o rei estava à frente dela e de que só era necessário esperar pela autoridade militar que iria, de novo, colocar o país nos eixos.

Ninguém percebeu a chegada de Poe, Maigret e companheiros de brigada, mas a Poe não passou despercebido aquele contubérnio regido por um dom Luís que ameaçava atirar até que todos os inimigos da Espanha tivessem saído correndo como coelhos.

Jogaram o preso numa cela, sozinho. Na cela vizinha, esperavam, sentadas num banco, duas mulheres, batedoras de carteira, acusadas de exercer o seu ofício na Gran Vía.

O panorama deixou Poe desanimado. Ele despediu-se do amigo:

— Vai para a pensão.

Poe ficou sozinho num corredor. Voltou-se sobre seus passos, abriu o cárcere onde esperavam as larápias e lhes deu uma ordem:

— Saiam. Vão para casa!

As mulheres saíram apressadas, e ninguém as deteve na porta. Elas nem ao menos desconfiaram que deveriam ter agradecido a Poe.

Já na rua, Poe caminhou até uma cafeteria na qual às vezes comia, à noite, um sanduíche de queijo com um café descafeinado, mas encontrou a porta fechada, assim como as outras da Gran Vía, especialmente as dos cinemas. Um deles apagava naquele momento as luzes dos cartazes, deixando diante da bilheteria três espectadores desavisados, loucos ou inconscientes que deviam considerar a sétima arte compatível com golpes de Estado. De uma cabine telefônica, Poe ligou para Hanna, como havia feito à tarde antes de ir para a reunião, mas ninguém atendeu ao telefone. Teria gostado de passar a noite com ela.

Era uma mulher enigmática, mas gostava dela. Telefonou em seguida para sua mãe. Mas também não conseguiu falar com ela. As linhas nacionais haviam entrado em colapso. Queria tranqüilizá-la. Era uma das pessoas que tiveram a vida destruída pela guerra. Tinha pensado em lhe dizer que reinava a ordem em Madri e que estava bem, na companhia de dois amigos. Avistou, então, uns pequenos tanques da polícia e uns jipes militares que se dirigiam às Cibeles. Amigos de onde?, imaginou que ela lhe perguntaria. Do banco, mamãe, teria mentido.

As sirenes e os faróis dos carros, tanques e furgões policiais, rasgando a toda velocidade o ar fosco e frio da noite, davam à cidade, esvaziada pelo medo e pela incerteza, um aspecto irreal e ímpar que Madri não conhecia desde os dias da guerra.

À medida que se aproximava da avenida San Jerónimo, Poe foi se surpreendendo com o fato de que ninguém o impedia de avançar. Apenas um grupo de umas vinte pessoas, todos homens, caminhava em sua direção, com passos firmes. Pelo modo como batiam com os saltos dos sapatos no chão, era possível supor que se tratava de um grupo de patriotas. Eles e Poe se cruzaram na altura do Lhardy. Uns metros antes do encontro, Poe ergueu o braço numa saudação romana sem deixar de caminhar, como se a sua pressa fosse motivada pelo fato de estar sendo esperado no quartel-general. Os membros do grupo, inflamados por aquele gesto espontâneo, levantaram, por sua vez, os braços e gritaram vivas ritualísticos aos quais Poe não respondeu. Sustentou o olhar daqueles estranhos, e sentiu penetrar no seu a alegria e o entusiasmo de vidas que pareciam ter encontrado, repentinamente, a fusão de seu destino no universal. Eles seguiram o caminho dos astros, e Poe caminhou em direção ao Congresso. Não sentia medo. Sua presença na rua àquela hora não chamava a atenção de ninguém. Pensou: como é sedutora uma cidade em que ninguém o conhece, em que ninguém poderia reconhecê-lo, e em que você também não conhece ninguém.

À altura da Cedaceros, foi detido pela primeira barreira policial, formada por um carro de polícia e um Land Rover que, um pouco mais afastado, estava atravessado no meio da rua, e era comandado por uns rapazes que usavam o bracelete branco da Polícia Militar.

Dois policiais de uniforme impediram que Poe desse continuidade à sua caminhada.

— Meu pai está lá dentro. É deputado. Quero saber o que está acontecendo. Minha mãe está preocupada — disse.

— Não podemos deixar você passar.

Acharam que era jovem demais e muito imberbe para tratá-lo de senhor.

Poe não era de mendigar nada, e se preparou para dar meia-volta e desaparecer, mas os policiais devem ter se apiedado dele. Passaram as mãos em seu ombro e lhe entregaram um salvo-conduto pessoal:

— Diga aos companheiros que estão ali adiante — e o que falava apontou para uma segunda barreira — que você veio procurar seu pai e nós o deixamos passar.

A segunda e definitiva barreira estava formada a uns trinta metros da porta principal, a dos leões. Alguns curiosos aguardavam ali, havia muitos policiais à paisana, chefes em sua maioria, alguns membros subalternos do governo e ocupantes de altos cargos, como diretores gerais ou secretários de Estado, militares graduados, não muitos jornalistas, e Isidro Rodríguez Revuelto, mais conhecido no universo do Crime Perfeito como Marlowe.

— Marlowe, o que está fazendo aqui?

Pegou no seu braço por detrás.

— Espiando, Poe — respondeu Marlowe, como um personagem de opereta. — Mas, por favor, me chame de Isidro, porque se não vão pensar que estamos zombando de alguém. Não gosto também que me chamem de Isi.

— Para mim tanto faz se me chamar de Rafa ou de Rafael. Fique à vontade. Como conseguiu passar?

— Eu disse que o meu pai estava aqui — disse, em voz baixa.

— Eu fiz a mesma coisa.

A coincidência os fez cair numa gargalhada tão alta que os mais próximos, alheios aos seus motivos, reprovaram com olhares escandalizados: quando a pátria agoniza, não há nenhum motivo para rir, nem mesmo quando a idéia é tomar conta de tudo. Formalidades são formalidades. Poe não tinha nada contra Marlowe, ao contrário do que acontecia com Mason. Audaz ou insensato, Marlowe estava ali há três longas horas, depois de ter feito coisas como passado em casa após a reunião, lanchado, trocado de roupa e se enfeitado como se fosse namorar. Confraternizava com alguns policiais oferecendo-lhes cigarros e fazendo o papel de garçom para conquistá-los.

As coisas no Congresso estavam mais ou menos em ponto morto. Ninguém sabia de nada. Todos esperavam pelo chefe da conspiração, que não se apresentava. Começava a fazer frio de verdade. Um efeito óptico fazia suspender-se da fonte de Netuno uma falsa tela de névoa que subia com parcimônia pela avenida. Os presságios funestos que chegavam envolvidos nela não podiam ser menos ambíguos: aquilo terminaria em um banho de sangue, e Poe e Marlowe, que não haviam sentido medo, consideraram uma estupidez morrer tão jovens pela Espanha, e decidiram que estava chegando a hora de sair dali.

Romperam novamente o cerco e voltaram à Porta do Sol. Não lhes permitiram entrar nos poucos bares que encontraram abertos. Poe despediu-se do amigo, que tentava prolongar a convivência, na porta da sua hospedaria.

— Vamos para minha casa. Estou sozinho.

Seus velhos estavam viajando, sua irmã dormia na casa de uma vizinha, e ele, em teoria, passaria a noite na casa de um amigo. Mas não pensava em fazê-lo. Tudo havia sido um artifício para tomar um ar e testemunhar os acontecimentos.

— Deixei um jantar pronto em casa — acrescentou, persuasivo.

Não foi difícil encontrar um táxi. Eles circulavam aos pares, todos vazios, conduzidos por taxistas metidos ou imprudentes, ou as duas coisas ao mesmo tempo, como era o caso daquele que foi parado por Poe e Marlowe. O taxista ficou alardeando que era um trabalhador, que ninguém tomaria seu táxi mesmo que a metade do continente afundasse, com aquele tom de fatalidade que os taxistas madrilenos sempre acreditaram ser filosofia pura:

— Nem esses caras aí nem ninguém vai me impedir de trabalhar.

A casa de Marlowe, ou, para sermos mais precisos, de seus pais, protegida por uma porta de ferro escandalosamente blindada, era a combinação mais extraordinária que se poderia imaginar. Por um lado, parecia uma verdadeira casa de armas, digna do Museu do Exército, e, por outro, ostentava uma coleção espetacular de relógios de parede ou de mesa, assim como de outros tipos, antigos, de bolso, que disputavam o espaço com armaduras e pequenos dosséis armados, deixando admirados todos aqueles que, como Poe, entravam ali pela primeira vez.

Não havia nenhum espaço vazio nas paredes, nenhum centímetro quadrado do amplíssimo salão que não estivesse ocupado por armaduras, cristaleiras e aparadores nos quais se combinavam, dispostos em forma de artísticos rondós ou quartas, sobre leitos de veludo, no caso das cristaleiras, ou contra paredes forradas de *muaré* ou damasco da mesma cor no caso das armaduras, um arsenal composto por mais de quinhentas armas curtas de fogo de todos os tempos, fabricantes e nações, cada qual identificada por uma minuciosa legenda escrita a mão em preciosa letra gótica alemã, e um número incalculável de relógios que seriam suficientes para contabilizar os séculos transcorridos desde o começo dos tempos.

Deixaram a televisão ligada em volume bem alto, acamparam na cozinha, acabaram com um frango frio e duas garrafas de vinho, falaram como dois bons amigos a respeito de seus romances e filmes policiais preferidos e repassaram um por um os membros dos ACP. Marlowe construiu um retrato divertido deles, falou de seus próprios projetos de independência, mas só depois que o rei reapareceu à meia-noite para tranqüilizar a nação mostrou a Poe os tesouros que o seu velho foi adquirindo, estudando e catalogando ao longo de trinta anos nos mais diversos mercados, *hobby* que ele havia herdado com um entusiasmo não menos radical e detalhista.

Havia ali pistoletas, pistolas, pistolas de duelo, armas de caça, Colts, revólveres os mais variados, organizados por época, tamanho, filigrana, em rosetas, com os canos apontados para o centro, em espiga, enfileirados, em escala...

— Essas armas estão legalizadas? — perguntou Poe.

— Você está perguntando se a gente pode ter essas armas? Não, com certeza, mas não acredito que alguém venha incomodar o meu velho. Ele tem um conhecido poderoso no Comando.

No capítulo das armas modernas, a variedade também era grande.

— Todas funcionam?

— É essa a graça. A princípio, todas deveriam estar funcionando. Se não fosse assim, seria como se você gostasse de cachorros e eles estivessem dissecados. Uma arma é como um criado: a melhor das companhias, se você souber viver com ele em paz. Uma arma sempre defende você, e só ataca quando você quer. Como os cachorros. Aliás, melhor do que os cachorros, porque uma arma pensa exatamente o que seu dono pensa.

— Se é possível chamar isso de pensar — insinuou Poe.

Marlowe fingiu que não tinha ouvido. Encheu a boca com nomes de todo tipo, pistolas de sílex, marcas exóticas, fabricantes mortos há mais de duzentos anos, Smith & Wesson clássicos, de ferro cromado e empunhadura de marfim, as fúnebres Berettas, as vaidosas Benelli, as Astras, compactas e toscas, e até os míticos revólveres do Doutor Le Mat, fabricados em Nova Orleans.

— Tudo isso é muito interessante.

Não havia qualquer traço de simpatia na avaliação de Poe. Via-se que não era nem um pouco afeito a armas, mas o fingimento não foi percebido por Marlowe, que comentou a frase do amigo:

— Você acha mesmo?

Marlowe parecia um daqueles cozinheiros que se impressionam com seus próprios guisados. Pegou uma das pistolas, uma Mauser legendária, fabricada pelo próprio Luger em 1914, com carregador especial, e colocou-a na mão de Poe. Marlowe agiu como teria feito se estivesse lidando com uma mulher sobre a qual tivesse plenos direitos e incentivasse o amigo a acariciar-lhe o seio com um "anime-se, homem, toque-a, eu gosto que o faça, comprove como é maravilhosa".

— Você não acha que é a própria perfeição?

Poe não sabia o que fazer com a pistola. Era muito pesada, e ele receava quebrar o vidro do mostrador, se a colocasse ali.

— Não entendo nada de armas — desculpou-se Poe. — Nem de cachorros. Devo confessar que prefiro os gatos.

Não queria ser descortês com Marlowe.

— Você já atirou alguma vez na vida? Não? É isso que acontece com você. Antes de atirar, você não pode dizer que não gosta. É como as mulheres. Uma coisa é olhá-las e outra, muito diferente, é fazer amor com elas. Pois as armas, além de serem como os cachorros, são como as mulheres. Antes de acariciá-las, você não saberá de verdade o que sente por ela. É como se fossem um relaxante. Você vai a um estande de tiro com problemas e uma caixa de munição e quando as balas acabam os problemas também acabaram.

Marlowe foi até um armeiro e escolheu, entre tantos prodígios de precisão, seis ou sete revólveres e pistolas e os meteu numa bolsa, junto com as respectivas munições.

— O que você vai fazer? — perguntou Poe quando viu o amigo se dirigir com a bolsa para a porta.

— Você vai ver.

— Parece-me que não é o melhor momento para ir à rua com um arsenal desses.

Nou problen, disse Marlowe. Não teriam que sair do edifício. O velho havia construído no sótão uma galeria de tiro estreita e longa, com tratamento acústico e blindada com concreto armado, com uma abóbada de meio ponto, e luzes brancas de neon que enchiam a cova de ecos de antracito e fulgores de necrotério.

Poe espiava tudo como uma pessoa que havia resolvido não se surpreender com mais nada. Marlowe colocou-lhe protetores nos ouvidos e uma arma na mão, concretamente uma Springfield Defender. Depois, colocou seu próprio capacete. Diante dele havia, a doze metros, a silhueta de um homem de papel, um alvo pintado na altura do seu coração. Com um gesto de cabeça, deu-lhe a entender que o boneco era um grande filho-da-puta que acabara de topar com ele e pretendia roubá-lo, violentar sua namorada e sua irmã e ficar com a pátria. O que fazer?

— Frite-o a tiros, Poe, é todo seu.

Por mais que apertasse o gatilho, Poe não conseguiu disparar a arma. Foi preciso que Marlowe, com o sorriso de alguém que observa os primeiros passos de uma criança, o orientasse.

— Não sei como as pessoas que lêem romances policiais conseguem entender o que acontece neles, porque até que se segure uma arma não se sabe de nada. É como conversar sobre mulheres com um seminarista. E, entre os ACP, o único que realmente se interessa por essas questões, fora Maigret, é Sam; ele sim, conhece. Os outros não têm a menor idéia e não saberiam distinguir uma pistola de uma barra de chocolate.

Terminado o primeiro carregador, Poe devolveu a pistola a Marlowe, decepcionado, mais do que consigo mesmo, com o amigo, ao ver a cara que ele fez ao examinar o alvo: havia errado todos os tiros. Mas não era homem que desistisse nem desanimasse facilmente.

— Você terá que educar o punho — disse.

Em seguida, ele mesmo tentou e, de doze balas, dez acertaram a cabeça do inimigo, e duas, o coração. Sua carteira, sua namorada, sua irmã e a pátria estavam salvas.

Marlowe levou Poe a experimentar outras armas como um enólogo, a quem bastam pequenos bochechos para alcançar as excelências de um vinho.

Eram quatro e meia da manhã quando subiram de novo à casa de Marlowe. Daquela noite, Poe extraiu o ensinamento de que não gostava de armas; Marlowe descobriu que havia feito um bom amigo; e ambos constataram que o golpe de Estado havia sido um verdadeiro fiasco, uma vez que nem ao menos teriam um dia de folga em seus respectivos trabalhos e dispunham de poucas horas de sono.

Para os outros personagens desta história, aquela noite foi igualmente memorável, assim como para a maioria dos espanhóis que a viveram em cidades pelas quais passou muito perto o fantasma da guerra civil, ainda que nenhuma das pessoas aqui mencionadas tenha feito coisas que fossem dignas, por si mesmas, de serem recordadas, a não ser pelas circunstâncias extraordinárias em que aconteceram.

A mulher de dom Luís Alvarez foi buscá-lo na delegacia às onze da manhã para tirá-lo de lá antes que continuasse a fazer besteiras.

Encontrou no escritório do marido um cenário no qual havia sido representado um grande drama: vazio, sujo e bagunçado, abarrotado de copos de papel com restos de conhaque e café, nos quais havia sido apagada uma imensa quantidade de cigarros, impregnando o recinto de um odor pestilento.

Dom Luís, afundado numa cômoda cadeira giratória, se mexia de um lado para outro, com a cabeça baixa: era o que se podia chamar de um homem humilhado. Consumido pelo cansaço, barba por fazer e sem fala, não por causa da emoção, e sim da rouquidão, parecia estar esperando que alguém, como em tantas outras situações difíceis, o tirasse dali. Um único guarda de plantão permanecera no lugar, e dom Luís, seguindo sua mulher, esgueirou-se sigilosa e apressadamente até a saída. A cobra que conseguira se livrar da enxada do lavrador não escapuliria entre as sarças com habilidade ou velocidade menores.

O sobrinho do velho da rua del Pez permanecia, porém, no cárcere, à espera de que alguém lhe dissesse de que crime estava sendo acusado ou, então, de que um ser compassivo como Poe o pusesse em liberdade. Ignorava, também, que fim tivera o golpe de Estado. Lá fora, uma mulherzinha, sua esposa, trajando um abrigo de fustão verde que não tirou durante toda a noite e um lenço de nariz amarrotado na mão, com os olhos arroxeados pelo pranto e a vigília noturna, não sabia a quem perguntar, porque ninguém sabia o que responder e nem se dava à chateação de ouvi-la.

Nos dias que se seguiram ao golpe de Estado, o infeliz foi submetido a interrogatórios conscienciosos e sistemáticos pautados pelo próprio dom Luís, muito interessado em apagar com a eficiência policial as veleidades patrióticas daquela noite.

O sobrinho foi torturado de diferentes maneiras durante três dias. Não permitiram que dormisse, não lhe deram comida e submeteram-no a humilhações, ameaças e maus-tratos que ninguém poderia qualificar como tortura. Jamais admitiu ter matado o velho, mas não negou com suficiente veemência nem foi explícito em muitas das respostas, e acabou diante do juiz, que ordenou sua prisão.

Assim como a maior parte de seus companheiros — ou dos mais sintonizados com ele, pelo menos —, Maigret abandonou as dependências policiais às seis da manhã do dia 24 de fevereiro, enquanto seu chefe tratava de convencer a todos, falando com uns e outros, de que o zelo que exibira à tarde e durante parte da noite havia sido fruto de uma explosão patriótica e de uma espontaneidade que o punha a salvo de qualquer acusação de ter participado de uma trama organizada, ainda que assegurasse que uma coisa como aquela que havia acontecido, felizmente concluída sem maiores danos pessoais ou institucionais, era um fato muito positivo para a democracia e a coroa, que sairiam reforçadas daquele episódio, que era, não obstante, um aviso que não poderia ser ignorado nem pela coroa, nem pelos partidos políticos, nem pelos sindicatos operários, nem pela cidadania em geral. Sem saber, dom Luís expressava idéias que horas mais tarde seriam impressas nos editoriais de alguns jornais espanhóis.

O doutor Agudo, conhecido também como Sherlock Holmes no clube dos ACP, conseguiu instilar o medo em Nero Wolfe, de nome Jesús Violero Mediavilla, proprietário do restaurante Tazones, quando saíram naquele dia do café Comercial, e ele passou a noite sem saber se devia ou não queimar os arquivos, as fichas e os livros de presença em que figurava a história dos ACP, já que esse nome poderia dar origem a algum mal-entendido de conseqüências funestas para todos, e inventariando os víveres de que dispunha em seu negócio, caso acontecesse o pior.

De sua parte, Sherlock Holmes viveu uma das piores noites da sua vida: tinha um irmão simpatizante do comunismo, cujo cadáver já via em alguma vala da Casa de Campo, e dois filhos cujo aspecto capilar, aí incluídos barba e cabelo, faria qualquer tribunal militar condená-los à pena de morte, e assim passou a noite taciturno, com um copo de uísque na mão do qual não provou nem uma gota, olhando turvamente as imagens que apareciam na televisão e acreditando, cada vez que nelas via mover-se um guarda civil ou sair ou entrar um militar graduado, que estava começando naquele momento algum tipo de hecatombe.

Para Espeja, o velho, o dia, naturalmente, não havia começado melhor, mas não se era diretor das Edições Dulcinea S.L. à toa. Ele sabia conduzir o barco em tempos de borrasca. Havia ficado, num mesmo dia, sem a sua autora de romances água-com-açúcar e sem o seu autor de romances *noir*. Certo. Depois da discussão com Paco Cortés, ficou meditando um par de horas, caminhando para cima e para baixo com um charuto cubano que se apagava por falta de dedicação e que empestou seu escritório e também sua pessoa. Quando, finalmente, Simon, o antigo funcionário, distribuidor e empacotador, foi embora, a senhorita Clementina afagou o carocinho que o velho editor tinha no cangote como só uma secretária fiel e leal é capaz de fazer: ele devia entrar num acordo com dona Carmen e romper de uma vez por todas com Paco Cortés, cada vez mais insolente e presunçoso, de quem não podia suportar que mandasse sempre lembranças à sua mãe, quando era notório que ela não suportava sua mãe nem sua mãe a suportava, e, além de tudo, por que diabos Paco Cortés se importava com sua mãe, se nunca a havia visto em toda sua vida insignificante? E assim o fez Espeja, o velho, naquela mesma tarde, seguindo o bom senso da senhorita Clementina.

— Dona Carmen — disse —, a senhora sabe que as pessoas às vezes têm momentos de irresponsabilidade. A senhora quer escrever para mim, durante alguns meses, romances policiais, além dos seus? A senhora sabe muito bem o quanto me entusiasmam seus romances românticos, como, aliás, já entusiasmavam meu-tio-que-descanse-em-paz.

E prometeu pagar-lhe mais do que pagava a Cortés. Quinhentas e cinqüenta pesetas.

Espeja, o velho, ao escamotear-lhe cinqüenta pesetas por lauda fazendo-a acreditar que estava aumentando os seus proventos, quando, na realidade, reduzia-os, considerou-se o Rommel dos negócios, e, naturalmente, não telefonou a Espartinas. Mas não teria encontrado Paco.

Para ele, aquelas horas foram muito amargas. Madri nunca havia sido tanto uma cidade de quatro milhões de cadáveres como naquela noite.

Depois de deixar a casa de Dora, Sam Spade, ex-escritor de romances policiais, vagou pela noite como Paco Cortés, até chegar ao Melro Branco, um *pub* da General Pardiñas, onde se refugiou durante toda a noite, ao lado de uma dúzia de fregueses inadaptados, alguns conhecidos, outros desconhecidos, solitários ou separados como ele, de vida contraditória, desregrada e burguesa, e com eles e o dono do *pub* acompanhou a portas fechadas os acontecimentos, bebendo, fumando e conversando tranqüilamente até o nascer do sol, quando agarrou pelo braço uma daquelas mulheres jovens que cercam os homens maduros, as quais sabia revestir em seus romances de um halo misterioso e poético, embora, ao deparar com elas na realidade, lhe parecessem cinzentas e tão desafortunadas como ele próprio, com uma história desprovida de mistério e de poesia, afastadas, enfim, como ele, de todas as desordens.

Pela manhã, Mason telefonou para Spade. Não o encontrou nem naquele dia nem no seguinte. E começou a se preocupar. Dora, a quem Mason telefonou no sábado seguinte, também não tinha informações do ex-marido desde que ele saíra de sua casa no dia do golpe de Estado.

E no que diz respeito a noites tristes, talvez aquela tivesse sido, para Dora, uma das mais tristes. Não quis dizer naquela noite ao ex-marido que a relação que mantivera durante onze meses com o jornalista Luis Miguel García Luengo havia terminado há mais de quinze dias, quando este, cansado de esperar por uma mudança de atitude, acusou-a de continuar apaixonada por Paco Cortés e de dar muito mais atenção à menina do que a ele mesmo, e ela não encontrou forças nem vontade para negá-lo ou mesmo discutir o assunto. Mas contar isso a Paco Cortés naquela noite teria sido enfiá-lo novamente em casa. E assim ficou atrás da porta chorando e soluçando até que a voz da menina, que chamava por ela, arrancou-a do seu próprio abismo. Telefonou logo para sua mãe, queria ter notícias do pai, mas as linhas telefônicas estavam cortadas e apenas às duas da manhã, sua mãe, sob os efeitos de Marie Brizard, admitiu-lhe, chorando, que não sabia se poderia suportar nem mais por um minuto o seu pai e que havia tido a vida mais infeliz que se podia imaginar. Nada que nenhuma das duas não soubesse. E assim, às quatro da manhã, com a televisão ligada, Dora adormeceu, e dormiu quatro horas, até as oito, quando, como um relógio, foi despertada pela filha Violeta, um dos seres felizes que viveram aquelas horas como outras quaisquer.

A mãe e a avó de Violeta conversaram naquela noite durante muito tempo, ao cabo do qual Dora voltou a arrepender-se de ter telefonado para ela, pois, mais uma vez, quando mais precisava dela, menos disponível ela estava.

Para o resto dos ACP, aquela também foi, efetivamente, uma noite triste, mas a maioria deles confirmou que a realidade era muito mais caótica, irregular e injusta do que a dos romances policiais, em que costumava triunfar sempre a lógica da ordem e a justiça da lógica. Ordem e justiça, ao fim e ao cabo, eram dois bons pilares sobre os quais edificar um sólido edifício social.

Já Poe e Marlowe, a partir daquela noite, tornaram-se amigos inseparáveis. Não tinham afinidades, mas se entendiam. Um era introvertido, e o outro, muito falante. Um piadista, e o outro, triste. Um cheio de fantasias coloridas, e o outro, retraído e taciturno. Marlowe deitou-se no seu quarto e para Poe foi suficiente uma manta, esticar-se num sofá e esperar até que amanhecesse para ir ao banco, coisa que fez antes que Marlowe despertasse. E do banco, Poe conseguiu, finalmente, falar com a doce, suave e misteriosa Hanna.

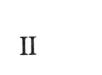

ESPERAVA-O COM a mesa posta, a luz apagada e uma vela acesa. Os objetos tremiam misteriosamente naquela tênue luminescência. Protegido pelas paredes, pareceu-lhe que entrava num casulo. Imaginou uma mesa repleta de dicionários, mas tal como estava, com uma toalhinha azul-celeste, pratos ornados com motivos florais azuis e copos de água e de vinho resplandecentes, achou que aquele era o lugar mais promissor para a mais desejável das vidas. Lembrava um recanto pitoresco de uma pousada alpina.

Poe tinha nas mãos uma garrafa de vinho, comprada no caminho em uma adega próxima ao mercado de San Miguel.

Não entendia nada de vinhos. Orientou-se pelo nome, pela etiqueta e pelo preço, mas desejou que ela gostasse. Uma mulher com a experiência de Hanna certamente havia provado muitos vinhos. Entregou-lhe a garrafa assim que ela abriu a porta. Disse-lhe, trouxe isto. Não sabia se era assim que as coisas deviam ser feitas, se devia levar ou não presentes para quem o convidava à sua casa. No povoado de onde procedia, ninguém convidava ninguém. Mas havia visto, na semana anterior, um filme de Eric Rohmer em que um jovem chegava à casa de uma amiga para jantar com uma garrafa de vinho nas mãos. Em

Paris, as pessoas dão muita importância ao vinho, pensou Poe, que jamais havia saído da Espanha. Em Madri, as coisas aconteciam certamente como em Paris. Todos diziam que Madri havia se transformado na capital da Europa e viviam como se Madri houvesse ganhado alguns campeonatos mundiais de cosmopolitismo.

No filme a que Poe assistira, a jovem também esperava o amado com uma vela acesa. Esse detalhe tranqüilizou Poe em relação à garrafa. Queria que Hanna tivesse visto o mesmo filme, ainda que não tivesse sido com ele. Queria que acima dos Pireneus as coisas acontecessem daquela maneira, com candelabros e toalhas, e até mesmo com o detalhe dos dois cravos num copo d'água sobre um suporte. Para Poe, tudo aquilo era novo. Não era assim que as coisas aconteciam na cidadezinha onde vivera até seis meses atrás, quando pediu transferência e se mudou para Madri. Na realidade, não acontecia nada na sua cidade. Alegrou-se de ter dado aquele passo, e estar em Madri, até mesmo passando pelo sofrimento de deixar sua mãe sozinha.

Hanna guardou a garrafa. A luz da vela provocou no jovem uma sensação muito agradável e o sugestionou favoravelmente. Ela havia vestido para a ocasião uma calça jeans e uma blusa branca com flores bordadas no peito. Na altura das corolas das flores, estavam marcados, sutilmente, os mamilos. A luz das velas formava ao redor deles uma sombra suave, que os ressaltava ainda mais, mas Hanna não sabia disso, porque provara a blusa com a luz acesa, e não notara nada de especial. Só depois, do acender a vela e apagar a lâmpada, os dois botões se insinuaram com sua sensualidade própria. Se tivesse percebido antes, Hanna teria procurado outra blusa no armário. Não queria parecer uma descarada. Os espanhóis tendiam a acreditar que ela, dinamarquesa, estava disposta a ir para a cama com o primeiro que lhe pedisse. Também tinha se maquiado um pouco, ela que jamais o fazia. Alguma coisa debaixo dos olhos, um crepúsculo secreto. Era mais velha do que ele. Talvez quisesse dissimular a diferença de idade. Poe ficou olhando para ela. Em um segundo, teve que resolver se a preferia assim, com a sombra azul que gravitava em torno de suas pálpebras, ou sem ela. Mas não teve tempo, porque as coisas nos sonhos andam sempre mais depressa, e aquela festa havia começado para ele como um sonho.

Hanna deixou a garrafa na mesa e ajudou o amigo a tirar o casaco. Parecia, pelas dimensões do ambiente, muito estreito, que, ao tirar o abrigo, um dos dois teria que sair ao patamar da escada, porque não caberiam ali os três, eles dois e o casaco.

Entrava-se diretamente da escada naquele pequeno salão, na verdade uma mansarda, ao mesmo tempo escritório e estúdio, e salinha de estar e de jantar. Uma porta ao fundo comunicava este aposento com o quarto de dormir, no qual, devido às pronunciadas inclinações do telhado, que morria onde acabava o cômodo, uma pessoa só podia ficar confortavelmente se estivesse sentada ou deitada. A cama, posta sobre uma plataforma de uns vinte centímetros de altura, estava coberta com um edredom de *patchwork*, bem nórdico. Pendurado na parede, um pano indiano, estampado com graciosos girinos acrobatas, fazia o papel de cabeceira. Percebia-se nas minúcias e na delicadeza a presença da mão organizada de uma mulher. O apartamento não é muito grande, explicou Hanna a Poe enquanto fazia o papel de cicerone. Poe não deixou de perceber a largura daquela cama, e as duas lâmpadas acesas em cada lado, repousadas sobre mínimos cubos gêmeos de madeira. Numa mesinha, próximo à parede, na parte em que mesmo deitado era fácil roçar o teto com a fronte, havia dois ou três livros. Eram de Hanna ou de alguma outra pessoa? Imaginou que em cada um dos lados daquele tálamo duas pessoas enamoradas poderiam levar uma vida feliz em comum, cada qual com seus livros de cabeceira, suas manhãs prolongadas de sábado, seus descansos dominicais restauradores. Ele gostava dos ambientes discretos, silenciosos, um pouco misantrópicos como ele mesmo. Imaginou que os lençóis cheirariam a lavanda, a genciana, a malva ou a qualquer dessas flores saídas dos contos de Andersen. Atrás do dormitório, o banheiro parecia, na verdade, uma casa de bonecas, assim como a cozinha, à qual se chegava pela porta da direita e cujo tamanho era mais apropriado para a cabana da Branca de Neve. Nela, Poe viu as panelas e travessas nas quais esperava, já preparado, o jantar, a cestinha de pão, a jarra de água, e, ao lado de uma comprada por Hanna, a garrafa de vinho que ele trouxera.

Não havia muitos móveis, e não poderia haver. No pequeno salão, uma mesa de campanha, duas cadeiras de vime, um sofá de braços acolchoados enfiado num canto, ao lado uma discreta estante de madeira lavada com dúzias de livros, um pôster de uma mulher de Matisse, um espelhinho de caixilho mouro, noutro canto uma pequena planta que roçava o teto baixo. Diante da mesa, havia uma janela tipo balcão pintada de vermelho carruagem, a mesma cor dos ladrilhos, à qual se chegava subindo dois degraus.

Hanna conhecia bem o itinerário a ser seguido por aquelas visitas guiadas, coroadas no terraço mínimo do qual se avistava, como de uma vigia, um panorama fascinante, formidável, único. Não era, certamente, assim como os outros, um espaço generoso. Estava na mesma escala liliputiana de tudo o que havia ali. Mas a jovem conhecia muito bem a impressão que aquilo costumava causar nas visitas, de modo que, abrindo o caminho para Poe, ficou atrás, ligeiramente apoiada, dependurada na expressão de seu rosto, atenta ao que se desenharia nele ao encarar aquilo que ela lhe estendia como se fosse um imenso tapete.

— Caramba, Hanna, esta é a coisa mais bonita que vi em toda minha vida.

Hanna se aproximou, satisfeita com a felicidade do amigo.

Chamar de terraço algo que não era maior do que o cesto de uma gávea pendurada na parte mais alta de um mastro teria sido excessivo. Só cabiam ali eles dois, e eram obrigados a disputar o espaço livre com um grande número de vasos de barro, em sua maioria com gerânios cor-de-rosa. Hanna teve, inclusive, de dizer a frase que reservava para esse lugar a título de desculpa: em sua modéstia, aqueles vasos tão bem cuidados não desmereciam o majestoso edifício do Palácio Real.

— Sou louca por plantas — disse ela, como quem confessa mais uma fraqueza do que um dom.

Poe teria ficado em silêncio durante toda a noite, mas fez um esforço para iniciar algo que se assemelhasse a uma conversa.

— De todas as milhões de pessoas que vivem em Madri, certamente só umas duzentas devem ter visto uma coisa dessas alguma vez na vida.

Hanna nem respondeu. Observava o aluno com curiosidade. Jamais havia convidado um aluno para ir à sua casa. Alguns haviam estado ali, mas em grupo. Considerava obscenas as relações pessoais entre professores e alunas, e, portanto, as relações entre professoras e alunos também o eram.

Ficou em silêncio, porque lhe pareceu que qualquer palavra dita naquele momento, naquele lugar, naquela companhia, seria uma profanação.

Fazia frio. Hanna entrou no apartamento e voltou depois de ter jogado sobre os ombros a primeira coisa que encontrou.

O Palácio Real estava quase ao alcance das suas mãos, iluminado como o cenário de uma ópera que fosse começar a ser encenada naquele exato momento, e só para eles dois.

Visto daquele privilegiado lugar, o palácio era ao mesmo tempo grande e pequeno, monumental e caseiro, algo que surpreendia e que também se poderia modificar com as próprias mãos, como uma daquelas construções elementares feitas com peças geométricas de madeira que os meninos combinam de maneira caprichosa.

Mais além, atrás da mancha negra dos bosques da Casa de Campo, infinitas luzinhas dos bairros afastados que cercavam a cidade perdiam-se ao longe confundidas com as estrelas que também a distância cimentavam o céu.

— É belíssimo — sussurrou Poe.

Arrependeu-se imediatamente de repetir uma frase. Ela poderia achar que ele era um tagarela.

Hanna reparou, então, que o casaco que a cobria não era o seu, mas o do amigo, e desejou que ele notasse o detalhe, mas que também lhe desse importância. Começava a experimentar sentimentos contraditórios. Assustou-se, porque sua experiência lhe dizia que contradições desse tipo eram o prenúncio de um amor violento e apaixonado, delicado, como todos os seus, mas que ao acabar deixaria nela seqüelas muito dolorosas.

A experiência de Poe nesse terreno era muito menor do que a de Hanna, para não dizer nenhuma. No povoado de onde vinha, ninguém arrastava uma bagagem muito ampla no que diz respeito ao amor. Naquele remoto lugar do interior da Espanha, as vidas tinham trajetórias retilíneas que começavam no dia da primeira comunhão e acabavam, quinze anos depois, no casamento, sem que se saísse da mesma igreja ou se mudasse de padre.

A estreiteza do terraço, assim como o frio, os aproximara. Permaneciam em silêncio diante da noite e da indefinição de seus próprios pensamentos. No quarto contíguo, a vela continuava ardendo. Seu brilho chegava ao terraço desvanecido, como um soldado ferido que tivesse galgado com esforço sobre-humano aqueles dois degraus para acabar agonizando na terra fria. Uma brisa suave invadiu o apartamento e moveu ligeiramente a chama, e aquele brilho morto pareceu ressuscitar as sombras adormecidas. Poe sentiu no estômago aquilo que Sam Spade chamava, em seus romances, de "vôos de mariposa", "arautos da morte". Os nervos. Seu coração galopava desenfreadamente. O jovem sentiu no peito uns golpes secos e precipitados que estavam longe de ser agradáveis. Não sabia se aquilo era "sempre" assim. Hanna tinha, por acaso, dez anos a mais do que ele, e devia saber, portanto, como as coisas aconteciam, e posto que o havia levado até ali, havia-lhe mostrado a paisagem e olhavam ambos romanticamente a noite de Madri, talvez fosse porque esperasse que ele a segurasse pelos ombros e a puxasse para ele. Era, pelo menos, o que sugeria o fato de que ela houvesse se coberto com o seu abrigo, detalhe que não lhe passara mesmo despercebido. E se a abraçasse, teria que beijá-la, em seguida. E ele queria beijá-la imediatamente. Quem não teria tido vontade de beijar uma mulher como Hanna?

Era premente. Parecia uma criatura extraída dos sonhos de um adolescente, muito mais bela ainda, porque nem ao menos precisava vagar por eles. Tinha o cabelo preso num rabo-de-cavalo curto, enfeitado por uma faixa de veludo negro. A faixa era também um convite para que desfizesse o laço e soltasse os cabelos, emaranhasse os dedos neles; queria cheirá-los, embriagar-se com o perfume de que estavam impregnados; gencianas, lilases, malvas, um perfume de violetas frias que Poe podia respirar agora. O silêncio das estrelas oprimia-o tanto como a dor no peito. Deveria dizer que seu cabelo cheirava a violetas. A genciana. Não, a malva. Não, a lilás. Isso era bonito, pensou

Poe, talvez ela gostasse de ouvi-lo dizer. Parecia-lhe uma mulher poética. Feiticeira. Mas teve medo de parecer ingênuo e que Hanna pensasse que, além de tagarela, era afetado. Assim, não disse nada, nem do cabelo, nem das violetas, nem das outras flores. E Poe recordou, de maneira inoportuna para aquele instante, o que Hanna lhe contara certo dia, precisamente no Comercial, pouco antes de começar a fazer parte dos ACP, a respeito da obsessão que os espanhóis tinham em fazer-lhe propostas que estavam distantes da sua cabeça, e que bastava que isso acontecesse para que ela perdesse o interesse pela pessoa. Sim, ela certamente pensaria que falava de violetas para alcançar outros objetivos, para mascarar outros interesses.

Por outro lado, os abraços e os beijos não seriam uma conseqüência natural daquela cena? Não sabia se poderiam ser um prólogo. Se chegassem, e ele queria que fosse assim, seria certamente no final.

Poe desistiu de envolver os ombros de Hanna com seus braços. Teria podido arranjar qualquer desculpa. O frio, por exemplo. Perguntar-lhe: você está com frio? Já havia se dado conta de que o casaco que a amiga tinha jogado no corpo era o seu. O que faziam, então, ali, diante da noite madrilena? A temperatura havia baixado tanto que era uma temeridade ficar um minuto a mais desafiando a intempérie, mas Hanna também não parecia disposta a deixar o terraço e voltar para a água-furtada.

Os dez anos que Hanna tinha de vantagem em relação a Poe permitiam que ela visse tudo com mais lucidez, mas não com menos nervosismo que ele. Parecia-lhe justo que isso acontecesse, que a vida colocasse ao seu alcance um fruto bom, saudável, fresco. Estava cansada de uma vida excessivamente atribulada e sem atrativos, e ainda não havia completado trinta anos. Por isso desejava que Poe passasse os braços em volta dos seus ombros. O que, além disso, ele poderia estar esperando ali? E compreendeu também sua timidez. Gostava de homens tímidos, certamente mais do que de todos aqueles a quem sua presença despertava desejos irrefreáveis. Não queria que os dez anos que tinha a mais servissem para atemorizar ou esmagar aquele menino que ainda estava saindo das praias da adolescência, para ela já tão distantes. E começou a pensar que as dúvidas a respeito de quem deveria tomar ou não a iniciativa numa relação amorosa eram uma grande bobagem, mas se importava muito com aquele menino e não queria provocar nenhum equívoco. Não seria, é claro, seu primeiro amante, se chegasse a sê-lo. Ela seria o dele. No fundo, não tinha dúvidas. Que homem havia resistido a ela? Não se lembrava de nenhum. Em um país meridional como a Espanha, olhos azuis, cabelos louros e formas como as suas eram um trunfo. Mas não queria usá-lo com ele. De certa maneira, via-o como um menino. Poderia manipulá-lo segundo seus caprichos. Era, também, a primeira vez em sua vida que jantava a sós com um aluno. Reparou nele, ali, diante das constelações, e uma sombra de tristeza surgiu diante dela: era uma mulher velha, uma solteirona condenada a partir daquele momento a procurar entre alunos cada vez mais jovens uma companhia passageira. Espantou-se com a perspectiva cruel e perguntou com dissimulada leveza:

— Rafael, podemos entrar?

A luz da vela recebeu-os como a dois órfãos perdidos no bosque.

— Somos Hansel e Gretel — disse Poe, nervoso, esfregando as mãos para fazer o calor penetrar nelas.

A Hanna, aquela alusão nórdica, que embora não fosse dinamarquesa lhe era familiar, soou como uma delicadeza. Eram coisas como essa que a atraíam naquele menino.

— Por que diz isso?

— Por causa da luz de vela. Eu viveria toda a minha vida com velas e candelabros, ao lado do fogo. Isso é real. A luz elétrica, não. A chama é algo mais, é vida, é calor, e o fogo é o próprio amor.

Ficou subitamente vermelho diante da retórica despropositada de uma frase como aquela, e tentou consertar:

— Uma lâmpada é uma coisa fantástica, mas não para mim. Uma lâmpada afasta você. E a chama te chama — acrescentou.

Percebeu que havia mordido a língua com o trocadilho ou, melhor ainda, que metera os pés pelas mãos. Sentiu-se o pior dos pedantes.

Hanna, que não estava preocupada com trocadilhos e também não entendeu as desculpas que se seguiram a ele, ouvia-o extasiada. Ouvia-o, mas nem sempre o escutava. Era-lhe impossível. O jantar transcorreu numa atmosfera de subentendidos que enchiam o ambiente de excitação e angústia. No segundo cálice de vinho, Poe chegou, contrariando seus hábitos, até a ficar loquaz. Sua única preocupação era saber como as coisas aconteceriam, como a professora lhe diria que teria de ir para casa. Vendo-a tão silenciosa, chegou a temer que estivesse se aborrecendo. O que nem sequer podia imaginar é que, na realidade, quando ficava ausente Hanna pensava em coisas muito elementares. Meu Deus, como é bonito, ela pensava, eu o comeria vivo aqui mesmo, não é mais que um menino, é um pedaço de *strudel*, melhor do que um *strudel*. Seu próprio pensamento arrancou-lhe um sorriso um tanto cínico, e glandular.

Poe achou que ela ria de algo que ele havia dito.

— O que a faz achar graça?

— Você.

— Não sou um menino — respondeu Poe com a timidez de sempre, novamente retraído, baixando a cabeça, disposto a fechar sobre si as válvulas da sua misantropia.

Hanna assustou-se. Pensou que havia forçado a porta dos pensamentos do jovem amigo com uma patada, e que este, de volta a si mesmo, a havia surpreendido metendo-se neles de maneira indiscreta.

— Mas quem disse que você é um menino?
— Às vezes seu pensamento fica estampado no seu rosto.
— E você não é?
— Não... Acho que não. Nunca fui um menino. Acho que não pude sê-lo. Não me deixaram.
— Fale-me de você.
— O que quer saber?

Tinham acabado de jantar. Hanna havia feito uma torta de maçã para a sobremesa. Poe nunca tinha provado um *strudel*. Ficou admirado com o sabor. Até aquele momento, não lhe constava que as meninas com as quais havia brincado e até saído gostassem de cozinhar, e ainda mais que fossem capazes de preparar uma sobremesa tão complexa como supunha que era aquela. Eram muitas as coisas que estavam acontecendo naquela noite pela primeira vez e todas pareciam acontecer com ele.

— Você não quer me falar de você?
— Fale primeiro. O que você está fazendo na Espanha?

Antes de dizer alguma coisa, Hanna alisou com a palma da mão uma prega imaginária da toalha. Poe pensou, talvez ela queira que eu a acaricie. Sim. É isso que está querendo dizer. Caso contrário, não a teria aproximado. Mas não se atreveu. Hanna arrancou da ponta da colher um pedacinho de torta, manteve-o por um instante na altura dos olhos e quando, finalmente, levou-o à boca, reteve-o durante certo tempo contra o palato, como se daquele sabor proviessem diretamente as recordações mais remotas da sua vida passada, deixada em seu país como num guarda-móveis.

— O que quer saber? — perguntou com um sorriso enigmático, dando-lhe a entender que tinha muitos segredos para poder compartilhá-los de uma vez só.

— Por que você deixou a Dinamarca?

— Estive casada durante um ano e me separei. Então, eu me vi aqui. Não pensei nisso antes. Não conhecia ninguém e nunca havia estado na Espanha, mas, principalmente, era um país que ficava muito distante do meu marido e de tudo aquilo, e apenas por isso me pareceu ser o país ideal.

Aquela palavra, marido, deixou Poe desconcertado. Hanna percebeu e interrompeu o relato.

Hanna ficou achando que uma meia-verdade era melhor do que uma mentira. Não quis contar que as palavras "tudo aquilo" escondiam muitas coisas que tentava e havia conseguido esquecer. Salvo quando, como agora, o seu fantasma reaparecia — três anos de drogas, apartamentos sórdidos e relações absurdas. Uma destruição irresponsável da vida. Seu marido continuava tentando se autodestruir, não se sabe onde, em que antro, atirado em que sórdido porão. E talvez até já tivesse dado cabo dela, enquanto ela passava bons momentos com um jovem aluno. A palavra droga tem o dom de afugentar a maioria das pessoas e por isso nem lhe ocorreu pronunciá-la naquele apartamento.

— ...Cheguei aqui e comecei a dar aulas. E desde então dou aulas. Não há mais nada a contar. Eis a história da minha vida. E você?

Poe também tinha seus segredos. Quem não tem segredos aos vinte anos, até mesmo mais do que aos trinta? Mas sentiu que não podia contá-los, porque os segredos dos vinte anos ainda são sagrados. Nem sequer imaginava que estaria vivo aos trinta anos.

Poe colocou os cotovelos na mesa, entrelaçou as mãos e apoiou nelas o queixo.

— Minha história é mais corriqueira. Candidatei-me a uma vaga num banco, fui aprovado, trabalhei três anos na minha cidadezinha, solicitei uma transferência para Madri, ela me foi dada, vim, passaram-se seis meses pulando de pensões a hospedarias. De vez em quando vou à aldeia ver minha mãe e aqui estou.

— Nada mais? Você não tem namorada?

Poe sentiu que Hanna se permitia fazer essa pergunta porque tinha dez anos a mais que ele. Também tinha lhe ocorrido perguntar como uma mulher tão linda não tinha uma fila de pretendentes, mas antes de fazer uma pergunta tão direta teria tombado morto de vergonha. Não obstante, Poe ficou alegre com o fato de ela ter feito uma pergunta como aquela, porque permitia que ele a devolvesse e colocasse as coisas onde queria, num plano de igualdade.

— Não. Eu não tenho namorada. E você, tem namorados?

Entendeu logo a estupidez daquele plural. Não soube como pôde ter cometido tamanha torpeza. Foi como um ato falho.

Hanna não deixou de perceber aquele "namorados" e protestou mais por brincadeira do que por qualquer outra coisa. Preferiria contar toda sua vida em um segundo e não se preocupar mais com ela. Não era uma vida que tivesse muito valor.

— Sim, mas não são muitos. Apenas três.

Esperou pela reação de Poe, mas ele não mexeu um músculo do rosto.

— Na verdade — amenizou Hanna —, sim, tenho um namorado, ou melhor, uma espécie de namorado.

Fez-se um silêncio que nem Poe nem a própria Hanna poderiam ter interpretado corretamente, porque a ambos a conversa começava a incomodar, mas nenhum dos dois gostaria de interrompê-la naquele ponto.

— Quem é?

Hanna soltou uma gargalhada.

— Ah, os espanhóis... Sempre tão diretos.

Poe tinha um gesto recorrente, uma espécie de tique. Quando se sentia incomodado, levava a mão ao cabelo e o afastava da testa. Foi o que fez. Poe não gostou daquela comparação. O que ele tinha a ver com os espanhóis?

— Você o conhece — respondeu, finalmente, Hanna.

— Eu?

A obscuridade da malícia brilhou nos olhos claros de Hanna. Poe deu-se por vencido.

— Jaime Cortinas — revelou, finalmente, a jovem, abrindo os braços, como no *voilà* que os mágicos fazem para o público espantado diante de seus inacreditáveis truques.

— O diretor do Liceu? Mas é um velho... e é casado.

A surpresa de Poe não era fingida. E logo se envergonhou de ter feito um comentário tão pouco cosmopolita.

Hanna levou na brincadeira. O homem era mesmo um velho. Um sujeito de cinqüenta anos, visto a partir da perspectiva de quem tinha os vinte atrevidos de Poe, era o que havia de mais parecido com uma das velhas e áridas montanhas da sua aldeia. Em comparação com os trinta dela, era quase um delito.

Poe era muito jovem para saber que uma confissão como aquela, em vez de inquietá-lo, deveria infundir-lhe ânimo, porque não era nada mais do que o prelúdio de uma ruptura que ela estava lhe anunciando em oferenda. O pesar que tomou conta do rosto de Poe tornou o humor da jovem ainda mais leve.

— Não acredito que você não tenha namorada. É muito bonito para estar sozinho. Eu vejo como as meninas da classe olham para você, comendo-o com os olhos. Não vá me dizer que ainda não percebeu!

Não só não tinha namorada como a sua experiência nesse campo poderia ser chamada de catastrófica. Além do mais, havia percebido que suas colegas de classe não apenas não lhe dirigiam a palavra — nem ao menos olhavam para ele. Pelo menos era o que lhe parecia.

— Não tive muita sorte com essas coisas — confessou, depois de pensar um pouco.

Não tinha uma namorada na sua cidadezinha?, insistiu Hanna, que mantinha aquela conversa como se lesse, apressadamente, as páginas de um folhetim. Não, já lhe disse que não tenho namorada, respondeu Poe. Mas, se voltar a viver algum dia em seu povoado com seus pais? Não tinha pai. Não, Hanna não tinha o que lamentar. Ele mesmo praticamente não lamentava. Para ele, seu pai não passava de umas fotografias esmaecidas, perpetuadas em velhas molduras na sala de estar de sua casa, e as lágrimas da mãe nos aniversários de sua morte, ou tantas outras vezes, quando falava dele, umas vezes sim, outras não, nunca sabia quando a mãe começaria a chorar pelo seu pai, às vezes contava algo que parecia pressagiar o choro, e não chorava, e, ao contrário, em outras ocasiões estava totalmente tranqüila mas bastava alguém mencionar o nome dele para que ela se tornasse incapaz de conter o pranto. Em geral, seu pai era um silêncio, ainda mais angustiante do que as lágrimas. Essas coisas faziam parte dos seus segredos. Não podia falar disso, de como seu pai morrera, quando, de que modo, o que isso significou em casa, para sua mãe, sozinha, grávida dele, com seus irmãos, tendo que aceitar qualquer trabalho, trabalhar com as próprias mãos, seus irmãos abandonando os estudos, tirá-los do colégio para que procurassem alguma colocação, a primeira que aparecesse, o mais velho com dezesseis anos e o outro com treze, sem terem podido terminar os estudos. E sem que ali, no povoado, ninguém os socorresse, nem a família do pai nem a da mãe, que vivia no outro lado da Espanha, ninguém quis assumir compromissos nem ajudar, todos fugiram das responsabilidades, porque de todos os lados todos o acusaram de ter sido o único responsável por tudo o que lhe havia acontecido. Porque não era a primeira vez. Mas não foi culpa de seu pai, e isso Poe defenderia até com agressão física, se necessário, quem ousasse sustentar o contrário.

Ele não falava dessas coisas com ninguém, porque a ninguém interessava saber como elas aconteceram de fato. Ninguém quer saber a verdade. As pessoas sentem e pensam por aproximações, porque a verdade compromete tanto quanto a realidade. Nem sequer entre eles, os de sua própria família, sua mãe e seus irmãos, queriam falar sobre isso. Era muito doloroso. Todos haviam sofrido muito, muitos danos lhes foram impingidos, e assim ninguém queria meter de novo o dedo numa ferida que ainda estava tão aberta como no primeiro dia. Inclusive, parece que o criticavam quando lhe diziam, você não pode imaginar como foi aquilo, não, você não tem nem idéia. E doía-lhe que lhe dissessem isso porque acontecera antes de seu nascimento, marcado principalmente por essa catástrofe.

Havia, na sua casa, uma foto emoldurada de seu pai. Ele, sim, era bonito, magro, com os cabelos penteados para trás, a boca grande e olhos negros profundos, com um olhar melancólico, o nariz reto, a fronte levantada e uma covinha no queixo. Todo mundo dizia que era belíssimo, parecia um galã de cinema, e outra coisa que todo mundo dizia: imagine como deveria ser sua mãe ainda jovem, quando se conheceram, para que um homem tão belo tivesse se apaixonado por ela. Pois era como ele, de "fechar o comércio", contaram-lhe que dizia seu pai de sua mãe, ela mesma lhe contava, ao mesmo tempo envaidecida e envergonhada, feliz por recordar, em uma daquelas ocasiões que Poe não sabia nunca se terminaria em risos ou soluços: sim, eram como um casal de astros do cinema. Algumas mulheres do povoado que haviam conhecido seu pai diziam a Poe, você saiu vistoso, mas seu pai era mais do que vistoso. A foto emoldurada não era só de seu pai, mas de ambos, mãe e pai, a foto do casamento, ele de terno e na lapela o fumo do luto por alguém, por qualquer um, não tinha importância, porque naquela época todos estavam de luto por alguém e os lutos se encadeavam uns com os outros, havia mortos por toda parte, de todas as classes, e havia muitas opções para se ficar de luto. Havia mortos e desgraças para escolher à vontade. E sua mãe com um colar de pérolas que foi a primeira coisa que pôs à venda quando seu pai morreu e precisaram de dinheiro. E, graças a essa fotografia, Poe não se esquecera jamais de como seu pai tinha sido, e em casa ele nunca deixou de ser lembrado, o que havia feito, se seu pai estivesse aqui, seu pai por aqui, seu pai por ali, se seu pai estivesse vivo, se seu pai não tivesse ido a Madri naquele dia, falava-se dessas coisas, não sobre o que acontecera quando seu pai, num certo dia de 1960, foi a Madri e encontrou, por acaso, seu amigo Remígio no Parque do Bom Retiro. Foi uma casualidade. A polícia nunca acreditou que tivesse sido por acaso, porque quando se pensa de uma determinada maneira, não há acaso nenhum; o Mal se imiscui, obscura e subterraneamente, sem dar tréguas. Assim como a polícia e o Bem têm suas horas de repouso e feriados, que usam para recuperar-se do trabalho que lhes dá velar pela Ordem, e se entregam ao sono, à família e às distrações honestas, o Mal se aproveita dessas tréguas para, a partir do mais sombrio dos mundos, erodir os alicerces e pôr abaixo a Ordem estabelecida, que não é outra senão a Lei Natural, substituindo a liberdade verdadeira pela libertinagem etcétera, etcétera, e por isso o levaram preso, porque a polícia não acreditava nunca, por princípio, no que dizia uma pessoa com aqueles antecedentes, e muito menos quando começava se defendendo com a palavra casualidade. Não apenas viviam em erro, mas viviam também na mentira. E na libertinagem. E se alguém pode encontrar a verdade por acaso, a mentira não é senão o trabalho tenaz de muitos anos de obstinada e voluntariosa existência no erro. Poe se lembrava de sua mãe chorando pelos cantos da casa quando era pequeno, ou debruçada na máquina de costura, à noite, como em uma daquelas cenas dos filmes neo-realistas que às vezes passavam na televisão, e que eram comédias que faziam chorar. Podia até sentir o cheiro da miséria da casa, um cheiro de fezes e cebola. E se lembrava do cheiro todos os dias na casa de uma vizinha, onde ficava enquanto sua mãe trabalhava em outras casas. Uma vizinha daquelas boas como há em qualquer lugar, uma boa samaritana que cuidava dele quando não havia ninguém para fazê-lo. Tinha tias e avós que viviam no mesmo povoado, mas ficava sob os cuidados de uma vizinha porque, depois daqueles fatos todos, deixaram de falar com eles, considerados pestilentos, sem poder ir a lugar nenhum, e a vizinha, uma pessoa melhor do que as pessoas da família, da sua família de então, criou-o ao lado dos próprios filhos, sem perguntar se a culpa de tudo aquilo havia sido de seu pai, ou do acaso, ou da maldita Espanha e da maldita política, querendo unicamente ajudar aquela viúva a proteger como pudesse os seus filhos...

O estranho é que ele foi morto muito depois da guerra. Poe pedia a seus irmãos que lhe contassem de novo o que o pai lhes contava. E eles lhe contavam do dia em que foram todos pescar, ou quando comprou o primeiro caminhão e foram os quatro lanchar numa estalagem, para festejar. E à sua mãe, ele dizia, mãe, conte outra vez onde você e papai se conheceram. E ela, sonhadora, recordava aquela tarde de julho de 1938, em Valencia, quando toparam com umas pessoas que vinham em sentido contrário, e foram todos comer numa taberna onde lhes fritaram uns ovos frescos que um miliciano trouxera do campo, e ali mesmo se enamoraram. Poe sabia de cor as palavras dela, como se fosse um conto de fadas, e não permitia que, para abreviar, ela pulasse um único detalhe. E que se casaram 32 dias depois sem ter a menor dúvida. Precisariam duvidar de quê? E logo depois todo o resto, o que aconteceu quando a guerra acabou. E que ele a levou para seu vilarejo, e lá as pessoas da família dele não gostaram que tivesse vindo casado com uma mulher que era menos do que eles, diziam, e tão bonita, diziam também, que levava a crer que o trairia. E que seu pai lhe implorava, por Deus, Angelines, não se pinte, ninguém vai perdoá-la por ser tão bonita, tente passar despercebida, você já é muito bonita sem se pintar. E contava sobre a denúncia de um falangista, depois, quando acreditava que tudo já havia terminado, como fomos incautos, quem poderia imaginar, lamentava-se sempre Angelines ao chegar a este ponto das suas recordações, e o ano inteiro pulando de campo em campo de concentração, e Angelita atrás, atrapalhada, desengonçada, nas visitas, escondida no mato, a dois passos dos guardas, aos quais tinha que agradar levando-lhes um pouco de comida ou dando-lhes dinheiro para que fizessem vista grossa. E os dois primeiros filhos perdidos, uma de meningite e o outro de penúria. Aos dois e três anos. E que a ele, Rafael, acabaram dando o nome que tinha sido do outro, o mais velho, o morto. E que carregava o nome de um morto, e por isso era tão sério. Mas tudo se foi, e o passado é uma página virada. Já ninguém mais se lembra daquilo. Às vezes, em casa, em voz baixa por medo de que alguém os ouvisse, essas histórias eram contadas, mas nunca diante dos pequenos. Não se falava de guerra em sua casa, mas a guerra havia sido tudo, e acabou com tudo. E foi isso o que aconteceu. Foi essa a desgraça. Mas tudo por causa do acaso. Algo em que a polícia nunca acredita. Mas o acaso é o princípio fundamental de todo Crime Perfeito, e a morte do pai de Poe também foi um crime perfeito. E foi morto sem que tivesse nada a ver com o que a polícia imaginava. E o que ela imaginava? Nunca souberam, nunca lhes disseram nada. Jamais disseram à sua mãe, foi preso por isso ou por aquilo. Nada. E aquele não saber era ainda pior do que saber pela metade. Só sabia que seu pai queria trocar de caminhão e foi a Madri ver um, aproveitando a Feira de Amostras de junho. Isso era tudo. Mas foi detido na casa de Remigio. E este, um bom sujeito, estava, por sua vez, sendo seguido há pelo menos um ano. E se puseram a falar dos velhos, dos novos tempos. Na guerra, havia sido capitão. E falaram de tudo. Você se lembra? Como vou me lembrar?, respondia o outro. E sua mãe, quando viu que seu marido não voltava de Madri, procurou-o como uma louca, ligou para todos os hospitais de todas as partes, foi à Guarda Civil, andou por todo lado, no começo desejou que fosse só um deslize, não sei, pensou, está deitado com uma por aí, e quando quiser, virá, mas logo começou a temer, e a desejar de todo coração que fosse apenas uma farra do marido, já o havia perdoado em seu coração, queria só que aparecesse, até que, quatro dias depois, quando pensava que ia morrer de dor, a Guarda Civil veio à sua casa, e a revistaram de cima abaixo. Ela tinha estado em Madri? E por que o prenderam? Não sei, senhora, e não lhe posso dizer mais nada. E sua mãe ficou vinte dias numa pensão da rua Carretas, e passava o dia ali, querendo ver o marido e tentando saber por que o haviam detido. E um soldado que se compadeceu dela deixava-a ficar na porta o tempo que quisesse, sem dizer-lhe para ir embora. E a mãe não sabia o que estava acontecendo, porque sabia que seu marido, depois que saiu da prisão, depois da guerra, não tinha se metido mais em nada. E contou isso ao soldado da porta chorando, e o soldado lhe dizia, o que a senhora quer que eu faça?, senhora, eu não apito nada aqui. O soldado era uma boa pessoa, ande mulher, não chore, vá embora, outras vezes lhe dizia, por favor, não me comprometa, que se eu souber de alguma coisa lhe direi. Desde esse dia, graças ao soldado, ela ficou sabendo de algumas coisas. Não posso lhe dizer mais, mulher, você está me comprometendo, insistia ele. Mas foi por ele que soube que o marido não estava bem, que o estavam pressionando, e que parecia um bom homem, e a senhora não se preocupe, porque se é inocente, dizia, acabará sendo solto. Mas naqueles dezoito dias em que esteve preso, não conseguiu falar com ele nem vê-lo nem levar-lhe um pouco de comida. Também disseram que ele já devia estar doente porque não era normal que não tivesse agüentado o que outros muito mais fracos haviam agüentado sem dificuldade, devia estar tuberculoso ou algo parecido, cuspia sangue, e isso não é normal, deve ter chegado doente da sua cidade, disseram, porque não fazia sentido ficar com os pulmões encharcados. Ninguém fica com os pulmões encharcados só porque lhe fizeram umas perguntas. E não houve autópsia e o juiz considerou razoáveis as explicações da polícia. E durante alguns anos o nome daquele policial que conduziu os interrogatórios de seu pai, e assinou as diligências, foi uma obsessão para todos eles, para sua mãe, para seus irmãos, ele era o culpado pelo fato de suas vidas terem se transformado num inferno.

A mãe teve que vender, com prejuízo, o caminhão recém-comprado pelo marido, passar o negócio, desfazer-se de algumas jóias, tudo o que tinha de valor em casa, e o culpado de tudo foi alguém que o confundiu com outra pessoa, por acaso não o confundiu com ninguém, ele mesmo se confundiu e pronto, e fez com que seu erro fosse pago por um pobre infeliz que passava por ali. Mas o tempo passou e o nome daquele policial foi esquecido, como procuraram eles próprios se esquecer de tudo o que havia naquela dolorosa sucessão de acontecimentos que havia sido a vida de todos eles.

Poe freqüentara a escola até os quartoze anos, sua mãe queria que continuasse estudando, era bom para ele, os irmãos se reuniram e lhe disseram, se nós não pudemos estudar, estude você. Mas Poe disse, não sou diferente dos outros, e foi trabalhar no banco como *office boy*, e continuou estudando, e concluiu o segundo grau e então quis entrar para a universidade. E as coisas começaram a melhorar para todos. O que mais podia pedir? Não precisava de nada, e agora estava em Madri, gostava de Madri, era feliz em Madri. Tanto é que ia entrar na universidade. Na universidade! O que seu pai teria dito se soubesse? E os ACP? Aproximou-se deles porque estava sozinho e não conhecia ninguém em Madri e eles falavam sempre de livros e ele gostava de livros. Ele não era igual a eles, era tímido. Havia observado muitas vezes os ACP. Pareciam-lhe extravagantes, colocando fumo em seus cachimbos, com aqueles ares estrambóticos, pareciam figurantes de um filme. Sherlock vestia-se, sem saber, como Sherlock Holmes; usava um casaco que lembrava um gabão. E a gabardina de Nero, que incrível. Poe limitava-se a observar, até que um dia se aproximou. Estudava sempre no café, achava que era um lugar melhor do que uma biblioteca. Passava o dia todo sozinho, no banco ou na pensão. Não conhecia ninguém. Era o único que preocupava sua mãe. Ela temia que se tornasse um tipo esquisito. Filho, você já conheceu alguém? Já fez amigos? E, assim, uma tarde se aproximou e lhes disse, sei quem são os senhores, e eu também gosto de romances policiais, posso sentar-me aqui um pouco e aprender alguma coisa?

Hanna sustentava a cabeça com as mãos e ouvia-o sem se cansar. E pensava, não sei como foi o pai dele, mas ele é lindíssimo...

De repente, Poe pareceu acordar de um sonho. Falava há meia hora, e interrompeu-se bruscamente.

— Bem, contei-lhe toda minha vida... — e sentiu naquele momento um grande vazio.

Hanna também despertou de um sonho. Levantou-se da mesa, aproximou-se do lugar em que ele estava, pegou suas mãos, puxou-as com suavidade fazendo com que ficasse de pé, e quando o teve diante de si, abraçou-o e beijou-o, profunda e apaixonadamente. Quando o beijo terminou, Hanna, sem soltar suas mãos, conduziu-o ao quarto, não sem antes apagar com um sopro a chama da vela. No momento em que ela a apagou, apareceu no balcão o sortilégio de todas as estrelas, e a lua estendeu, como um tapete, o mistério de seu sudário.

DORA ESTAVA há seis meses sem saber de Paco Cortés, e sem que ele lhe levasse, como costumava fazer religiosamente, o dinheiro da pensão, que agora chegava por ordem de pagamento.

Paco Cortés tinha sido derrubado por uma depressão. Não saía de casa há seis meses. Estava esgotando suas últimas reservas financeiras. Ao cair da tarde, consolava-se com uísques que, para aumentar a sua dor, não eram produzidos, ao contrário daqueles que seus personagens bebiam, em míticos alambiques do Kentucky, e sim em destilarias miseráveis de Segóvia.

Os ACP estavam há seis meses sem ver nem a sombra do seu fundador nas reuniões do Comercial.

Durante todo esse tempo, eles deixaram de conversar sobre romances policiais e crimes perfeitos e ficaram procurando uma maneira de ajudá-lo.

As notícias que tinham do ex-escritor de romances policiais, de detetives e de intriga em geral não eram nada tranqüilizadoras. Falava-se de uma destruição surda, permanente e impossível de ser detida.

Os ACP mandaram uma comissão de olheiros à rua Espartinas. Nero, padre Brown e Mason, o mais preocupado de todos os amigos, apareceram à uma da tarde de um determinado dia.

O anômalo da hora delatava a excepcionalidade da incumbência.

Foram recebidos por um Cortés que acabara de sair da cama. Surpreendeu-se em vê-los ali. Levou-os para a sala, abrindo a comitiva, tentando tirar alguns objetos do caminho. Os amigos dissimularam bem a péssima impressão causada pelo estado de abandono total da casa, não menos limpa e organizada do que qualquer dos cubículos em que costumavam viver os detetives dos filmes B. Garrafas vazias de uísque Dyc e de vodca nacional por todos os lados, cinzeiros abarrotados, jornais mal dobrados espalhados pelo chão e romances baratos jogados pelos cantos.

O projeto da agência havia sido abandonado para sempre, por desatinado, dois dias depois da sua concepção. Ter gastado seu orgulho com Espeja, o velho, também não lhe servira de nada. O editor telefonou-lhe no dia 3 de março, uma semana depois da discussão, e não parou de insultá-lo e de exigir a devolução imediata do empréstimo, coisa que nem sequer lhe passava pela cabeça.

Por iniciativa de Mason, resolveram, então, acionar o velho editor, mas o quadro que se apresentou não poderia ter sido mais calamitoso. Com os contratos na mão, Espeja, o velho, provou que tinha os direitos totais de todos os romances de Cortés, o que significava que os tinha, por assim dizer, perpetuamente, já que enquanto continuasse editando ou houvesse no estoque um número de exemplares superior a dez por cento do total de cada edição, os direitos pertenciam ao editor, e como Paco Cortés suspeitava que Espeja, o velho, fazia reimpressões fraudulentas de todos os seus romances, seria impossível arrebatá-los e vendê-los a outro editor.

O padre Brown mexeu os pauzinhos e arranjou-lhe um trabalho de revisor de provas na Biblioteca dos Autores Cristãos.

Paco Cortés agradeceu muito ao amigo Benigno, o padre, e depois de digerir um volumoso tratado sobre as virtudes teológicas de um benemérito frade dominicano, lamentou não poder persistir naquele trabalho destinado a esclarecer questões espinhosas, muito mais complexas do que as enfrentadas por qualquer detetive experiente.

Era também conhecida de todos a disposição de Cortés de não enveredar por outros gêneros literários, mas o que ninguém sabia, nem mesmo Mason, é que ele havia enfrentado o desafio por três ou quatro vezes, deixando como resultado o rastro penoso de três romances que não foram além da página doze.

Era obrigado a reconhecer, e ele reconhecia, que a fonte havia secado. Mas se Sam Spade era sagaz, Paco Cortés era orgulhoso, e não revelou a ninguém o motivo da sua depressão: sentia-se acabado porque de fato estava acabado.

Certa tarde, Maigret chegou à reunião com notícias não menos tranqüilizadoras.

— O sogro de Paco — informou — quer levar a coisa adiante. Encarregou-me de lhe dar um recado se o visse por aqui. Eu lhe disse que ele não aparece há seis meses, mas não acreditou. Pensa que fazemos o papel de seus guarda-costas e que o consideramos um deus, quando, disse, não passa de um sem-vergonha, um espertalhão, um vadio que não paga a pensão da filha há dois meses. E...

A comissão mediadora dos ACP voltou à carga mais uma, duas, três vezes.

Na quarta visita, à qual Nero não estava presente, Mason e o padre Brown ficaram surpresos com o que viram na sala do apartamento de Cortés. As oito estantes que ocupavam uma parede inteira, do solo ao teto, tinham sido esvaziadas. Aquela era a imagem viva da decadência e da precariedade. E só podia significar uma coisa: a magnífica biblioteca de romances policiais de Paco, construída com tanto esforço — assim como todos os livros de consulta que havia usado para escrever sua obra, mapas, dicionários, léxicos de gíria e outros —, seguramente uma das coleções mais completas da Espanha, havia empreendido um caminho sem volta à livraria do velho.

Para Mason e o padre Brown, que haviam se abastecido nela muitas vezes, a prova da gravidade da situação foi um imenso desgosto. Se o manancial de Paco Cortés havia secado, o poço em que eles haviam bebido durante todos esses anos também havia se esvaziado de repente.

— Meu Deus, Paco! O que aconteceu aqui?

O padre Brown havia corrido até as estantes vazias com os braços abertos, como se tentasse impedir a fuga de um livro que por acaso tivesse sido esquecido ou escorregado para algum vão.

— Não se aflija, Benigno. Quando você quiser um romance, eu o conto para você. Estão todos aqui — e um sarcástico Paco Cortés bateu na cabeça com o dedo indicador com tanta força que Mason e o padre Brown se olharam de maneira significativa: o amigo estava ficando louco.

Olharam os olhos de Paco Cortés. Estavam fora de órbita, sob sobrancelhas circunflexas, e perdia cabelo. Os que lhe restavam, longos e hirsutos, estavam alvoroçados.

Eles conheciam bem o amigo. Sabiam que ele não tinha por aqueles livros um sentimento de amor, mas uma verdadeira devoção. A decisão de vendê-los lhes deu a dimensão exata das dificuldades que atravessava.

— Você devia passar no Comercial para se distrair — aconselhou-o, docemente, o padre Brown.

— Não, Benigno, para mim tudo isso acabou. Perdi o gosto pela lógica. A vida não é nem um pouco lógica ou aritmética. Perguntem ao Poirot.

O gato, que havia se refugiado em seu colo, deu um salto e desapareceu da vista deles como a biblioteca.

— Mas e os livros? — perguntou o Vigário Supremo da Lógica no meio daquele encontro de amigos.

— Modesto, os livros são outra coisa. Quando têm lógica, eles são bons. Voltarei a comprá-los e voltarei a escrevê-los.

Cortés ficou pensativo por um momento, e acrescentou:

— Voltarei a comprar quando você voltar a escrevê-los.

— Era o que eu temia — disse o padre Brown, olhando para Mason com aquele ar brincalhão que se usa com os doentes terminais para que eles não possam suspeitar da gravidade da sua doença. — Não há criminoso que não filosofe. E eu acrescentaria que menos ainda um escritor de romances policiais. E, se você me permite citar uma frase do verdadeiro Spade, quanto pior o rufião, mais tagarela ele é. Ou esta outra: vá a seu funeral antes de compadecer-se de si mesmo. A vida está em toda parte, assim como Deus, Paco.

— Benigno, agradeço-lhe pelo esforço e pelo detalhe, mas é melhor deixar Deus fora disso. Você já sabe o que eu penso do seu idolatrado, padre Brown: as coisas que sabe, sabe-as antes que tenham acontecido, porque Chesterton as sopra no seu ouvido, mas aqui não há ninguém que nos diga o que temos que fazer nem o que acontecerá amanhã. É claro que, para vocês, padres detetives, tudo é um jogo, até a salvação. Mas temo que é tudo menos divertido: aqui ninguém se salva.

Benigno era um padre paciente, ignorou a blasfêmia, e sorriu.

— Eu agradeço de verdade a vocês, Lorenzo, Modesto, Benigno.

Paco nem chamava seus companheiros pelos nomes de guerra.

Antes de irem embora, Mason transmitiu a Cortés o recado do sogro que Maigret lhe disse antes de sair. Paco ficou olhando os amigos sem dizer nada. Ofereceu-lhes, se quisessem, uma bebida. Não, eles não queriam. Paco procurou um copo limpo, não encontrou, e derramou em um no qual permaneciam restos aguados de um uísque velho, sobras de uma garrafa de vodca.

Os amigos o viram sorver aquela beberagem sem dizer nada.

O padre Brown sentiu-se na obrigação de lhe dar alguns conselhos, mas foi detido por um sorriso amargo de Cortés.

A comitiva saiu da casa de Paco Cortés extremamente consternada. Padre Brown, que não acreditava em milagres, só confiaria em um que fizesse seu amigo reagir e o tirasse do poço em que havia caído.

A comissão voltou ao Comercial com as mãos vazias e os ânimos em pandarecos. Colocaram os demais a par da situação. As reuniões minguavam. A presença de Milagros, Miles, que não deixou de assisti-las, dava-lhes uma nota fúnebre ou pelo menos premonitória: parecia uma viúva que recordava a todo instante que a alma daquelas reuniões havia deixado de assisti-las e voava cada vez mais solta pelas regiões do éter.

Miles foi visitá-lo, e o levou para sua casa, uma casa luxuosa, onde havia uma velha criada que tinha sua senhora na palma da mão, e ali ela e Sam Spade viveram juntos durante uma semana, mas a providência também não teve resultados.

— Não leve a mal, Miles. Deve ser a bebida. Já não valho mais nem como amante.

— Não me importa — respondeu a mulher. — Fique comigo.

Paco achou melhor voltar para seu cubículo da rua Espartinas.

A palavra de ordem mais repetida dos ACP passou a ser "temos que fazer alguma coisa". Traduzida, soava como: "Salvemos Spade".

Mas ou Spade salvava a si mesmo, ou ninguém poderia ajudá-lo.

E isso foi o que o próprio Cortés fez. Deu um fim ao processo de degradação. Um dia, chegou à conclusão de que tinha caminhado, em seis meses, da adolescência à velhice. Decidiu, então, visitar seu pai.

Cortés não falava com ninguém sobre sua família. Na verdade, era um homem que não falava de si mesmo. Por isso, talvez, tivesse se tornado escritor tão jovem. Para não ter que contar nada a ninguém. Preferia que falassem por ele os personagens, os bonecos, os títeres do seu infortúnio. Não falava dele nem mesmo com Dora.

Os pais de Paco viviam num apartamento da rua Lagasca, esquina com Padilla. Não os via desde o nascimento de sua filha. Levou-a, para que a conhecessem, mas depois Paco Cortés disse a Dora, que se negava a acompanhá-lo naquelas visitas sempre sugeridas: se haviam sido péssimos como pais e de uma crueldade humilhante como sogros, não poderiam ser melhores como avós.

O encontro aconteceu num almoço dominical, de que também participaram três de suas irmãs e seus cunhados.

Paco não se impressionava com o ambiente daquela casa, porque a conhecia bem e tinha, precisamente, fugido dela aos vinte anos para escrever romances policiais: era um mundo asfixiante de negócios, dinheiro, mentiras e serviçais tratados com despotismo paternalista e paternalismo déspota.

Quando o receberam, as irmãs reagiram com o mesmo interesse que é despertado por uma nova fera importada pelo zoológico: não sabiam se seriam mordidas caso se aproximassem dela ou se ela só ficaria pulando e fazendo palhaçadas.

Era isso o que acontecia com Paco Cortés sempre que travava contato com o ambiente familiar: reagia como uma substância na qual se lança um sal, transformando-a em outra coisa. E sem saber por que sim e por que não, para tolerar a mentira, consumia o tempo que ficava com seus progenitores e seus irmãos comportando-se como um imbecil em grau superlativo e dizendo bobagens que, fora dali, seria incapaz de repetir a alguém sem ruborizar-se de vergonha. Na verdade, aqueles encontros eram uma grande humilhação cujo principal culpado era ele mesmo e mais ninguém.

Por sorte, naquele domingo ele foi ao almoço familiar inteiramente sóbrio, decidido a não abrir a boca. Nem se deu ao trabalho de responder às provocações dos cunhados, que queriam vê-lo fazer os discursos habituais, sempre cheios de bravatas.

Esperou que todo mundo fosse embora, e quando ficou a sós com os pais estabeleceu-se uma conversa que Cortés nem sequer preparara.

Não era o caso de lhes pedir dinheiro. Isso teria sido muito ingênuo e era exatamente o que seu pai esperava, para lembrá-lo, ao final do encontro, com ares de vitória, de que aquele momento, pelo qual esperara vinte anos, havia, finalmente, chegado.

— Você deixou de escrever romances policiais? — perguntou seu pai, arqueando as sobrancelhas em sinal de espanto.

O senhor Cortés olhou para a senhora Cortés, mas nenhum dos dois se atreveu a acrescentar nada. Esperavam, talvez, uma revelação de outra natureza. Paco aguardou alguns segundos. Esperava um "você precisa de alguma coisa, filho?", "você está bem?" ou, pelo menos, um simples "o que você vai fazer agora?", que era o que lhe perguntavam todos os amigos. Se estava esperando por isso, teve de se conformar com muito menos. O grande advogado Cortés e sua mulher não disseram nada, talvez para não ferir uma pessoa que sempre zombara dos conselhos que costumavam lhe dar.

Como ninguém dizia nada, Paco se levantou, despediu-se do pai com um aperto de mão, evitando, assim, um possível abraço e, quem sabe, um beijo. Beijou a mãe, e sem que ninguém o detivesse chegou à porta da indigência que o havia levado até ali um par de horas antes.

Dora não morava longe, e assim saiu andando pela tarde muito quente de setembro. A sobremesa dominical havia anestesiado as ruas do bairro de Salamanca, que estreitavam sua sombra até se tornarem estreitas para as próprias sombras.

O cheiro áspero de gerânio e esparto ainda não havia deixado Madri, e o estado de espírito de Paco Cortés era uma angústia estranha que lhe secava a garganta e pedia que a regasse com alguma coisa forte.

Paco encaminhou-se à casa de Dora. Seis meses sem saber dela. Nem sabia que Dora tinha se separado do namorado repórter. E Violeta? Naqueles seis meses, havia pensado muitas vezes nela, mas não tivera forças para vê-la. É assim estranho o coração humano. Não deixara de pensar um só dia na filha, mas também não havia encontrado forças para atravessar a rua e lhe dar um beijo. Passou ao lado de uma cabine telefônica. Achou que deveria ligar antes, mas logo percebeu que se entrasse na cabine e falasse com Dora, não a veria. Continuou andando, e passou ao largo de um bar, apesar de a garganta lhe pedir algo que acabasse com aquela secura de esparto que também o havia atingido.

Ia pensando, se o portão estiver fechado, darei meia-volta. Não se pode retomar a conversa com uma ex-mulher que você não vê há seis meses por meio de um interfone. Quando estava chegando, uma pessoa que saía do edifício o reconheceu e deixou a porta aberta, permitindo sua entrada.

Paco Cortés arrependeu-se de ter tocado a campainha, mas o silêncio e a quietude que se seguiram deram-lhe uma esperança: era possível que não estivessem em casa. Já tinha se arrependido de estar ali. Não havia tido um domingo tão família desde que era adolescente: pais, irmãos, cunhados, ex-mulheres, filha...

Paco começara a descer as escadas quando Dora abriu a porta. Viu-o daquele jeito, apenas uma cabeça que se fundia na sombra. Assustou-se. Achou-o muito envelhecido.

Cortés voltou-se para ela.

Também achou que sua mulher havia mudado muito.

Por sorte, Paco Cortés disse a única coisa que poderia abrir as portas daquela casa para ele.

— Estou vindo da casa dos meus pais.

Dora compreendeu a gravidade da situação. E a possibilidade de que tivesse acontecido alguma desgraça se sobrepôs à surpresa de tê-lo diante de si.

— Aconteceu alguma coisa? Você está bem?

Não dava a menor importância aos sogros, mas a morte é uma coisa que sempre desperta sentimentos piedosos gerais, ao menos por um par de segundos.

— Não — respondeu Paco.

Dora estava nervosa e desconcertada, e se desculpou por não ter ouvido antes a campainha. Estava fazendo a sesta. A menina continuava dormindo no sofá. Paco Cortés ficou olhando-a em pé, ao seu lado, durante algum tempo, sem se atrever a falar.

— Você quer entrar, ficar um pouco aqui? — perguntou Dora, finalmente.

Era impossível entender as mulheres. Essa era uma das razões por que estava abandonando a literatura policial. Não as compreendia mais nem nos romances nem na realidade. Dora convidando-o para entrar em casa! O que havia acontecido?

Entraram sem dizer palavra. Ajoelhou-se ao lado da pequena, que dormia no sofá. Ela também estava estranha. Tinha crescido muito.

— Pode chamá-la — disse Dora. — Pode acordá-la. Ela já está dormindo há uma hora.

Paco se acocorou ao lado da menina e segurou uma das mãos dela. Parecia um marzipã de Toledo. Levou-a aos lábios e roçou-a. Estava olhando a filha dormir há mais de dez minutos. Dora sentou-se ao seu lado, de costas, sem dizer nada. Depois de algum tempo, a menina acordou, como se pressentisse algo. Ficou olhando o pai, sorriu como se estivesse sonhando e jogou os braços no seu pescoço.

— Papai?

Paco não teve resposta para a pergunta. Um tempo depois, disse:

— Estive viajando, mas já voltei.

— Você voltou de verdade?

A última pergunta foi de Dora.

Paco sorriu com tristeza, mas não se atreveu a virar a cabeça para olhá-la. Dora imaginou seu sorriso, porque o conhecia.

Naquele momento, Paco compreendeu que o repórter não vivia mais ali. A notícia, que em outra ocasião teria provocado uma imensa alegria, deixou-o indiferente.

Dora trouxe dali a pouco dois cafés, na mesma bandeja do lanche da filha.

— O que aconteceu?

Paco, talvez por ter sido surpreendido pela recepção da ex-mulher, ou pela visão da menina, ou por estar, depois daqueles seis meses, com os nervos em frangalhos, percebeu que um nó na garganta o impedia de engolir, coisa que havia acontecido na tarde em que discutira com Espeja — a tarde em que deixou de ser romancista.

— Não sei, Dora. Minha vida é horrível, um asco. Não deveria me queixar, mas não estou encontrando uma saída.

— Se meu pai souber que você está aqui, vai aprontar uma boa. Está dizendo há dois meses que quando o encontrar vai lhe dar uns tiros. Ele prefere ver o diabo pela frente a ver você. Contei à mamãe que não o vejo há seis meses, e lhe pedi que não contasse a papai. Mas ela não sabe guardar segredo. Os dois estão vivendo muito mal. Brigam três vezes por dia. Tenho pena de mamãe. Basta dizer que vai ao médico, para meu pai começar a discutir. Ela diz que não, que isso não, que jamais pôs a mão nela. Eu lhe digo para deixá-lo. E ela me diz, para onde irei?, aí sim, me mataria. Eu já lhe disse cem vezes, venha morar com a menina e comigo. Mas ela diz que o lugar dela é ao lado do marido. É tudo horrível. A sua vida deve ser horrível, mas foi você quem a escolheu. A minha, quem escolheu a minha por mim? Paco, por favor, não me fale da sua vida. Paco, eu não quero terminar como minha mãe, não quero ser como ela, não quero sofrer porque o homem pelo qual um dia me apaixonei quer fazer de mim uma desgraçada. Você entende? Esta vida é um nojo, todo mundo transformou a minha vida em um nojo. E como se fosse pouco, o nome do meu pai está na lista dos participantes do 23 de fevereiro e poderão expulsá-lo da corporação e cortar seu salário. Ou pior, jogá-lo num cárcere. E é você quem aparece depois de seis meses dizendo que tem problemas e que a vida é um asco?

Paco estava envergonhado. Nem se atreveu a pedir perdão. De todos os Paco Cortés que Dora conhecia, aquele era o seu preferido, um homem sem máscaras, sem a atitude presunçosa que às vezes assumia, despido da euforia de se sentir mais inteligente do que todo mundo porque era capaz de aplicar fórmulas matemáticas aos seus romances tornando-os exatos como uma equação, sem a atitude do galo que passeia pelo galinheiro seduzindo todas as mulheres. Aquele que estava diante dela não era mais o homem que a opinião de seus amigos, que o consideravam um gênio, tornava vaidoso. Nem um ser fracassado ou vencido, mas alguém que chegava a ela novamente despido, com o coração, sem lógica, sem estratégias, sem as frases baratas que aprendia nos romances policiais de outros para usá-las naqueles que ele mesmo escrevia. Mas, ao mesmo tempo, ficou assustada. Ele estava abatido, muito magro, talvez estivesse doente, havia perdido cabelo e o que lhe restava havia embranquecido nitidamente.

— Paco, você sabe que sairá desta situação. Tem recursos suficientes para isso. É simples assim.

— Quem sabe? Lamento não ter lhe trazido dinheiro pessoalmente durante esses meses. Aqui está o atrasado e o dos dois próximos meses.

Tirou o dinheiro da venda dos livros e o deixou na mesinha, dentro de um envelope.

— Paco, eu nunca lhe pedi dinheiro. Sempre lhe pedi outra coisa. Você pode me dar outra coisa? Não o queria só para mim, não queria que você se sentisse angustiado aqui em casa. Mas também não queria que você tivesse me acusado de ter fracassado na vida por minha causa, como me disse uma vez, disse que estava diante de um muro muito alto. Nunca desejei isso nem para você nem para mim.

— Você ainda me quer?

A menina, sentada numa cadeira alta, com as pernas balançando, olhava para um copo de leite e um pedaço de bolo que estavam diante dela.

Dora ficou furiosa com a pergunta formulada naquelas circunstâncias, uma pergunta que a feriu profundamente.

— Com que direito você me faz uma pergunta dessas? Você acha que pode aparecer depois de seis meses e fazer uma pergunta que seguramente não tem mais resposta? Não sei — disse Dora, com uma expressão ao mesmo tempo abatida e sarcástica.

Tinha ficado nervosa, e levou a xícara de café aos lábios, embora ela estivesse vazia.

— Eu não gostaria que daqui a alguns anos a gente se olhasse e percebesse que ficamos iguais aos meus pais, iguais aos seus. E que a menina nos visse da mesma forma que nós os vemos hoje. A vida seria, então, insuportável para nós e para ela. Desejei muitas vezes que você voltasse para casa. Na última vez em que você esteve aqui, passei a noite inteira chorando e reprovando-me por tê-lo deixado ir embora. Mas não sabia o que lhe dizer, porque não sou eu quem tem que dizer alguma coisa. Eu não sei dizer coisas tão bonitas quanto as que você diz. Eu nem gosto de romances policiais, porque eles não têm nada a ver com a gente. Tudo o que me aconteceu desde que eu lhe disse para ir embora foi a única coisa que me aconteceu. Eu não podia dizer-lhe nada mais. Durante um tempo, assim que ficamos juntos, o fato de não ser nada ainda me provocou um rancor muito maior, pois você me obrigava a fazer coisas que eu não sentia nem um pouco. Mas me enganava para poder fazê-las. Eu ainda era uma criança. Não tinha qualquer experiência. As relações que tive depois, foram porque você tivera antes relações com outras. Eu saí com outros homens porque você tinha saído com outras mulheres. Mas eu não os desejava. Só queria você, só sonhava com você vindo e me olhando daquela maneira como me olhava antes. Segurando meu rosto com as mãos para que meu olhar não pudesse se afastar, e olhando dentro dos meus olhos. Você me dizia, Dora, não me canso de beber neles, são como um poço. E eu me derretia. Queria que isso acontecesse de novo. Mas você voltava tarde da noite e, no princípio, eu não me importava, até que comecei a perceber que não voltava nunca, e que, embora estivesse comigo, havia ficado muito longe de casa, porque me dizia coisas estranhas, frases de seus romances. Eu não suportava que você me chamasse de boneca, que me dissesse, pequena, vem, pegue, seja uma boa pequena. Odiava que você me chamasse de magra, como Humphrey Bogart a Lauren Bacall. Odiava todas as mulheres que apareciam em seus romances e odiei acima de tudo aquelas que apareceram depois da nossa separação. Que se dirigisse a elas como se dirigia a mim. Eu não era como você me via, mas, sobretudo, nunca quis ser assim. Eu não sou uma heroína, não sou Lauren Bacall, sou apenas Dora, e quero viver com você uma vida normal, sem loucuras, sem fantasias, uma vida cheia de realidade, uma vida real. Você nunca me disse o que aconteceu. Não me explicou por que mudou. Eu compreendo que um homem vá para a cama com outra mulher, mas não entendi por que você o havia feito, falando-me como me falava da água do poço, de que não queria a mais ninguém que não fosse eu. Eu perguntei: você pelo menos foi feliz com elas? E você disse que não, que não havia sido. E tinha sido, sim. Então compreendi que você as desgraçaria, como desgraçaria a mim e a menina.

Paco Cortés ouvia sua mulher com o olhar perdido em fios soltos do tapete.

— Acho que o seu principal problema — continuou Dora — é que você ainda não sabe quem é, nem o que quer, e é isso que o tem destruído. Observe esses pobres ACP. Todos levam uma vida como a sua. Vocês são partes do mesmo fracasso. Nenhum de vocês está satisfeito com a própria vida, ficam apaziguados quando vêem alguém morrer em um romance ou ser morto por alguém. Cada um de vocês gostaria de ocupar o lugar da vítima ou do carrasco. Alguns nasceram para vítimas, outros, para carrasco. Modesto é vítima. Miss Marple, carrasco. Ninguém quer viver a vida por ela mesma, não saberia como. Modesto teria matado o próprio pai por tê-lo obrigado a seguir uma carreira que detesta, sofre toda vez que é obrigado a abrir a boca diante de um juiz. Foi o que Bea me disse cem vezes. Miss Marple certamente mataria o marido por todas as vezes que lhe foi infiel, se isso não fizesse com que ficasse ainda mais sozinha. Marlowe com certeza está preparando um golpe para roubar meia joalheria do pai, e deixar que o seguro pague o prejuízo. E acabará roubando. E o pobre Maigret? Que vida o espera? Uma vida como a de meu pai? Eu vivia em uma nuvem, a mais negra que você imagina, mas numa nuvem. Olhe para Agudo. Os problemas com os filhos não o deixam viver, odeia ser médico, é um misógino, não suporta as mulheres, tornou-se ginecologista por que seu pai também o era, e assim não encontrou outro escape além dos romances *noir*. E dom Benigno, você pode me dizer o que ele tem de padre? Deveria deixar a batina e procurar uma mulher. Você não sabe como olhava para mim quando me encontrava; parecia deixar-me nua. E o pobre Modesto? Não passa de um infeliz. Você sabe que eu tenho carinho por ele. O meu próprio advogado me disse quando da nossa separação: com ele, conseguiremos o que quisermos. Ele se deixaria matar por você, mas não poderia ajudá-lo mesmo querendo, porque não sabe quem você é. Nem mesmo sabe quem ele é. Veneram você, mas, no fundo, você sabe que nenhum deles pode ajudá-lo em nada. Você não acabou de me dizer que não aparece há seis meses no Comercial? É a primeira vez que o vejo assim tão deprimido, a primeira vez que você precisa que alguém que lhe dê uma mão de verdade, e já não tem a quem pedir socorro. Para cá, você veio para cá, o único lugar que deveria fechar-lhe as portas. E a casa de seus pais, não se sabe se é mais grave se lhe dão pena, nojo ou o fazem rir. Você fez uma sociedade patética com toda essa coisa dos romances policiais. Sou filha de um policial e tive que me casar com um aficcionado por romances policiais. Você não sabe quantas vezes me maldisse por ter ido buscar o meu pai aquela tarde na delegacia. Se você não estivesse ali, se eu não tivesse aparecido, minha vida agora seria completamente diferente.

— E a minha — admitiu Cortés com a tristeza de quem vê partir o barco que o deixou em terra.

— Não, a sua vida teria sido a mesma. Você não mudou nada depois que me conheceu. Escrevia romances e continuou escrevendo. Antes de me conhecer, ia às quintas-feiras ao Comercial encontrar seus ACP, e depois continuou fazendo a mesma coisa, sem faltar nenhuma vez. Se a menina tivesse nascido numa quinta-feira, você não teria ido à maternidade. Antes de me conhecer, você andava pela noite, e continuou andando. As namoradas que você teve antes de me conhecer, continuou encontrando pelas minhas costas, até que eu descobri. Não, foi só a minha vida que mudou. Pensei que poderia dizer adeus a tudo o que me havia feito infeliz, e quatro anos depois estava no mesmo lugar, com uma filha, com o mesmo pai horrível, com uma mãe enlouquecida, infeliz e alcoólatra, e um marido não muito confiável que dizia que me queria, mas não deixava de me causar danos. Durante alguns meses, depois que comecei a sair com Ramón, acreditei que as coisas começariam de fato a mudar. Ele era distinto, passava todas as noites em casa, não tinha namoradas, me queria. Mas, depois de sete meses, entendi que nunca conseguiria tirar você da minha vida. Pensava em você e meus ossos se desfaziam, tremiam-me as pernas, não sabia o que me acontecia cada vez que você vinha me trazer o dinheiro do mês. Quando eu beijava Ramón, tinha que ter cuidado para que o seu nome não escapasse dos meus lábios, e assim com tudo. Até que ele não suportou mais, e teve que me deixar pelas mesmas razões que eu havia deixado você.

Dora começara a chorar, mas derramava as lágrimas sem dramaticidade, sem exigências, não eram ofensivas nem ofendidas. Não eram nada mais do que a seiva transbordada de uma árvore que em outra época havia sido ferida pelo fio de um machado demasiadamente afiado.

— Paco, eu esperei que você viesse e me dissesse alguma coisa. Não que perguntasse se eu queria você, se continuava desejando você. O que você tem que se perguntar agora é outra coisa; é se você me quis alguma vez, se aprendeu algo sobre o amor ao longo de todos esses anos comigo, com a menina, com as outras mulheres, se você é capaz de amar algo ou alguém que não sejam os seus pobres romances ou os estúpidos ACP.

— Estou há seis meses sem ver ninguém, nem mesmo os ACP — Paco começou desculpando-se, sem saber como iria continuar. Passou-lhe pela cabeça que era assim que acontecia quando escrevia romances. Iniciava um diálogo e logo ele mesmo ia se colocando na trama, mas não queria que aquilo estragasse mais uma vez, por não saber até onde ia a literatura e onde começava a vida.

— E ainda que soe patético — continuou — quero mudar, mas não sei como. Sei como não quero ser, mas não sei em que quero me transformar. Pensei muito durante todo esse tempo nas coisas que me aconteceram, na questão das mulheres, na questão de sair pela noite e todo o resto. Quando você está próximo do que há de pior no ser humano, isso acaba te afetando, é como se fosse uma mancha. As pessoas planejam crimes horríveis por interesses mesquinhos. Algumas por ciúmes, outras por dinheiro, outras por vingança. Ao final, quando você sai de tudo isso, só quer um pouco de ar, e acredita que vai encontrar o ar que faltava com umas, com outras, bebendo com os amigos. Mas quando alguém causa danos a si próprio, não sabe o motivo. Não é por dinheiro nem por ciúme nem por vingança. Simplesmente, não sabe. E isso tem o efeito de feri-lo ainda mais.

— Sim, Paco, mas na vida nem todos são criminosos, nem todos são policiais que tentam prender criminosos. A vida não é um jogo para divertir bibliotecárias solteironas ou pessoas que viajam de trem ou sofrem de insônia. Há muitas outras coisas. Se você tivesse separado o seu trabalho da sua vida, acho que não teria me importado. Mas você misturou tudo. Você acreditava que detetive é aquele cara que vai para a cama com uma garota e no outro dia cada um segue seu caminho. Eu lhe disse, saia com elas, com uma delas, mas deixe-me com minha vida real. E você me dizia, são histórias de uma noite, não têm importância. E eu lhe disse, têm importância porque todas as noites que você deu às outras são um universo inteiro de vidas, e a minha vida não tem luz própria, porque você a apagou, mas é nela que eu vivo, e nem você nem ninguém tem o direito de transformá-la num monte de cinzas frias.

— Por favor, não chore, Dora. Você corta o meu coração.

— Paco, você cortou o meu há muito tempo, e por isso as minhas lágrimas estão em todas as partes. Quantas vezes você me viu chorar? Antes eu jamais chorava. Saí da minha casa sem ter vertido uma lágrima. Agora não faço outra coisa. Minha alma é como um jarro despedaçado. Você queria que eu o estivesse esperando em casa quando chegasse esgotado das suas fantasias, e consolasse o duro detetive que tinha ido buscar na vida argumentos para seus romances. Você chegou a me dizer o seguinte: que era um romancista, e que os romancistas não são como todo mundo, que eles têm licença para se relacionar, assim como o agente 007 tem licença para matar.

— Espere aí, Dora, eu nunca disse isso — protestou Paco, com amargura.

— A frase talvez não, mas na prática era assim mesmo. Você acreditava que precisava buscar os romances na vida. Eu não entendo muito dessas coisas, mas acho que é o contrário: é a vida que procura os romances, é a vida que encontra os romances. E se não for assim, é melhor que os deixe mesmo, porque, caso contrário, você vai acabar num manicômio como todos esses caras que acreditam que são Napoleão. Só que você acabará acreditando que é Sam Spade, o grande Sam Spade. Que diferença há entre você e um Napoleão que caminha com um funil na cabeça?

— Os romances acabaram para mim, Dora.

— Como você sabe?

— Como você soube que a nossa relação havia terminado?

— Quer dizer: você não sabe. Eu achava que a nossa história havia acabado para sempre, mas estamos aqui, agora, falando de coisas passadas, porque elas não passaram, e, pela enésima vez, voltamos ao ponto de partida.

— Eu garanto a você que não voltarei a escrever romances. Ninguém acredita nisso, a não ser eu. Para mim acabou. Quero levar a vida de uma pessoa de carne e osso. Acabaram-se os Madisson, os Peter O'Connor, e Sam Spade também está morto, e todas aquelas reuniões. Quero você e a menina. E já não haverá crimes perfeitos. Talvez você não veja um homem novo logo no primeiro dia, mas verá um diferente, que procura renascer das cinzas.

— Mas que não sejam as minhas — interrompeu-o Dora.

— Na minha idade, qualquer novidade é uma coisa pouco provável — concluiu Paco.

Dora sorriu com ceticismo. O sorriso devolveu-lhe a luminosidade. Era uma mulher alta, um pouco maior do que Paco. Às vezes, dizia meio nostálgica, eu queria ter sido bailarina, mas assim tão alta, quem iria me receber em seus braços? E sorria da lembrança quando ela surgia. Cada vez menos. Aquilo ficara longe demais. De qualquer maneira, seu pai não permitiu que tivesse aulas de balé, e acabou se resignando, e parou de estudar ciências econômicas e foi trabalhar numa empresa de administração quando conheceu Paco. Dom Luís também não perdoava que tivesse interrompido os estudos por causa de um escritor vagabundo.

— Você também vai dizer que deixou de estudar por minha causa?

— Eu nunca disse e nunca direi uma coisa dessas. Você sabe que eu não gostava da carreira. E não foi difícil começar a trabalhar. Por sua causa, em parte. Sempre lhe disse que não me importava que vivêssemos do meu salário, se você quisesse procurar outra coisa para fazer. Mas você achava que isso era humilhante.

Paco negou sem convicção, com um gesto vago.

— E você ainda pensa assim?

— Agora quero apenas que a menina viva numa casa que não seja um inferno como aquela em que eu vivi, que ela seja feliz, que seja mais livre para fazer as coisas e que não tenha que arrastar por toda a vida as feridas que você e eu temos no corpo, que parece que nunca irão cicatrizar. É a única coisa que posso dizer agora. Nada mais importa.

Eram três da manhã e continuaram a conversar até o amanhecer.

Quando a claridade rósea lavou os cristais do aparador, Dora acariciou a mão de Paco.

— Não conversávamos tanto desde que éramos noivos.

Paco entrelaçou os dedos nos dedos daquela mão que lhe devolvia sensações táteis esquecidas e muito queridas, e depois da longa conversa estabeleceram um acordo em torno de três questões importantes: Francisco Cortés e Adoración Álvarez voltariam a ter uma vida em comum, não comunicariam nada disso a dom Luís até que fosse inevitável, e Paco Cortés procuraria um trabalho. Qual? Qualquer um, até mesmo a correção de provas escolares.

Os ACP se mobilizaram para conseguir trabalho para o amigo.

Viveram seu retorno como o de Henrique IV à corte dos mendigos.

O rebuliço que se armou no Comercial quando Cortés apareceu foi geral. Todos predisseram um porvir glorioso para o grupo. Tomás e Abundio, os garçons, lhe disseram que, naquela tarde, as primeiras despesas, só as dele, correriam por conta da casa. Foi recebido por todos com as fanfarras reservadas a um explorador que tivesse escapado das garras da morte. Mas, temendo ferir suscetibilidades ou reabrir feridas ainda mal cicatrizadas, ninguém se atrevia a perguntar a Paco o que tinha acontecido. O importante era que Sam Spade havia retornado.

— Sam, você não pode imaginar como o Comercial ficou morto na sua ausência — disse Miles, aquela que nunca dizia nada.

Paco Cortés, que estava ali para se despedir, não se atreveu a decepcioná-los. Ninguém queria aceitar que Spade estava morto.

Miles olhava para Paco com exagero, mas devia estar pressentindo alguma coisa, pois apenas meia hora depois se levantou e foi embora deixando atrás de si apenas o rastro do perfume de cigarro *Delire*, de Dior.

Sherlock encheu seu cachimbo como se vivesse uma grande ocasião, disposto a empreender a travessia mais longa e mais feliz da sua vida.

Maigret foi um dos que mais celebraram a volta do amigo. Naquela tarde, além do mais, trazia uma notícia sensacional da delegacia. Ela dizia respeito a seu chefe.

— Um juiz aceitou uma ação criminal contra seu sogro por maus-tratos e tortura. Ele se livrou da acusação judicial pelo golpe, mas esta outra parece que vai avançar. Estou profundamente alegre. Ele é um animal.

— Que maus-tratos?

Maigret baixou a voz, como se a resposta o constrangesse especialmente, e reconheceu que dom Luís não estava sozinho: também seriam processados mais três policiais que haviam participado do interrogatório daquele infeliz da rua del Barco.

Ninguém parecia se lembrar do caso.

Maigret lembrou alguns detalhes, como o do enforcamento numa maçaneta.

— Eu estive lá com você, Maigret — disse Poe.

— Eu me lembro — corroborou Maigret.

— Foi um assassinato?

— Bem, todos acreditamos que havia sido.

Poe quase disse que se lembrava de que precisamente ele havia sido o único que não acreditara naquela hipótese, mas ficou calado.

— Era o mais lógico — interveio Mason, que estava por dentro dos detalhes.

— Lógica? — respondeu-lhe Maigret, citando Chesterton. — Uma conclusão pode ser lógica e nem por isso ser verdadeira.

Nem todos os presentes se lembravam dos detalhes, e alguns foram enumerados.

— Para começar — continuou Maigret —, o sobrinho do velho não tinha álibi, e não pôde provar onde esteve entre as quatro e as sete, horário em que velho foi morto, segundo a autópsia.

Cortés, que ouvia em silêncio, não queria intervir, mas o hábito ou o vírus policial profundamente arraigado nele fez com que dissesse:

— É típico da polícia: se não há álibi, temos um suspeito. Os policiais deveriam ler mais romances.

— Mas acabou confessando que tinha sido ele, ou, o que dá no mesmo, não negou a culpa. Não é suficiente?

— Não — interveio Cortés. — O que ele disse antes?

— Em primeiro lugar, disse que estava na oficina, mas foi desmentido pelo seu ajudante. As contradições eram tantas que os policiais acharam que ele confessaria se levasse umas porradas. A mulher do sobrinho confirmou que seu marido e seu tio não se falavam, mas o fato é que no testamento o morto deixava tudo para ele, e eram muitas coisas, a casa onde vivia, duas ou três pequenas chácaras no vilarejo, enfim.. Foram investigar o negócio dele e descobriram que tinha muitas dívidas. Ele sustentou que era inocente enquanto pôde. Até que desabou. Ficamos sabendo, então, que no dia do crime ele havia estado com uma fulana, com quem já saía havia dois anos. Ele havia montado apartamento para ela e contribuía todos os meses com uma graninha. Para escárnio maior, a sujeita o tratava muito mal, saía com outros caras. Ele já não sabia de onde tirar dinheiro para lhe dar. Pensou em pedir uma grana ao tio, mesmo estando de relações cortadas com ele. Já tinha feito coisa parecida uma ou duas vezes. A vizinha tinha razão. Naquela tarde, apareceu para pedir mais dinheiro ao velho e o encontrou morto, mas, desesperado, preferiu carregar a morte nas costas a confessar a verdade à mulher e aos filhos.

— Mas o cara é um idiota! — gritou Marlowe.

— Por quê? — disse Cortés. — A lei é feita para castigar os culpados, não os idiotas, e eu não acho que ele seja um idiota. É apenas um homem que se atrapalhou com a vida.

— Mas, então, como a trapaça foi descoberta? — perguntou Marlowe a Maigret.

— Esta é a melhor parte da história. Há duas semanas, uma carta que estava circulando de mão em mão no Juizado da rua del Pez sem que ninguém a abrisse, pois era dirigida ao Juizado da Plaza de Castilla, chegou às mãos de um juiz. E este, vendo que não era dirigida a ninguém dali, resolveu devolvê-la. O carteiro, que deve ser um homem inteligente e sabia o que tinha acontecido, ao ver que a carta do morto era dirigida a um Juizado levou-a pessoalmente à Plaza de Castilla e a entregou a um juiz. Estava armada a confusão. No envelope, havia um bilhete e uma fotocópia de uma carteira de identidade, coisa certamente absurda, pois se estava pensando em se matar, por que o homem iria querer ficar com o documento original? Bem, vou continuar. No bilhete, o homem dizia que, diante do que estava acontecendo na Câmara dos Deputados, resolvera se enforcar. Não queria ver de novo, não queria passar de novo por uma situação semelhante à que vivera durante a guerra e, principalmente, depois da guerra. Estava claro que o bilhete havia sido escrito em uma crise de depressão, porque anunciava que a Espanha iria passar por um novo banho de sangue. Ele já tinha visto o bastante e ia embora antes que a coisa assumisse maiores proporções. E dizia que ninguém deveria ser acusado. E pedia perdão a todos, mas especialmente ao sobrinho, pois tinha certeza de que sua morte lhe daria alguma dor de cabeça. Foi uma avaliação tímida. O bilhete foi assinado naquele mesmo dia. O homem teve o sangue-frio de escrever o bilhete, tirar uma fotocópia da carteira de identidade, colocar tudo num envelope, colar um selo, procurar uma caixa dos Correios, e depois voltar para casa e enforcar-se daquela maneira. Como conseguiu? É um mistério. Temos, então, a história de um louco e de um idiota. A primeira coisa que o juiz fez foi perguntar pelo sobrinho. Ele foi trazido diretamente do cárcere, o juiz conversou com ele, mandou chamar quem tinha testemunhado, o idiota acabou contando a verdade e os comissários e os policiais confessaram terem obrigado o homem a assinar a declaração, e entre isso e o seu próprio ofuscamento, o juiz encontrou motivos para processá-lo.

— Bela história — disse, assombrado, Mason.

— E você, como soube que não era um assassinato? — perguntou Maigret a Poe.

— O jovem adivinhou? — perguntou Cortés.

— Foi o único.

A pergunta de Cortés estava em todos os olhares. Como havia adivinhado?

— Não sei — respondeu Poe.

Voltou a ficar nervoso. Todos mendigavam as suas palavras. Não estava habituado a falar diante de tantas pessoas.

— Em primeiro lugar — começou dizendo —, porque estava tudo organizado e não havia sinais de violência em nenhum lugar. Eu não podia imaginar tudo isso, mas entre as coisas que vi uma me chamou particularmente a atenção: na estante da sala de estar, havia pelo menos duzentos livros sobre a guerra civil e nenhum de outro gênero qualquer. E o resto foi, como as intuições, extremamente confuso.

— E o juiz?

— O juiz acreditou inicialmente na versão da polícia, mas o acusado voltou atrás e, ao depor novamente, disse que tinha confessado o crime sob tortura. Sim, dá para perceber que é um idiota. Quem pode admitir ter cometido um assassinato que não cometeu?

— Dá no mesmo. Muitas pessoas assumem a autoria de crimes que não cometeram e ninguém sabe por que agem assim — disse Poe. — É o que acontece em *Crime e castigo*, que, como romance de castigo, pode ser uma obra-prima, mas como romance criminal é um fiasco, acho eu. Ali também há um idiota que confessa ter matado duas velhas.

Todos concordaram, porque a obra de Dostoiévski estava muito desprestigiada entre os ACP, que só viam as coisas sob a ótica policial.

— Admita, Loren, o menino tem razão — disse Cortés. — A polícia dá sempre a mesma explicação para tudo: o morto era um louco, e o falso culpado, um idiota. As únicas pessoas inteligentes são sempre os policiais.

— O assassinato da prestamista está longe de ser perfeito — o doutor Agudo, que de vez em quando gostava de exibir-se com discursos intelectuais, falava de *Crime e castigo*. — O assassino não pode chegar ao comissário e dizer: olhe, não suporto mais a culpa, livre-me dela, nem o comissário dizer: filho, confesse seu crime e você sentirá um grande alívio na alma. Além do mais, isso teria acontecido depois de um retardado ter se declarado responsável pelo assassinato da prestamista e de sua irmã. Num romance, os fatos têm que falar por si mesmos, e não através de romancistas, criminosos ou detetives. Estes devem ficar calados, penso eu. E por mais que o tal comissário e o sobrinho dissessem, o fato é que não havia ali o menor sinal de luta nem o legista encontrou outros sinais de violência no morto a não ser os da corda. Assim, não podia deixar-se enganar. Essas são as provas. E a polícia foi enganada mais uma vez.

— Lembre-se, também, daquela frase — interveio Cortés — "As provas são sempre uma faca de dois gumes." E as provas poderiam evidenciar que o sobrinho era inocente sem que ele fosse. O melhor recurso para um delinqüente é não ocultar totalmente o que não é possível ocultar, e, neste caso, o que não podia ocultar era a ordem, de modo que o sobrinho pode muito bem ter respeitado aquela ordem, inclusive refazendo-a meticulosamente, depois de tê-la desorganizado.

Poe, que havia escutado com atenção, ficou cismado. Maigret fez um gesto reticente. De vez em quando, sofria com as críticas a qualquer erro cometido pela polícia em qualquer parte do mundo. Paco nem se distraía com aquele caso.

— Pode ser — disse, finalmente, Poe —, mas também em *Crime e castigo* o comissário Porfirii Petrovich diz que não se pode transformar cem coelhos em um cavalo, como não se pode construir, com cem suspeitas, uma prova ou uma evidência.

— Olé para o menino! — exclamou Miss Marple, batendo palmas como uma colegial.

O próprio Cortés aplaudiu o jovem com parcimônia, como um mestre que reconhece ter sido derrotado em uma partida de xadrez por um aprendiz.

Miss Marple celebrava tanto os crimes como as investigações que afastavam o foco de luz dos culpados, e o fazia com o júbilo de quem via nesse tipo de assunto uma coisa verdadeiramente festiva. Enquanto o crime não era resolvido, era admiradora incondicional da astúcia do assassino; mas assim que os obstáculos começavam a desmoronar ou começavam a se dissipar as espessas conjecturas que favoreciam o criminoso no trajeto que vai do crime à sua solução definitiva, Miss Marple escorregava sem nenhum constrangimento para o lado do investigador ou da polícia. Desfrutava, como se diz, de tudo, de todos os papéis, como os glutões que acham tão prazeroso ir ao mercado escolher carnes quanto cozinhá-las ou comê-las. Era uma mulher de uns 55 anos, profunda, pintada de cinza prateado, com olhos muito claros, azuis; era a nota mais exótica daquelas reuniões, porque, sempre bem-vestida, sempre cheia de jóias, parecia a própria rainha Vitória Eugênia. Haviam lhe dado o nome, é claro, não porque tivesse um raciocínio especialmente agudo, mas pelo fato de que, imitando Agatha Christie, passava o tempo todo recordando os bons tempos em que os personagens dos romances investiam em minério na Birmânia, em petróleo nos Estados Unidos, em fosfato na Tunísia ou em diamantes na Rodésia. Ela achava o mundo do crime contemporâneo muito pouco sofisticado. Que mania horrível essa de matar nos subúrbios!, costumava dizer. Lá fora, era sempre esperada por seu chofer, mas dentro do Comercial comportava-se como uma companheira a mais dos ACP. Ficava especialmente feliz na hora de dividir a conta: sustentava seu cachimbo em uma das mãos e com a outra ia separando as moedas que tirava, uma a uma, da bolsa de grife. Era também a mais generosa provedora que Paco Cortés jamais teve. Presenteava-o com catálogos telefônicos, folhetos comerciais, panfletos culturais e guias das cidades européias ou norte-americanas para as quais viajava freqüentemente ao lado do marido para dificultar ao máximo suas traições e aventuras. Miss Marple, que aderira ao proverbial comportamento avaro das pessoas de sua posição social e econômica, entregava-lhe aqueles livrinhos como se fossem o próprio velocino de ouro, embora Paco Cortés soubesse que ela os havia subtraído ou recebido de graça nos hotéis em que se hospedara, e agradecia sempre com tal ênfase que parecia que eles resolveriam pelo menos três partes de seus romances, coisa na qual Miss Marple, logicamente, acreditava.

E assim chegou-se ao final da reunião.

Ainda durante o período de ausência de Paco Cortés, uma vez o padre Brown, o único que podia abordar a questão abertamente, perguntou a Miss Marple:

— Seu marido não poderia arranjar alguma coisa para o Sam?

Miss Marple era daquelas pessoas que quando se defrontam com assuntos incômodos começam a emitir **uns** guinchos nervosos e procuram desviar a questão falando de regiões de climas mais amenos, animadas por suaves brisas e rouxinóis.

— Se ele entender um pouco de relógios, meu pai pode contratá-lo. Estamos precisando de um auxiliar...

— Marlowe, não diga besteira. Como pode achar que o Sam entende de relógios? — disse Maigret, que estava mal-humorado pelo massacre a que havia sido submetido por causa do caso do pobre homem da rua del Barco.

— Eu falei com a melhor das intenções — desculpou-se Marlowe. — E aquela história da agência de detetives não foi adiante?

— Com que dinheiro? — perguntou Mason.

De todos os amigos de Paco Cortés, Mason foi o que mais sofreu com o seu afastamento. Em segredo, às escondidas da mulher, havia lhe emprestado dinheiro todo esse tempo, e embora Paco Cortés assegurasse que pagaria pontualmente, o advogado o dava por perdido, e o mais importante, achava que tinha sido bem empregado.

De todos os ACP, Mason era não só o mais compulsivo leitor de romances policiais, como o que conhecia os livros do amigo minuciosamente graças a reiteradas leituras. Considerava o último de todos, *Os negócios do governador*, sobre o qual debruçou-se com avidez assim que apareceu nas bancas de jornal, uma verdadeira obra-prima. Já o havia lido duas vezes, uma atrás da outra. Não disse isso para adular ninguém. Tinha o orgulho de ler um romance por dia, depois do trabalho, e sua biblioteca não deixava nada a desejar àquela que seu amigo entregara ao sebo. É certo que a atitude de Paco incomodou Mason desde o primeiro momento. Ele achou que a venda havia sido uma atitude imprópria e até um vandalismo do romancista.

— Foi uma decisão irresponsável. Eu teria comprado a biblioteca, Paco.

— Sim, eu sei, mas, como lhe devo dinheiro, não poderia cobrar por ela, e precisava dar uma grana a Dora.

— Mas você vendeu até seus próprios romances. Isso ninguém faz. Você é um bárbaro.

Mason também foi a primeira pessoa a quem Spade contou que tinha se reconciliado com Dora.

— Fico contente por você. O que vai fazer agora?

— Vou processar o Espeja.

— A gente já examinou isso, Paco. As chances são mínimas, mas, se você quiser mesmo levá-lo à Justiça, eu estarei do seu lado.

Essa foi a principal ocupação de Paco durante os meses seguintes. Diante da impossibilidade de chegar a um acordo com Espeja, o velho, resolveram processá-lo. Acusaram-no de fraude, farsa continuada, má-fé e logro, e de ter infringido a lei conscientemente através de contratos condenados pela própria lei.

A decisão de disputar com Espeja, o velho, os direitos sobre mais da metade de sua obra começou a mudar a sorte de Pablo Cortés. Hanna Olsen, a professora de Poe que se tornara namorada oficial do jovem, fez um convite interessante a Cortés. Paco, porém, levou algum tempo para aceitá-lo, por sentir-se inseguro de fazer algo que nunca fizera antes.

Poucas semanas depois de reintegrar-se à vida civil, como a chamava, Paco Cortés passou a ter uma relação mais íntima com a facção jovem dos ACP.

Hanna e Poe passaram a fazer parte do grupo de seus amigos mais próximos. Viam-se todas as sextas-feiras. Dora estava sempre presente e Marlowe às vezes também aparecia. O relojoeiro divertia-os com suas grosserias. Sempre preocupado com a situação de Cortés, inventava para ele atividades e trabalhos absolutamente esdrúxulos.

— Soube que uma casa de Barcelona está procurando aqui em Madri um representante de bijuteria. Eles trabalham com a melhor bijuteria holandesa. São produtos que se vendem por si sós. Paco, é uma coisa muito conveniente para você.

— Marlowe, eu nem sabia que a Holanda era líder no comércio de bijuteria — Paco respondia.

Outras vezes, Poe e Marlowe encontravam-se a sós. O relojoeiro levava o amigo à galeria de tiro da sua casa. Tentava infundir-lhe o amor pela balística, como ele dizia.

— Compre uma pistola — aconselhava Marlowe. — Maigret pode lhe arranjar um porte de arma.

— Não — respondia Poe. — Não acredito que Hanna goste de ter uma arma em casa. Ela é vegetariana.

Essa era outra das razões pela qual Paco Cortés e Dora encontravam Poe e Hanna com muita freqüência. A relação deles tinha se tornado muito estável, tão estável que ela convenceu Poe a abandonar sua via-crúcis pelas pensões de Madri e ir morar na casa dela.

— Racharemos o aluguel.

Esse argumento foi definitivo, e o jovem Poe se mudou de mala e cuia para a água-furtada da Plaza de Oriente.

Aqueles dias foram especialmente felizes para todos. Coincidiram com o veranico de San Martín, proverbialmente generoso com a cidade, à qual presenteava com longos e espetaculares crepúsculos. Às vezes, aos sábados, Poe e Hanna transformavam o espaço reduzido do seu apartamento num pequeno camarote, só para compartilhar o incrível espetáculo com os amigos.

Apesar do nervosismo de Paco Cortés, que continuava à procura de trabalho, ele e Dora viviam os melhores dias da sua relação, e não faziam o menor segredo de que estavam achando aquilo tudo delicioso. Os outros até riam da felicidade deles.

— Bata na madeira — advertia Cortés.

Para confirmar as suspeitas do romancista, um fato inesperado, desagradável e dilacerante, sobretudo para Dora, interrompeu aquele estado de completa harmonia.

Ela tinha pedido a Paco que, pelo menos por algum tempo, eles ocultassem de seus pais a reconciliação. Não achava agradável ter que dar explicações e, por outro lado, o estado natural das relações entre pais e filhos acaba sendo, sempre, o dos segredos, ou, melhor ainda, o da segregação. Não precisavam se preocupar com a menina. Ela ainda era muito pequena e saberiam contornar as indiscrições que pudesse cometer. Por isso, quando o telefone tocava, era sempre Dora quem o atendia, e os almoços aos domingos na casa de seus pais eram freqüentados só por ela e pela filha.

As coisas se complicaram quando, num certo domingo, chegaram à casa de dom Luís e ele as estava esperando com uma belíssima surpresa: dois magníficos aparelhos de televisão de 28 polegadas, último modelo, absolutamente iguais, procedentes de um confisco ilegal, um para Dora e o outro para a menina.

Era evidente que Dora não conseguiria carregar sozinha aquela caixa enorme. Alguém teria de ajudá-la. Dom Luís ofereceu-se para levá-lo à casa da filha logo depois do almoço, quando estivesse indo para a delegacia, onde estaria de plantão naquela tarde. Dora tentou inventar todo tipo de desculpa, e foi ficando cada vez mais angustiada ao perceber que nenhuma delas faria o policial desistir da decisão que o levaria a dar de cara com Paco assim que chegassem ao apartamento dela.

Paco estava deitado na sala, sem sapatos. Dormia com um livro na mão diante de uma velha televisão em preto-e-branco. Poirot, que estava ao lado dele, ao ver o estranho correu para outro aposento.

O susto de dom Luís foi tão grande que ele quase largou a parte do butim que lhe coubera e se atirou nos arriscados abismos daquele sonho. Seu rosto perdeu a cor. Não se dignou nem mesmo a fazer a pergunta ao próprio Cortés. Não queria trocar uma palavra com ele:

— O que esse cretino está fazendo na minha casa?

Foi a maneira que encontrou de lembrar à filha que aquele apartamento havia sido pago por ele e ainda estava em seu nome.

Paco manteve os pés na mesinha de centro. Teria sido melhor se os tivesse tirado, pelo menos para Dora, mas estava dormindo e chegou a acreditar, por alguns momentos, que aquelas cenas faziam parte de um mesmo pesadelo, de modo que se limitou a olhar o policial de uma maneira que este considerou arrogante.

— Não me olhe com essa cara de sem-vergonha e saia dessa casa imediatamente.

— Esse é um assunto nosso — interveio Dora, mas o policial sequer a ouviu.

O sangue tisnou seu rosto de alcoólatra e a pulsação das veias do pescoço e das têmporas era tão forte que até podia ser ouvida.

Paco observava-o sem dizer palavra, com os pés cruzados. Não era possível ler nada em seus olhos, além de perturbação e surpresa. A passividade foi interpretada por dom Luís como obstinação ou, o que é mais provável, como provocação, e por isso, sem pensar duas vezes, atirou-se sobre o genro com um punho armado, socou-lhe o rosto, numa investida formidável e extraordinariamente ágil para uma pessoa da sua idade, e acabou ajoelhado sobre seu peito e garganta.

A violência do soco fez voar pelos ares os óculos de Paco Cortés; acabaram se chocando contra uma parede, e caíram no chão com uma das hastes quebrada.

O romancista conseguiu livrar-se dos joelhos do agressor e se levantou de um salto. Pôs a mão no nariz, levou-a aos olhos, e a visão do sangue enfureceu-o de tal maneira que se lançou contra o velho flácido, já bêbado, e com uma só bofetada derrubou-o, sentado, na cadeira.

— O que está fazendo? — Dora gritou para o marido, segurando-o pelas costas.

O policial, temendo que o genro pulasse sobre ele, meteu a cabeça debaixo dos braços, choramingando de maneira compulsiva e desconcertante.

Os gritos chamaram a atenção de alguns vizinhos, que correram para a escada. Dora, sem saber a quem socorrer primeiro, correu e fechou a porta, que havia ficado aberta, sem perder o pai de vista.

Este ficou de pé, sacudiu os braços, estufou o peito, arrumou a gravata, enfiou as fraldas da camisa nas calças, alisou o paletó, jogou-o para trás para deixar claro que estava armado e, como mostravam claramente seus gestos afetados, continuava o mesmo homem de sempre...

— ...Estou avisando — repetiu. — Ou você deixa esta casa ou meto dois tiros em você.

Aqueles dois tiros mágicos resolveriam tudo: os problemas da Espanha, o terrorismo, a delinqüência, sua família.

Dora, por fim, reagiu, e apesar do medo que tinha do pai, arrancou forças de algum lugar e encarou o velho:

— Aqui quem vive sou eu, e sou eu quem decide com quem. Acabou. Fora!

Dom Luís agiu como se não a ouvisse, sem tirar os olhos de Paco.

Este continuava procurando os óculos por toda parte, de costas para o sogro. A indiferença exasperou ainda mais o policial. A menina, que havia presenciado a cena, muda de espanto, aproximou-se do pai, roçou seus joelhos com a mão e estendeu-lhe os óculos, que havia recolhido num dos cantos da sala.

— Não volte a pôr os pés aqui, você me entende? Nunca mais.

Era Dora que, o braço estendido em direção à porta, mandava o pai sair daquela casa.

Dom Luís voltou a se ocupar da gravata, que alisou com gestos nervosos.

— Você vai se lembrar de mim.

As ameaças ficaram atiradas no chão como se fossem papéis sujos. Em seguida, o policial chegou à porta, não sem antes desferir uma patada violenta na caixa da televisão, que havia ficado no meio do corredor, atrapalhando o caminho.

A saída do homem mergulhou a casa num silêncio estranho. Dora sentou-se numa poltrona em um estado de nervos difícil de descrever. A menina correu e se encarapitou em seu colo. Paco Cortés procurava a haste quebrada e, quando a encontrou, ensaiou uma tentativa de conserto, como se aquele afazer fosse tudo o que o preocupasse naquele momento. Na verdade, não queria pensar.

Aproximou-se de Dora. Ela parecia um animal ferido de morte. Não se atreveria a contar ao marido que a fonte da sua dor não era a cena que tinham acabado de viver. Seria necessário procurá-la muito mais longe, em uma mina muito mais funda, inesgotável e cheia de peçonha. Mas nunca havia contado a ninguém, e a ninguém confessaria jamais. Todos têm seus segredos, tão sagrados como envenenados. Teria morrido, e não de vergonha, mas de espanto, incapaz de permanecer incólume diante dos olhos abertos da própria consciência. Sempre de acordo com a idéia de que há verdades com as quais não se pode viver. Ela sabia que era assim, havia ruminado aquela frase muitas vezes. É preferível viver na mentira, na ignorância, no engano. Em certos casos, só os covardes conseguem sobreviver. De modo que, para Dora, aquela história nunca havia acontecido, mas o fato é que de vez em quando ela emergia do seu íntimo como um vulcão entrando em erupção, envolvendo-a como se vomitasse uma terra abrasiva. Reconhecer o que havia acontecido a teria levado a mudar muitas coisas em sua vida. Mas já havia acontecido. Aconteceu uma vez, e nada poderia apagar aquilo da história universal dos crimes mais sórdidos e cruéis. Talvez para o pai também não tivesse acontecido. Ele estava completamente bêbado naquele dia para reconhecer tantos anos depois que aquilo havia realmente acontecido, mas Dora sabia que era impossível que tivesse esquecido. Sua mãe havia ficado no chalé Manzanares, com sua irmã menor. Ela havia voltado a Madri com o pai, porque estava em época de provas. Era verão. Poderia lembrar de tudo, segundo a segundo, desde o momento em que ele entrou em seu quarto até quando saiu, cinco minutos depois. Quando tudo havia terminado, só parecia ter uma única preocupação. Acabara de violentá-la, mas lhe disse, cheio de ressentimento e desprezo:

— Você não era virgem.

Aquela troca de segredos pareceu ser suficiente para tranqüilizá-lo. Você se calará sobre o que aconteceu esta noite e eu não direi nada sobre sua virgindade. Tal simetria lhe parecia aceitável. É possível que tenha acreditado que ela merecia ter sido violentada como castigo pela perda da virgindade. Aquilo jamais voltou a se repetir, e nunca foi mencionado. Ao contrário. Na manhã seguinte, dom Luís se levantou extremamente bem-humorado. A filha, por sua vez, pendurava no varal os lençóis e a camisola que havia lavado com asco e angústia naquela mesma noite. Os detalhes ainda reviravam suas entranhas, provocando-lhe náuseas. O preservativo repugnante evidenciava a premeditação e o próprio pai se encarregou de dar sumiço nele, eliminando do cenário do crime as provas que o inculpariam. O bom humor que exibia na manhã seguinte, e a tentativa de beijá-la ao se despedir antes de sair para o trabalho, como fazia todos os dias...

— Não quero ver meu pai nunca mais, Paco. Eu deveria ter tomado esta decisão há muitos anos. Não permita que ele volte a entrar nessa casa nem que volte a pôr as mãos na minha filha.

Uma hora mais tarde, recebeu um telefonema da mãe. Chorosa, assustada, ela encerrava o drama com lamentos semelhantes àqueles que, nas tragédias, costumam ser reservados ao coro. Ficava, mais uma vez, do lado do marido. "Como você permitiu que Paco pusesse as mãos em seu pai, minha filha?", foram suas palavras exatas.

Dora deixou de ver o pai e os almoços dominicais foram interrompidos de modo radical e definitivo. A mãe de Dora, às escondidas de dom Luís, aparecia às vezes, durante a tarde, para visitar a menina.

Havia outras coisas que exigiam uma definição. Outubro começava e Hanna, vendo que Paco não respondia ao seu convite, deu-lhe uma cutucada.

— Decida-se Paco. O curso está começando e precisamos de um professor.

Paco nunca havia imaginado que acabaria trabalhando numa escola, mais precisamente no Liceu Novo, ensinando espanhol a um alunado pitoresco, composto, em sua maioria, de japoneses e canadenses. O Liceu Novo havia sido aberto por Hanna e outros professores que resolveram deixar o Liceu Gran Vía. A cisão foi motivada, em parte, pelo estremecimento das relações de Hanna com o diretor do Gran Vía. A escola funcionava ali perto, algumas quadras depois da outra, em um apartamento amplo e mal-arrumado da rua San Mateo.

Sua experiência como professor foi positiva, e fez com que ele fosse se esquecendo, aos poucos e para sempre, dos romances. Não precisava ler os romances de outros escritores nem sentia saudades dos livros que ele mesmo escrevera.

— Você devia ter guardado seus livros — disse Dora. — Quando Violeta estiver maior, certamente vai querer ler os romances do pai.

— Mas eu sou um homem duro — desconversou Paco, tentando imitar o ar que Sam Spade adotaria diante de um golpe muito violento da sorte.

Era um novo homem desde que começara a viver, como o chamou, o seu segundo noivado com Dora. Por isso, é difícil entender o que aconteceu dois ou três meses depois entre ele e Milagros, ou Miles.

Mas não podemos acelerar tanto esta narrativa. Enquanto isso, o namoro de Hanna com Poe começava a entrar em decadência, até que se transformou numa relação de conveniência, deixando rebarbas perigosas e perfurantes que freqüentemente feriam os dois.

Dormiam juntos, já que naquela casa só havia uma cama, mas adotaram, a pedido de Hanna, um daqueles regulamentos que costumam beneficiar muito mais um dos dois subscritores, em detrimento dos direitos do outro: eles ficariam livres para manter as relações que quisessem, se aparecessem oportunidades e elas fossem consideradas convenientes. Teriam, porém, que ir para a cama com outros fora daquela casa e, obviamente, longe daquela cama.

As cláusulas daquele acordo sofrido foram impostas a Poe, e ele não soube reagir.

Em um primeiro momento, pensou que era assim que viviam todos os casais daquela parte do mundo localizada acima dos Pireneus. Volta e meia, os filmes a que assistia para aprender comportamentos cosmopolitas — como foi o caso daquela história de comprar uma garrafa de vinho para Hanna na primeira vez em que jantaram juntos — tratavam dessa questão. E assim, viu-se obrigado a aceitar a nova política da promiscuidade, porque ou era assim ou teria que arrastar sua vida de novo para a solidão das pensões de Madri.

Havia finalmente se matriculado na universidade, e ele e Hanna mal tinham tempo para se ver.

As manhãs eram consumidas no banco; às tardes eram dedicadas aos estudos e às reuniões dos ACP, que haviam voltado a acontecer com a regularidade de sempre. Nem mesmo Dora viu algo de errado no fato de que Paco voltasse a participar delas, embora tivesse plena consciência de que Miles também devia freqüentá-las.

Em relação a Poe e Hanna, a convivência aproximara suas personalidades, a verdadeira natureza dos dois: eram pessoas tranqüilas e reservadas. Gostavam de ler, ouvir música e ficar em silêncio. E depois, como não tinham muita coisa a dizer ao outro, era fácil levar uma vida assim. De certa maneira, viviam bem. Não faziam muitas perguntas sobre suas vidas privadas, não falavam da relação livre a que Hanna aludia, e passavam os fins de semana lado a lado, seguindo uma programação absolutamente rotineira. Quando o tempo estava bom, ficavam sentados no terraço, diante do magnífico cenário do entardecer madrileno; caso contrário, ficavam recolhidos, lendo e ouvindo música. Iam também a uma confeitaria, uma das paixões de Hanna.

— Poe, se eu fosse viver em outro lugar, você viria comigo?

— Levando em conta que já não temos quase mais nada a ver um com o outro, que podemos ir para a cama com quem a gente quiser, que a cada dia que passa eu e você fazemos menos amor e que você cozinha muito bem, não deixa de ser uma proposta interessante. Você está cansada da Espanha? Está querendo que a gente vá viver na Dinamarca?

— Não. Perguntei só por perguntar.

Hanna tinha uma expressão distante e triste.

— Em que eu trabalharia na Dinamarca? Seria carpinteiro?

— Sim, é difícil — admitiu Hanna, e voltou a afundar os olhos nas páginas do livro.

Essa semana, havia visto Peter Kronborg, seu ex-marido. Ele estava em Madri, telefonara-lhe e haviam se encontrado. Estava de passagem. Assegurou-lhe que abandonara as drogas, que trabalhava para uma companhia alemã e que passara cinco dias em

Barcelona. Viera a Madri para vê-la, mas sua empresa estava transferindo-o para a capital espanhola.

Hanna não soube como dizer a Poe que havia encontrado o ex-marido, que ele ia viver em Madri. Jamais falavam dele, da Dinamarca, de nada que tivesse relação com seu passado. Poe também não o fazia. Entre eles, não havia famílias, nem planos, nem outra coisa qualquer: eram apenas duas pessoas que nem ao menos declaravam o que sentiam uma pela outra. Viviam juntos, dividiam o aluguel, passavam os sábados e os domingos dormindo ou contemplando o mundo clássico que se avistava do balcão. A visão do Palácio Real lhes devolvia invariavelmente uma sensação de que a vida era muito mais harmoniosa do que realmente era. Às vezes faziam amor, Poe não sabia se bem ou mal, porque não tinha elementos para comparar. Hanna sabia que não faziam muito bem, mas também não criticava Poe por causa disso. Era uma mulher praticamente indiferente em relação ao assunto, coisa da qual ninguém suspeitava, já que era tão linda. Os dois, depois dos primeiros arroubos, depois dos primeiros abraços ardentes, pareciam não dar muita importância às atividades sexuais, mas a visita de Peter foi um acontecimento íntimo e devastador para Hanna.

Passou a encontrar Peter secretamente. Poe, muito jovem para o ofício das suspeitas, permaneceu alheio às aventuras de Hanna durante cinco semanas.

Hanna ficou algumas noites sem aparecer em casa, e acabou não aparecendo também nos fins de semana. Poe acabaria se perguntando se Hanna tinha feito a proposta de que cada um se sentisse à vontade para manter outras relações porque já havia reencontrado o ex-marido ou se tudo havia sido uma mera coincidência.

Hanna, experiente nesse tipo de coisa, criou rapidamente uma nova cláusula sobre a qual não haviam discutido antes:

— Dissemos que cada um é livre para fazer o que quiser, que nossa relação é livre. Não dissemos que seríamos obrigados a fazer revelações ao outro, se não quiséssemos. Eu conheci uma pessoa, e ela não se importa de que eu viva com você.

Para Poe foi um cataclisma A primeira noite, a magia que havia brotado entre eles, as poucas juras de amor que a experiência milagrosa provocara, estava muito distante, já tinha se evaporado completamente. Pareciam ter murchado as carícias e os abraços, e também aquele enredo que era, para os dois, a procura de prazeres comuns que os levava, invariavelmente, à cama baixa ou ao parapeito do terraço de onde contemplavam os entardeceres espetaculares e sempre renovados.

Depois de passar uma semana pensando, Poe apresentou uma nova proposta.

Tinha começado a perceber algumas coisas muito estranhas no comportamento da amiga. Ela também deixara de dormir em casa às segundas-feiras, mas o que era mais estranho ainda: não ia mais ao Liceu.

Assim, um certo dia, depois de uma reunião dos ACP, Poe anunciou a Hanna:

— Estou pensando em me mudar para outro lugar.

Hanna olhou-o com tristeza, mas não se atreveu a se opor. Sabia que não tinha argumentos. Limitou-se a abraçá-lo e a acariciar-lhe o cabelo com ternura.

Cortés percebera tudo.

— Está acontecendo alguma coisa na sua relação com Hanna.

— Você é um bom detetive, Cortés — ironizou Poe, o único dos ACP que havia levado a sério a decisão do ex-romancista, e o chamava pelo seu nome, e não de Sam ou de Spade.

Contou-lhe, então, como estavam as coisas, e Spade lhe confirmou alguns detalhes inquietantes.

— Sim, ela faltou a algumas aulas. Eu até tenho dado aulas no lugar dela, aulas de inglês, mas isso está criando um clima muito ruim entre os alunos e os outros professores.

Naquela noite, depois da conversa com Paco, Poe aproveitou um momento em que Hanna e ele, como era habitual, liam na cama, antes de apagar a luz.

A explosão da jovem foi violentíssima. Poe jamais a havia visto daquela maneira. Hanna exigia que respeitasse sua privacidade.

Estavam em maio, perto dos exames finais, e não era o caso de começar de novo a velha lengalenga, e assim formalizou sua decisão de se mudar.

— Até o final dos exames encontrarei outro apartamento.

Hanna também ficou sem saber se Poe tomara a decisão de deixar a água-furtada da Plaza de Oriente por ter percebido que ela havia se envolvido de novo com as drogas.

Em todo caso, Hanna disse que estava de acordo, e ficou até certo ponto aliviada de que Poe tivesse tomado a decisão por ela, mas assim como o desapego demonstrado por Hanna mortificou-o profundamente, de uma maneira inexprimível, inexplicável, a frieza dele deixou-a magoada. Mas o que ele poderia fazer? O que ela poderia fazer? E os dois, o que podiam fazer naquele momento?

Poe contou a Marlowe o que estava acontecendo. Era seu melhor amigo em Madri, talvez o único.

Entendia-se bem com ele, não apenas porque tinham a mesma idade, mas também porque eram pessoas de personalidades opostas. E Marlowe acabou protegendo Poe como se fosse o único responsável por ele. Estava convencido de que não era possível dar um único passo em Madri sem contar com um bom guia, e essa pessoa era ele, um cicerone esperto e um bom amigo. Marlowe viu no fato de Poe estar começando a procurar uma nova guarida uma oportunidade para dividir um apartamento com ele e sair de casa, deixando "seus velhos" para trás.

— Sua família está de acordo? — perguntou-lhe Poe.

— Minha velha está de acordo; meu velho não, porque o passatempo predileto dele é me contrariar, mas como quem manda na família é minha velha, não lhe restará outro remédio a não ser engolir essa decisão.

Marlowe era, por constituição, a pessoa mais feliz da Terra. Suas preocupações eram as seguintes, nesta ordem: as mulheres, as armas e os romances policiais. O resto girava de uma maneira ou de outra em torno deste universo, parcialmente desordenado e caótico. As mulheres estavam tão distantes dele como Saturno do Sol; com as armas acontecia o mesmo, alternava períodos de idílios apaixonados e de total indiferença. Na verdade, só encontrava companhia e conforto nos romances policiais; dizia que tudo o que aprendera na vida havia tirado dos romances, tanto o que dizer às mulheres e o modo de comportar-se com elas como a ética das pistolas.

Coube-lhe, pois, a idéia genial, é assim que se deve qualificá-la, de inventar um Crime Perfeito.

UM CRIME PERFEITO, escreveu no cabeçalho de uma folha de papel em branco, diante dos outros membros dos ACP.

Durante toda existência do clube, os membros dos ACP jamais haviam tropeçado, de fato, com um crime que pudesse ser considerado modelar. Tudo o mais eram casos sem solução, que estavam muito distantes da perfeição cobiçada que poderia converter um ato espantoso, criminoso, em uma coisa digna, senão de admiração, pelo menos de estudo.

Apresentou seu projeto numa quinta-feira do mês de maio. Uma enorme excitação tomou conta da reunião.

— Um Crime Perfeito. É isso — resumiu, de modo categórico.

O padre Brown não estava, absolutamente, de acordo.

— Quem carrega armas é o diabo — disse. — O que o homem justo deve fazer é pensar pelo criminoso e, se ele estiver envolvido com o mal, deve atraí-lo para o bem, antes mesmo que cometa o crime. O que não podemos é conduzi-lo ao mal para ensaiar com ele uma operação de resgate pela simples vontade de brilhar. Não há nada mais belo e legítimo do que fazer o bem, nem ciência tão árdua como saber viver a vida de uma maneira virtuosa e natural.

— Você sempre leva as coisas muito a sério, Benigno — interveio Paco Cortés. — Só estamos falando de uma brincadeira. Em que você pensou, Marlowe?

— Numa coisa sublime. Algo como o caso Williams.

Ele estava se referindo ao caso do marinheiro irlandês — ou escocês, segundo outros autores — que cometera sete assassinatos brutais, exterminando famílias inteiras em um subúrbio de Londres. Todos os ACP conheciam muito bem esse caso clássico. Ele havia inspirado umas páginas medíocres de De Quincey, que acertou, no entanto, ao encontrar para elas um título que não é honrado pelo conteúdo: *O assassinato como uma das belas-artes*. Fora, mais tarde, retomado por P. D. James em *A oitava vítima*, obra magistral do gênero, se é que elas existem.

— Uma coisa chamativa — continuou Marlowe —, mas a idéia é, na verdade, de Poe.

Poe, que não gostava de ser o centro das atenções, inclinou discretamente a cabeça para confirmar a informação.

— Era apenas uma idéia, embora eu não possa chamar os crimes do caso Williams de crimes perfeitos — desculpou-se. — Eu apenas diria que eles foram bem ambientados no cais da Londres de 1811, mas foram, a princípio, gratuitos, não beneficiaram ninguém; foram praticados de maneira espetacular; as vítimas eram pacíficas; havia escassez de meios para cometê-los, celeridade e a soma de todos esses fatores levou a um resultado aparatoso. Pelo que eu entendo, não se trata de um Crime Perfeito. Trata-se, tão-somente, de um crime clássico.

Sherlock, que escutava atentamente, sentenciou, como gostava de fazer:

— A perfeição é clássica.

— Pode ser — objetou Mason, o amante da lógica. — Mas o clássico já não é mais possível. O que tem se imposto é o moderno. Cometer ou planejar um crime clássico em 1811 era muito simples. Hoje em dia, a polícia teria resolvido esses assassinatos em um quarto de hora, durante o recolhimento das impressões digitais.

— Estou totalmente de acordo — corroborou Maigret, que achou que a opinião de Mason era um elogio ao Corpo de Polícia em geral e a seu querido Departamento de Identificação em particular. — Teria bastado analisar o sangue encontrado nas roupas do assassino para saber se era igual ou não ao das vítimas. Hoje essas análises podem ser feitas em qualquer lugar, por trezentas pesetas e em menos de quinze minutos. Se isso tivesse acontecido, não teria acontecido nem Crime Perfeito nem livro clássico. Perfeição e classicismo teriam sido apagados do mapa em uma só penada. Cometer crimes quando não se sabia absolutamente nada de impressões digitais era uma audácia de principiantes. Agora, você leva uma máquina ao local do crime e só pela análise do ar fica sabendo se uma determinada pessoa esteve ali ou não.

— Não! — exclamou a crédula Miss Marple.

— É uma maneira de falar, mulher — apartou o padre Brown, que não gostava de que se abusasse da candura dos inocentes.

— De todo modo — interveio Poe —, o número de assassinatos sem solução é hoje, seguramente, o mesmo de duzentos anos atrás. Os avanços científicos servem para pouca coisa quando se está diante da perfeição. O mesmo acontece com a arte: chegamos à lua, mas ninguém pode pintar como Velázques, e estão soltos tantos assassinos como nos tempos de De Quincey, ou talvez mais, porque hoje há muito mais interesse pelo assunto, e seguramente mais razões para a predileção. As pessoas estão mais desesperadas do que há duzentos anos, e matam mais porque sofrem mais.

— Tenho que intervir, Poe — disse o padre Brown. — Você não pode justificar assim os assassinos.

— Não estou justificando nada, padre — defendeu-se Poe. — Procuro, apenas, compreender o que todos nós entendemos por crime perfeito.

— Eu não chamaria de perfeito um crime cuja suposta perfeição está diretamente ligada à precariedade de meios disponíveis para se descobrir o assassino — acrescentou Marlowe, que parecia tão compenetrado quanto Poe. — É mais um fiasco. Eu estou querendo inventar um Crime Perfeito de 1982 para a polícia de 1982. Um crime diferente e cruel.

— Hurra! — exclamou Miss Marple, que via no projeto algo muito divertido e excitante.

— O filósofo dizia — disse Cortés, preguiçosamente: "Na literatura, crueldade é sinal de elegância."

— Que filósofo? — alguém perguntou.

— Sam Spade — revelou Cortés. — Estamos falando de um crime literário, não é, Poe?

— Você nem precisa perguntar uma coisa dessas, Spade — disse padre Brown, que não gostava de que se brincasse nem com as coisas santas nem com as coisas que santas não eram.

— Bem — interveio Nero, num momento em que pôde deixar de anotar em seu livro de atas as coisas que cada um ia dizendo.

— A primeira coisa a fazer — disse prontamente Mike — é escolher bem um cenário. Eu levantei o cenário de todos os crimes cometidos na Espanha desde 1900 até os nossos dias.

Mike Delan era uma mulher de idade e sexo indeterminados. O trabalho a impedia de aparecer nas reuniões do ACP tanto quanto gostaria. Poderia ter quarenta ou sessenta anos; poderia ser ou adido de embaixada ou a sua mulher. Vestia-se como homem. Jaqueta e gravata. Permitia-se, inclusive, dar asas à fantasia usando uns coletes floreados bem balzaquianos. Também fumava cachimbo, de fornilho longo e ereto, que manejava como uma batuta. Usava cabelo curto. Era casada com um jornalista que poderia ter feito um magnífico Mefistófeles em *Fausto*. Às vezes, ele vinha buscá-la e ficava esperando por ela à porta do Comercial, como se fosse o galanteador de uma prima-dona do teatro. Mike costumava falar como os romancistas policiais, o que não contribuía, em absoluto, para que se entendesse o que dizia.

— Em primeiro lugar — disse, franzindo as sobrancelhas em um gesto que lhe parecia extremamente astucioso e novelesco —, é necessário descartar como cenário as residências das vítimas, a menos que se trate de mansões ou de casas com um certo caráter. Nada de crimes na calçada, na cozinha ou no banheiro. A degradante ignomínia de um crime deve encontrar a infâmia apropriada do meio, da natureza humilhada que procura repelir o inferno em que vive...

Os ACP, sempre respeitosos, podiam perfeitamente parodiar o modo de falar de Mike, apelidada assim por causa do inesquecível personagem Helen Queen, de Chester Himes, mas evitavam fazê-lo, porque suas observações, uma vez despojadas dos perendengues retóricos, eram sempre corretas.

— Um cinema no qual são exibidos filmes mudos — sugeriu — é um bom cenário; a carroça de um domador de circo, também; a caixa-forte de um banco; o confessionário de uma catedral; a sala de espera de uma estação de trem; os arsenais e os silos. Há dois anos, apareceu o cadáver de um engenheiro do Forpa, o fundo de regulação dos preços agrários, em um silo de trigo. Ele foi procurado por oito meses, todos acreditavam que havia fugido e quando esvaziaram o silo, apareceu, como se tivesse morrido recentemente, incólume como as múmias do Egito; disseram que os grãos haviam atuado como secante e que a própria fermentação natural do cereal havia consumido todo o oxigênio. Foi como se o cadáver tivesse ficado conservado no vácuo e no ambiente mais adequado: completamente seco e curtido.

Os espasmos de espanto de Miss Marple haviam incentivado Mike a florear os detalhes.

Embora ninguém tivesse uma idéia clara de como fabricar um Crime Perfeito, e muito menos na frente do padre Brown, que condenava qualquer crime, ou diante de Miss Marple, a quem todos assustavam da mesma maneira, Mike seguiu enumerando cenários ideais para crimes perfeitos durante meia hora.

Todas as hipóteses foram registradas no livro de atas que Nero Wolfe mantinha absolutamente atualizado.

TRATAVA-SE DE meia dúzia de álbuns, preparados especialmente para esse fim.

Como seu peso e seu tamanho eram consideráveis, verdadeiros calhamaços de cerca de quarenta centímetros de altura por vinte de largura e mais de duzentas folhas, Nero Wolfe raramente os levava às reuniões dos ACP, a não ser quando queria mostrar algum trabalho especial, ao qual tivesse se dedicado com muito esmero. Às vezes ficavam no Comercial, sob a custódia de Tomás, Thomas, o garçom.

Talvez por preguiça, talvez porque a reunião não tivesse sido interessante, talvez porque a escassez de material novo não valesse mais do que uma simples descrição, muitas vezes aquela contabilidade criminal se limitava a registrar a presença dos participantes dos encontros.

Algumas daquelas páginas eram, porém, um verdadeiro mosaico de horrores. Fotografias de assassinos, de enterros, de vítimas, de armas usadas em homicídios e relatos se acomodavam nas páginas dos livros de registro como se eles fossem verdadeiros mausoléus de cemitérios muito limpos. É provável que qualquer artista dos dias que correm pagasse seu peso em ouro para transformar as atas em atraentes instalações de arte contemporânea.

A preparação do Crime Perfeito consumiu pelo menos todas as sessões dos meses que restavam até que chegasse agosto.

Na última quinta-feira de julho, Nero Wolfe resumiu, em seu peculiar estilo taquigráfico, as conclusões a que os ACP tinham chegado depois de árduas discussões:

"Vítima: jovem, futuro promissor, boa família. Desperta mais compaixão. Macho, não fêmea. Razões óbvias: público não gosta vítimas sejam mulheres. Muito público em Crime Perfeito; público com sua imaginação e capacidade de fabulação faz crime perfeito. Público considera prejuízo menor, se mulher. Quando vítima mulher, oito de cada dez leitores homens pensam que parte culpa é mulher. Sociedade é assim, e crimes são produzidos em sociedade, não querem transformá-la. Seria primeira vez que sociedade muda a base de crimes. Também importante: de dez leitores, sete mulheres, mas de dez leitores romances policiais, oito homens, e mulheres preferem romances policiais escritos mulheres, Agatha Christie, P. D. James, Patricia Highsmith, mais que Conan Doyle, Poe ou Chesterton. Tudo isso científico, estatísticas. Assassino: malvado de cinema: cruel, sem escrúpulos, mais idade que vítima. Motivos descartados: ciúmes ou dinheiro... Esses são os motivos de 72% dos crimes. Não motivos puros: só por amor, só por dinheiro. É necessário obscurecê-los: ciúmes e humilhação e complexo de classe; dinheiro e mágoas e orgulho. Muita ignomínia, muita infâmia, ignomínia de infâmia e infâmia de ignomínia. Humilhação também e sentimentos degradados ou degradação sentimentos. Para o Crime Perfeito é a mesma coisa. Cenário: nenhum habitual para vítima. Não sua casa, não lugar de trabalho, não seu carro. Mas sim, pelo contrário, engrenagem de parque de diversões, casamento amigo, saída de um restaurante ou banheiro de restaurante, também ante-sala tabelião, dia em que só a vítima conhece; também bom cenário, Missa do Galo. Nada redenção criminoso. Criminoso muito criminoso e quanto pior, melhor."

Todos acharam estas anotações, lidas por Nero no tom de secretário de um Conselho de Administração, muito apropriadas, embora o padre Brown tenha protestado.

— Quero dizer, desde já, que considero um abuso fazer com que o crime aconteça na Missa do Galo. Qual será o meu papel nos ACP se não posso evitar que um crime seja cometido na noite de Natal e levá-lo limpo à presença de Deus...

Mike entrecerrou os olhos e aspirou o ar carregado do Comercial como se ele estivesse impregnado pelas autênticas, inebriantes essências da arte criminal.

— Será um golpe certeiro — disse, saboreando seu sadismo.

Nas semanas seguintes, cada um foi acrescentando idéias ao Crime Perfeito, menos Paco Cortés, que observava com condescendência os preparativos.

— No papel de romancista, eu já me entretive durante quase 25 anos. Agora é a vez de vocês, dos jovens e dos amadores.

Não obstante, foi escolhido para ser o árbitro, a pessoa que escolheria, entre todos os argumentos, matizes e limites, qual eram os mais convincentes, mais artísticos, mais lógicos.

— A vítima deve ser um mecânico da Renault — alguém dizia, por exemplo. — É necessário aproximar a arte do povo, falar-lhe em sua linguagem, contar-lhe coisas e ambientes que reconheça, e dar exemplos: fazer com que a sociedade reconheça que as condições brutais em que muitas pessoas trabalham só podem gerar violência.

— Daí ao romance social é só um passo — corrigia Paco, lembrando o que Espeja lhe dizia.

Os ACP gastaram dois meses em tais digressões. Todos fizeram um intenso exercício de criatividade, e não deram trégua a Nero Wolfe, que foi obrigado a despender um enorme esforço para manter os livros atualizados.

Se caíssem, durante a investigação de um crime real, nas mãos de um juiz ou da polícia, deixariam numa situação muito delicada quem estivesse com eles e não pudesse explicar por que tinham sido escritos.

Pareciam os diários de um psicopata que tivesse guardado com devoção religiosa tudo o que se relacionasse com sua perversão; estavam organizados como se fossem o altar onde ele oferecia seus baixos instintos a uma divindade do mal.

Mas Nero Wolfe estava longe de ser um homem que aparentasse sofrer de alguma patologia. Ele havia sido apelidado, como de costume, por Paco Cortés, mais pelo seu aspecto do que pelo seu fino espírito detetivesco, que era grande (era um dedutivo nato). Parecia o detetive de Rex Stout: pesava uns 130 quilos e ganhava a vida com o restaurante da rua Larra, que a cada dia ficava mais famoso. Seus passatempos eram os romances de detetives e a pesca de caranguejos, o que combinava perfeitamente com seu caráter melancólico: já não havia romances como os de antigamente e não restava um só caranguejo nos rios espanhóis. Era o amigo mais antigo de Paco. Haviam se conhecido precisamente no dia em que Espeja, o morto, tornou-se editor do primeiro romance de Cortés: *A noite é jovem.*

Na capa do livro, verdadeira relíquia de colecionador, via-se uma jovem estendida no chão. Ao cair, sua saia havia subido, revelando um pedaço da coxa e uma liga. Eram os tempos da censura. O vestido era branco, muito decotado, e o artista havia captado aquele detalhe com muita sensibilidade. Um dos pés continuava calçado em um sapato de salto agulha. O outro sapato, arrancado de qualquer maneira, estava num canto. As unhas do pé descalço estavam pintadas de vermelho. Por problemas de ajuste da impressora, as manchas vermelhas não estavam exatamente sobre as unhas e sim um pouco deslocadas, o que dava a impressão de que o pé estava sendo comido pelas pontas dos dedos por cinco baratas vermelhas. Paco Cortés, que então era apenas o Lemmy Burnett da capa, sequer reparou nessas minúcias. E Lemmy Burnett, Lemmy por causa do Lemmy Caution de Peter Cheney e Burnett pelo William Riley Burnett, o do *Little Cesar,* interpretado magistralmente na tela por Edward G. Robinson, Lemmy Burnett, dizia, entrou por acaso no restaurante da rua Larra para comemorar, gritando, precisamente, que "a noite é jovem". Ele estava em companhia de uma certa namorada com quem saía na época. Antes que o segundo prato chegasse, todos estavam completamente bêbados. Quando o dono do restaurante aproximou-se para lhes perguntar como estavam indo as coisas, a namorada de Paco Cortés mostrou-lhe o livro, que haviam apoiado na garrafa de água para não o perderem de vista nem por um segundo.

— Este aqui, foi ele quem escreveu.

Nero Wolfe, que na época ainda não usava esse apelido, mas seu nome verdadeiro, Antonio Sobrado, não acreditou porque o nome do autor impresso na capa não combinava nem um pouco com o castelhano perfeito de Paco Cortés. Achou que era uma brincadeira de bêbados.

Paco ficou muito sério e lhe disse:

— Estamos bêbados, mas eu escrevi este romance, e mais outros cinco.

— Não conheço o autor — disse Sobrado.

— O que o senhor está pensando? Eu estou lhe dizendo que esse nome sou eu e esta é a primeira vez que o estou usando. Este é o meu sexto romance.

— Não acredito.

Depois de cinco minutos, falavam, apaixonadamente, de romances policiais.

— O senhor gosta de que tipo de romance?

— Dos grandes? — perguntou Cortés.

Nero Wolfe compreendeu que estava, de fato, diante de um especialista.

— O que você chama de grandes?

— Sinto muito — desculpou-se o recém-lançado romancista. — Referia-me aos clássicos, você sabe, Malet, McCoy, William Irish...

— Eu acreditava que os grandes eram Doyle, Christie, Simenon.

— Esses são os clássicos.

— De acordo — começou a dizer Antonio Sobrado. — Dos que você citou, gosto de McCoy, *Dei adeus ao amanhã*, e de Irish, *A noiva estava de negro*. E dos meus, *A volta de Sherlock Holmes*, de sir Arthur, *O homem que via o trem passar*, de Simenon, e da Dama, *O assassinato de Roger Ackroyd*, talvez o *Caso dos dez negrinhos*, não saberia com qual ficar.

Mencionou todos os títulos com uma serenidade admirável, sem titubear nem um pouco, como o aspirante que almeja um lugar de honra.

Paco e a noiva ficaram impressionados.

— Nada mal — disse o romancista. — Mas você conhece *O mistério da casa amarela*, de Gaston Lerroux, *Lord Peter e o desconhecido*, de Dorothy Sayers, *O caso Benson,* de Van Dine, *O caso do telegrafista*, de Dickson Carr, ou *O mistério do chapéu de seda,* de Ellery Queen? Os romances que você mencionou são secundários. Estes aqui são um *magna cum laude*, e são clássicos. Estão para os romances policiais como o Rolls Royce para os motores e Michelangelo para as Capelas Sistinas. Volto com eles amanhã.

Foi assim que começou a amizade de Cortés e Sobrado, que lhe apresentou seu advogado, outro amigo do crime de papel. Modesto Ortega era um entusiasta ainda maior dos romances policiais do que o próprio Sobrado, que o havia seduzido para a confraria.

Seis meses depois desses encontros era fundado o clube dos ACP. O núcleo fundador era formado por Sobrado, Ortega, Paco Cortés e sua namorada, Milagros, uma jovem que não tinha nenhuma outra particularidade além do fato de ter se separado de um marido riquíssimo antes de terem completado um ano de casamento.

Desde o primeiro momento, Sobrado, que tinha uma grande experiência com as artes contábeis, ofereceu-se para abrir uns livros com os haveres e deveres dos ACP, e organizar as atas de todas as reuniões que se realizassem. Quando ele não podia comparecer, alguém anotava em seu lugar os temas debatidos. Em poucos anos, os anais dos ACP formavam um documento digno de atenção: aqueles álbuns impressos numa pequena máquina da rua Farmacia às expensas dos sócios traziam os casos mais extraordinários da criminalidade mundial, ordenadamente recortados, classificados e comentados.

Foram precisamente esses álbuns a primeira coisa que a polícia requisitou quando foram iniciadas as investigações a respeito do assassinato de dom Luís Álvarez, comissário de polícia lotado na delegacia da rua de la Luna. E assim chegaram até Paco Cortés e aos ACP, por meio de um caminho mais tortuoso do que se poderia imaginar.

Todos foram envolvidos naquela morte, alguns durante umas horas e outros durante semanas, o que teve, como é fácil supor, conseqüências penosas. O próprio Maigret viu aquela morte ameaçar jogar por terra todo seu futuro na corporação, uma vez que durante as investigações foram reveladas não apenas as suas relações com os ACP, mas também coisas de natureza profissional, como o sistema que idealizara para poder passar horas à toa em seu laboratório sem que ninguém o incomodasse.

O fato crucial foi o seguinte: dom Luís apareceu com um tiro na cabeça, em seu próprio carro, num descampado próximo ao bairro de Vallecas, conhecido antigamente pelo nome de Fuenclara e na atualidade como Poslado de Las Eras.

O calibre da bala era de 7,65 mm, o mesmo da pistola do próprio dom Luís, só que a pistola deste, um revólver da marca Cádix, foi encontrado no próprio coldre, pendurado do lado direito de seu peito, e a arma que o matou não foi encontrada em lugar algum.

Como o calibre da munição não era o mesmo que o grupo terrorista basco ETA costumava usar em seus atentados, descartaram imediatamente a possibilidade de atribuir o crime à organização, como talvez tivesse sido mais conveniente, de modo que se resignaram a atribuí-lo a outra das organizações terroristas que operavam naquela época, ao Grapo, Grupo de Resistência Antifascista Primeiro de Outubro, que usava, muitas vezes, pistolas roubadas da polícia. O fato de atribuírem-no ao Grapo não o livrava da condição de ser considerado um assassinato de terceira, pois a polícia achava que os militantes dessa organização não passavam de retardados mentais. Já os membros da ETA eram tidos como frios e calculistas; muita gente, entre elas, pessoas sensatas, os situavam num plano muito próximo da intelectualidade.

E foi assim que, no dia seguinte, o crime se tornou manchete de todos os jornais e telejornais: "O Grapo reaparece em Madri. Comissário de polícia é assassinado".

Dom Luís recebeu as honras fúnebres na delegacia da rua de la Luna, onde foi instalada uma câmara-ardente. O cadáver foi coberto com a bandeira da Espanha. Foi-lhe concedida uma medalha póstuma do mérito policial, e dona Assunción Abril, sua viúva e mãe de Dora e Chon, passou a desfrutar de uma pensão equivalente ao soldo integral do marido.

Naturalmente, o funeral contou com a presença da senhora Álvarez e de suas filhas, que tiveram, decerto, que pedir, aqui e ali, a suas amigas, roupas de luto emprestadas, porque não as tinham nem era o momento de andar pelas lojas à procura delas.

Aqueles acontecimentos mexeram com os sentimentos de Dora. Ela não voltara a ver o pai desde a tarde em que fora à casa dela levar os aparelhos de televisão e deu de cara com Paco Cortés. Desde aquele dia, as ameaças de dom Luís ao genro foram ficando cada vez mais explícitas. Chegou ao extremo de visitá-lo no Liceu Novo e promover, diante dos alunos, na saída de uma aula, uma cena vergonhosa: havia descoberto que Paco continuava vendo às escondidas sua antiga noiva Milagros.

Paco havia sempre garantido a Dora que deixara de vê-la. Mas, então, o que tinha ido fazer na casa de Miles naquela primeira vez, pouco tempo depois da reconciliação? Não teria sido difícil para Paco explicar: havia, na casa de Miles, algumas coisas suas, roupas, livros e cadernos que queria recuperar. E Miles lhe dissera: se você está a fim deles, venha buscá-los você mesmo. Algo assim, inteiramente inocente. Mas não foi desse jeito, não era uma coisa inocente, e ele não poderia justificar o que aconteceu. O próprio Paco não entendia o seu comportamento, que o envergonhava na mesma medida em que o enfurecia, pois não sentia nada especial por Miles e estava completamente apaixonado por Dora. Aquilo era, de fato, uma deslealdade imperdoável. O fato é que se encontraram outras vezes, e essas recaídas levaram Paco a tecer considerações sombrias. A sua relação com ela não passava do seguinte: bebiam algumas doses sentados, comodamente, e ficavam travando diálogos ao mesmo tempo inocentes e cúmplices, pois estava na cara que Miles esperava, pacientemente, por uma mudança dos ventos. As conclusões de dom Luís no Liceu, e todas as suas ameaças, serviram ao menos para que o ex-romancista passasse a levar as coisas a sério e deixasse de ver Miles. Paco sabia que Dora e seu pai não haviam voltado a se falar, mas não podia estar seguro de que a sogra não houvesse dito a Dora nada a respeito daquelas visitas a Miles durante os primeiros dois meses da reconciliação.

Foi nisso tudo que Paco pensou quando teve diante de si o corpo de dom Luís.

Ao lado do caixão, sentadas, estavam Dora, a mulher do comissário, e sua cunhada Chon.

O rigor da morte nem ao menos apagou de todo uma certa expressão de raiva do policial, explicitada numa prega amarga que lhe enfeitava a boca.

Ao longo de todo o dia, desfilaram pela sala fúnebre pessoas desconhecidas que abraçavam as três mulheres, condoíam-se e lhes davam os pêsames.

Algumas vezes de pé, no fundo, e outras sentado junto a Dora, Paco suportou o velório, as orações, as missas e o funeral. Foi precisamente seu amigo Maigret quem o informou primeiro de que as diligências o atingiriam diretamente.

Querendo esticar as pernas, havia saído do salão onde o féretro naufragava num mar de coroas de cravos e gladíolos que saturavam o ambiente com odores adocicados.

— Paco, um dos meus companheiros, aquele que esteve outro dia com dom Luís no Liceu, quando ele foi pedir o apartamento de volta, dizendo que queria alugá-lo, contou que você o ameaçou de morte se não deixasse você e Dora em paz.

— Foi exatamente o contrário. O negócio do apartamento é correto, mas a única coisa que eu lhe disse é que nos deixasse com os nossos problemas.

— Abriram uma linha de investigação nesse sentido. Vão interrogá-lo. Acho que é uma coisa puramente burocrática. Mas ninguém acredita na história dos Grapo. Suponho que você tenha um álibi.

— Sim. Eu estava no cinema. Dora pode confirmar.

— Ela estava com você?

— Não. Mas sabia que eu ia ao cinema.

— Por favor, Paco. Você não é mais um novato.

— Mas foi isso que aconteceu. Eu tinha a tarde livre no Liceu. Almocei sozinho. Ninguém me viu, não estive com ninguém, ninguém pode me reconhecer e depois do cinema caminhei até em casa, fiz um passeio.

— Você foi a que cinema?

— Na Gran Vía.

— E você caminhou da Gran Vía até a sua casa? Paco, isto é sério. Até eu posso farejar que você está mentindo. Como não precisa mais do que uma hora para somá-la às duas do filme, acabou de inventar essa história do passeio.

Paco estava tranqüilo.

— Soe como soe, essa é a verdade, e não vou declarar outra coisa. Se eu tivesse querido matar meu sogro, o teria feito muito antes. Além de tudo, qual é o motivo? Você também não é novo nisso, Loren.

— Problemas com o apartamento. É suficiente. As pessoas matam por muito menos. Seu sogro esperava que Dora, entre você e o apartamento, optasse pelo apartamento.

— Isso é coisa de maluco, Loren.

As pessoas que entravam na câmara-ardente ficavam surpresas ao ver os dois homens discutindo calorosamente sem levantar a voz.

— Por que eu haveria de matar meu sogro, me diga? Por que era uma péssima pessoa? Num rompante? Por cobrar-nos aluguel? Em um rompante, não vou com ele até Vallecas, chego a um descampado, dou-lhe um tiro e volto. Alguém teria que ter me visto. Vocês interrogaram as pessoas do lugar? Havia gente naquelas favelas, não? Há sempre alguém nas favelas. Viram alguém? Viram a mim? Não. Apenas um misterioso Peugeot branco. Eu nem mesmo dirijo. Não tenho um álibi, mas vocês também não têm uma prova.

— Paco, sinto muito... Não fale de "nós", porque eu não sou um "deles". Eu sei que você não tem nada a ver com tudo isso, mas é meu amigo e eu quis avisá-lo de que terá trabalho. Tenha as idéias claras e será deixado em paz.

— O mais certo é que tenham sido os caras do Grapo. São tão incompetentes que de vez em quando as coisas que fazem parecem ser obras de artistas.

— Não devem ter sido eles — disse Maigret, com convicção.

— Agora, é o seguinte — continuou Paco Cortés —, se o delegado ou o juiz me perguntarem se lamento a morte do meu sogro, eu direi que nem um pouco. Ele era um sujeito indecente que destruiu a vida da mulher e a das filhas e tornou amarga a de todos que tiveram alguma relação com ele. Acho que deveria ser enterrado debaixo de uma pedra de duas toneladas, para o caso de não estar suficientemente morto.

Foi enterrado, sim, mas não foram necessários dois mil quilos de granito; bastaram algumas pás de gesso para selar a cova do cemitério de Almudena.

No dia seguinte, às onze da noite, pouco depois de a pequena Violeta ter ido deitar, vieram buscar Paco. Dora abriu a porta. Nunca havia visto aqueles policiais. Ela os convidou, mas eles não quiseram entrar. Limitaram-se a perguntar por Paco. Se estivesse em casa, que os acompanhasse. Como era uma filha de policial que acabara de perder o pai num assassinato ou atentado, suportaram seus insultos.

— Por acaso esta é uma hora apropriada para molestar as pessoas? Vocês não têm outra maneira de comunicar ao meu marido que deve ir amanhã de manhã à delegacia?

O cortejo era formado por dois inspetores à paisana e um guarda uniformizado. Um quarto policial ficara na viatura. Pareciam completos idiotas. Não sabiam nem como pedir desculpas. Há acusações concretas? Não sabiam.

A explosão de raiva de Dora já era esperada.

De qualquer maneira, Paco ainda não havia chegado em casa. Chegou meia hora depois. Dora contou-lhe o que acontecera. E Paco jantou e foi para a delegacia.

Dora não podia deixar a menina sozinha. Ficou em casa sem saber a quem recorrer; não lhe passou pela cabeça consultar a mãe, e ela certamente também não saberia o que fazer naquele momento crítico.

Depois de algum tempo, Dora resolveu ligar para Modesto Ortega.

Este, um homem de hábitos moderados, já estava na cama, e dormia.

Contou-lhe o que havia acontecido.

Meia hora depois, Modesto Ortega apresentou-se à seção da delegacia da rua de San Francisco de Sales, onde funcionava a Sexta Divisão de Homicídios.

Um inspetor e um guarda, especialmente atenciosos, coisa que não lhes era exigida no cargo, puseram o advogado a par das diligências. Paco havia sido colocado num aposento que poderia ser considerado uma cela e não seria interrogado naquela noite. Mas, então, por que o prenderam? Temiam que fugisse?

Não precisou que alguém lhe respondesse: tinha sido preso porque sim. Para macerá-lo. Segundo algumas teorias policiais, antes de um interrogatório muito importante, os acusados — e alguns até pedem para que seja assim — precisam ficar em isolamento, pois, se são culpados, têm necessidade de fazer um exame de consciência. Idéias como essas continuavam vigorando em nove de cada dez delegacias. No caso de o detido ser inocente, ele teria passado apenas uma noite um pouco mais dura numa cadeia, coisa que qualquer homem pode suportar. Mas não havia a possibilidade de que uma tal detenção, em vez de tornar o pensamento do inocente detido um pouco mais claro o confundisse, prejudicando seu depoimento? Não era exatamente isso o que havia acontecido no caso do velho da rua del Pez?

Ninguém se deu ao trabalho de responder a esta última pergunta. O lema da polícia e de qualquer órgão de justiça continua sendo *Veritas splendet* — a verdade no final resplandece.

Às dez horas da manhã do dia seguinte, seguindo uma orientação do inspetor, Modesto chegava à rua San Francisco de Sales. Era essa a hora em que costumava chegar o comissário chefe, um tal de dom Ángel de Buen, encarregado do caso. Ele chegou, de fato, às 11h30. Considerando o caráter do detido e da vítima, foi muito seco com o advogado, como se temesse que, se agisse de outra maneira, alguém poderia acusá-lo no futuro de prevaricação.

Ficou logo claro que o assassinato não era obra do Grapo. Naquela época, nenhum de seus grupos estava agindo em Madri ou nos arredores da cidade. E os indícios eram claros: no carro da vítima, haviam encontrado sinais da presença de Paco por todos os lados, e, mais importante, uma bagana dos cigarros que ele fumava. Para agravar, havia o fato de ele insistir que não ficava a sós com o sogro há mais de seis meses, fora os esbarrões no Liceu. Como se não bastasse, também não tinha um álibi. Dizia que estivera no cinema.

— E o meu cliente, o que diz? — perguntou Mason.

— Isso: que estava no cinema. E aquilo que todos dizem: que não foi ele.

A polícia ficou de comunicar a Modesto Ortega, o verdadeiro Perry Mason, o encerramento das investigações em torno de um caso real de homicídio, e daí em diante as coisas correriam por conta do juiz. Modesto foi para seu escritório e o comissário pediu que trouxessem o detido à sua presença.

Paco estava tranqüilo, surpreso de ver que, na vida real, as coisas não tinham muita relação com os romances policiais, ou pelo menos com os que havia escrito. Foi sua primeira lição: a perspectiva muda muito se você está ao lado da lei ou contra ela, se a lei olha para alguém como inocente ou como suspeito, se você faz parte do pelotão de fuzilamento ou se está na frente dele. E aí não tem a menor importância se alguém acha que você é inocente ou culpado. Paco tinha deixado de escrever romances, mas não se arrependeu nem um pouco de não tê-los ambientado na Espanha ou de não ter tido como personagens policiais espanhóis. Aquilo nem parecia um crime. Era uma coisa triste e dolorosa; todos estavam equivocados e ninguém dava a esse fato a menor importância.

— Francisco Cortés? — perguntou dom Ángel de Buen ao preso, quando o trouxeram, e fez uma careta que tinha uma gravidade não dissimulada. Parecia sentir o mesmo prazer que alguns médicos sentem quando olham para um paciente a quem vão comunicar um diagnóstico da pior qualidade.

— Por favor, comissário, inspetor ou o que seja — disse Paco. — Se o senhor pede que lhe tragam um detido que se chama Francisco Cortés, espera que lhe tragam quem?

É grande a variedade de comissários: há orgulhosos, complexados e, portanto, imprevisíveis, ladinos, cruéis, malvados, amargurados, rebuscados, sádicos, cínicos, autoritários, medíocres e, de vez em quando, um inteligente... nada disso em proporção diferente da que encontramos em outros lugares. Mas eles têm uma coisa em comum: todos são conscientes do poder que possuem, dos inenarráveis sofrimentos que lhes custou alcançá-lo e das insídias e vexames que tiveram de suportar na própria instituição, e por isso não hesitam jamais em exercer tal poder sem piedade e sem concessões.

O comissário não gostou da resposta do detido, mas sabia que ele tinha razão, coisa que, por ser da categoria dos inteligentes, admitiu de má vontade. Sabia, porque era o que constava no informe que tinha diante de si, que o detido era um escritor de romances policiais e de intriga em geral. E não gostou, absolutamente, desse fato. É uma simetria lógica: os romancistas acham que uma grande proporção dos policiais é formada de idiotas, e estes não têm uma idéia melhor a respeito dos romancistas, que lhes parecem, em geral, uns fraudadores safados que deveriam estar presos por propagar mentiras da pior espécie sobre sua profissão. Nunca havia lido um romance de Paco Cortés, mas um fino instinto de investigador lhe disse que era esse o caminho a trilhar se quisesse humilhar e abater os brios do detido.

— Não pense que a gente fica aqui chupando o dedo e que tudo se passará como nesses romances em que todo mundo acha que é muito esperto, seu canalha.

É certo que uma das coisas que os inspetores costumam fazer quando são promovidos ao cargo de comissário é abandonar os insultos, considerando-os de baixa categoria, mas não é menos correto que de vez em quando querem voltar a experimentar seu sabor pedregoso, como se fossem uma daquelas vedetes angelicais de origem popular que precisam, de vez em quando, em cerimônia secreta, comer uma morcela na áspera solidão de sua cozinha.

O comissário sorriu e olhou para seu ajudante. A presença dele também o obrigava a não tolerar que o detido o tratasse com insolência.

— E quem lhe deu o direito de me tratar de você?

Paco Cortés, muito sério, sem querer entrar em novas discussões, sublinhou o tratamento informal.

É a segunda regra que os inspetores promovidos a comissários não costumam ignorar: eles deixam de tratar com informalidade todo mundo, menos o comissário que até aquele momento era seu chefe, e começam a tratar com formalidade até a mulher da limpeza que tratavam com informalidade há mais de dez anos.

De todas as respostas, essa era a que dom Ángel de Buen menos esperava. O policial pigarreou, fingiu que não tinha ouvido e iniciou um interrogatório que já havia feito muitas outras vezes, evitando o máximo possível o você e o senhor, para que o inspetor presente e o guarda da porta não pensassem que havia capitulado.

— Como já disse aos seus companheiros — começou dizendo Paco —, estive no cinema. No dia anterior, minha sogra veio à minha casa e deixou o carro na nossa garagem. Tirei-o dali porque a mulher não sabe fazer isso direito; devia estar fumando, apaguei o cigarro no cinzeiro do carro...

Dom Ángel acreditou já ter resolvido o caso e agarrado o culpado.

— Mas aqui se diz que Francisco Cortés declarou que não dirige.

— Sim, mas o fato de não ter o hábito de dirigir não quer dizer que não saiba fazê-lo.

Dom Ángel teve que levar o interrogatório para outro lado.

— Mas onde há impressões do suspeito Francisco Cortés — disse ele, enfatizando a palavra suspeito — é na porta do acompanhante, e não na do motorista.

— O senhor — perguntou Paco — tem consciência da quantidade de impressões digitais que a gente sai espalhando por aí? Deixamos rastros como as samambaias deixam esporos, aos milhões.

— Isto aqui não é um romance policial — advertiu o comissário, cada vez mais sem argumento, e ficou em silêncio enquanto parecia procurar alguma coisa nos papéis que haviam colocado diante dele.

— Perdoe-me por me meter em seu trabalho — começou dizendo um Paco Cortés que tentava não ser muito arrogante. — Não tenho a menor idéia a respeito dos motivos que os levaram a me trazer para cá. E se senhor quer saber por que há impressões digitais minhas no carro do meu sogro, não posso lhe explicar. Talvez tenha aberto a porta pelo lado de dentro para que minha sogra entrasse. Tudo o que o senhor tem que perguntar é o que teria me levado a querer cometer um crime a sangue-frio. O que eu ganharia com ele? Minha mulher não falava com o pai há seis meses, e era, por isso, a mulher mais feliz do mundo. Naquele dia, pode ter acontecido de tudo: pode ter sido alguém que o tivesse jurado por alguma coisa relacionada ao trabalho ou alguém a quem meu sogro houvesse aprontado alguma boa, coisa que não devia ser tão rara, ou alguém que o seqüestrou para que o levasse àquele povoado. Não há um ponto de venda de drogas perto dali? Alguém que entrou no carro e mandou que o levasse. Não vimos mais de cem vezes uns vagabundos roubarem o carro de uma funerária com o morto e tudo, só se dando conta, bem mais tarde, de que se tratava de um carro fúnebre? Para serem rigorosos, os senhores talvez devessem interrogar minha sogra. Ela é a principal beneficiária da morte do marido, vai descansar de uma maneira que vocês não podem imaginar. Meu sogro era uma péssima pessoa e fez dela uma infeliz. Ou minha mulher. Ou pode ser também que o tenha feito um companheiro seu...

— Basta! — O comissário, que não havia levantado os olhos dos papéis, não parecia tê-lo ouvido. — Que tal falar dessa seita que estuda e planeja crimes perfeitos? Temos conversado com seus cupinchas e todos o apontaram como o líder do grupo. Que falta de vergonha, médicos, advogados, bancários...

— ...policiais — acrescentou Paco.

O comissário procurou com um olhar o inspetor que testemunhava o interrogatório em pé, perto da porta, e pareceu dizer-lhe, com um sorriso, "já sabemos".

Mas, sem dúvida, ninguém sabia por onde seguir.

— Interrogamos Lorenzo Maravillas, da delegacia da rua de la Luna...

— Um bom amigo... — admitiu Paco.

— Certamente no Comercial são todos da classe dos fora de série.

Paco compreendeu que aquele homem estava às escuras.

— Advirto-o — disse Ángel em tom ameaçador. — Sabemos que ele foi morto por todos vocês, e você é quem que dirigiu operação.

Voltou à informalidade, reservada, como se sabe, aos que têm convicção.

— Não temos a menor dúvida. Não deixaremos vocês em paz. Interrogaremos cada um e vocês acabarão caindo em contradição. Vocês cometerão um erro, encontraremos a prova e o edifício virá abaixo. É assim que sempre acontece. E, apesar de todos os romances que vocês tenham lido, o culpado acabará na prisão.

— O senhor terminou? — perguntou Paco, com a maior seriedade. — Sabe qual é a minha teoria, comissário? Não sei quem pôde ter matado meu sogro nem as razões pelas quais o fez, mas compreendo perfeitamente o autor e o admiro mais quando paro para pensar no benefício que teria com essa morte, ou seja, nenhum, porque não me ocorre pensar em outro motivo para este assassinato além do fato de suprimir deste mundo uma péssima pessoa. Quer dizer, filantropia. Isso por um lado. A medalha do mérito policial deveria ser dada ao assassino e não a dom Luís. Por outro lado, se é o senhor quem dirige esta investigação e não está encontrando os culpados...

— Ah ah ah, como sabe que há mais de um culpado?

— ...O senhor não me impressiona nem um pouco, comissário. E me deixe terminar a frase. Eu lhe dizia para não ficar impressionado se não encontrar o culpado ou os culpados. Um crime é perfeito não porque alguém seja incapaz de encontrar o autor ou os autores, mas sim porque não há meios materiais de prová-lo. O senhor entende o que eu quero dizer?

Não foi nem levado ao juiz. Foi solto depois desse interrogatório, sem encargo nenhum, mas com uma advertência muito explícita que o devolveu definitivamente à informalidade:

— Você acha que é muito esperto, Paquito, mas vai acabar na prisão.

Todo o vexame que levou daquele lugar, a ignominiosa infâmia e a ignomínia infamante foi aquele "Paquito". Tão execrável!

A PRIMEIRA deserção foi a de Miss Marple, também a primeira intimada a depor na delegacia.

Levou-a o chofer. Vestiu para a ocasião um vestido de crepe rosa muito elegante, convencida de que estava vivendo em um dos romances de Agatha Christie de que tanto gostava. O interrogatório esteve a cargo do mesmo comissário chefe, dom Ángel.

— Sabemos que a senhora não tem nada a ver com o complô, mas se nos informasse...

Miss Marple respirou, tranqüila.

— ...sabemos que sua seita foi usada...

— Que seita, senhor comissário?

— A que a senhora freqüenta no café Comercial.

— Uma seita! Mas eu freqüento aquele lugar há anos, e não há nada mais inocente...

— É o que a senhora acha. O perigo das seitas é que elas têm uma aparência normal e nem mesmo seus membros sabem em que estão envolvidos. Por isso nos custa tanto localizá-las, desmantelá-las e meter os responsáveis na prisão. Sabemos que essa seita, e não falo da senhora, deixo claro, a senhora não passava de um álibi, preparava-se para cometer crimes que eles chamavam de perfeitos...

— Eles?

— Sim, Francisco Cortés...

— Sam? Sam Spade?

— Quem é Sam Spade? Esse é novo?

Dom Ángel, desconcertado, olhou para o funcionário que estava ao seu lado, para ver se ele sabia de mais alguma coisa.

— Sam é Paco — esclareceu Miss Marple.

— Efetivamente, Paco Cortés, aliás Espei... — confirmou o inspetor adjunto com o apoio de umas cotoveladas.

— Bem — prosseguiu dom Ángel. — Ele é o responsável. Estávamos atrás dele já há muito tempo...

— Deus meu! — disse, horrorizada, Miss Marple. — Como é possível?

— São coisas que acontecem, senhora. Um psicopata, um maníaco fracassado.

— Mas ele é encantador...

— Os psicopatas são encantadores. Mas não se esqueça de que estamos falando de vários assassinatos que nunca foram esclarecidos, atrás dos quais suspeitávamos que ele poderia estar.

As jóias da boa mulher estremeceram como areias movediças que estivessem prestes a engoli-la.

— Não!

— Sim, senhora! Vários! Sem contar com o de dom Luís.

A pobre Miss Marple soltou um chiado tão agudo como o de uma gaivota.

O comissário, que rubricou o seu acerto com uma cabeçada solene, achou que havia impressionado a dama o suficiente para tentar o assalto final.

— De modo que toda informação que a senhora possa nos dar será preciosa. Ele falava constantemente da vítima?

— Que vítima?

Até o comissário começou a se dar conta de que aquela pobre infeliz tão educada era, além do mais, um pouco retardada, porque não entendia metade das coisas.

— O senhor gosta de romances policiais? — perguntou Miss Marple.

— É claro, senhora — balbuciou, desconcertado, dom Ángel.

— Pois nesse caso não há vítima maior do que Sam.

— De acordo, mas ele lhes falou do seu sogro nos dias que antecederam o assassinato?

— Não, senhor. Ali ninguém fala de assuntos particulares. Eu nem ao menos sabia que esse senhor era sogro de Sam, até que tudo aconteceu e me contaram.

Miss Marple abandonou o escritório com um ligeiro tremor nas pernas e o medo instalado no corpo. Só encontrou forças para contar a história ao marido.

— Imagine. Um psicopata. Éramos seu álibi. Usava-nos para que lhe déssemos idéias. A polícia está atrás de vários assassinatos que pode ter cometido. Santo Deus! E alguns outros do grupo. Eu suspeito de Marlowe e de Nero. Não gosto dos cozinheiros. Eles estão sempre rodeados de punhais. E Marlowe, sempre falando de pistolas. Que horror! E pensar que eu poderia ser a próxima vítima...

Um calafrio eriçou-lhe os pêlos do antebraço.

Naquela tarde, ela telefonou ao padre Brown.

— Dom Benigno, posso me confessar por telefone?

— Mulher, por que tanta pressa?

— Estou me referindo aos segredos da confissão. O senhor considere o que vou lhe contar como algo que não pode ser dito a mais ninguém. Acabo de vir da polícia. Fui interrogada.

Contou ao padre, com riqueza de detalhes, e orgulhosa de ter saído tão brilhantemente daquela agonia, os pormenores do interrogatório, durante o qual ela havia se comportado como uma mulher extremamente sagaz...

— E se o senhor quer saber a verdade, eu já estava suspeitando disso. Não sei o que haverá de correto em relação ao sogro, mas eu não estranharia nem um pouco. O senhor se lembra daquele período longo em que ficou sem vir ao Comercial? Diziam que passava o dia dormindo e a noite vagando por aí, bêbado, em lugares mal freqüentados. Dom Luís, o sogro, só queria o melhor para a filha e tinha pena de vê-la novamente nessa dança. As coisas do casamento, o senhor sabe, dom Benigno, são muito complicadas, e eu nunca gostei de me meter nesses assuntos, mas, sinceramente, vi muito pouco o pobre Sam nos últimos tempos. Já não era o mesmo.

Padre Brown quis saber de outros detalhes, tranqüilizou Miss Marple como pôde e soube, a qual, não obstante, havia tomado a decisão de se afastar dos ACP. Ato contínuo, o padre telefonou a Modesto, que era o melhor amigo de Sam.

— Modesto, quero que transmita a Paco, e o mesmo digo ao senhor, que conte com a minha ajuda espiritual nesses momentos difíceis.

— Difíceis por quê?

Como não podia quebrar o segredo da confissão telefônica, agarrou-se a informações impessoais.

— Soube que o pobre Paco tem estado metido em assuntos extremamente nebulosos. Não nestes dois últimos meses, mas nos anteriores, quando passou por aquela crise. Eu mesmo tenho dificuldade de acreditar. Seguramente será possível apresentar como atenuante um estado de alienação passageira...

— ...transitória?

— Isso. O senhor não sabe o tamanho da desgraça que carrego. Dias sem dormir. Abriram uma investigação a respeito de todos os ACP, e como eu não posso envolver o bispado em tudo isso, compreenda, terei que me afastar do Comercial, e lhe pediria que, se perguntarem, o senhor diga que minha participação e minha presença não eram nem um pouco regulares, como, de fato, eram. O senhor poderá fazer isso por mim?

— Mas Paco já foi solto. Acabo de falar com ele.

— Eu sei. Mas me consta que o deixaram em liberdade porque sabem que os levará a outros envolvidos. Estão esperando que cometa algum erro. As evidências não podem ser maiores. Desse assassinato e, parece, de outros oito.

Em poucas horas, a sensível teia de aranha dos ACP havia sido sacudida, com um estremecimento inesperado, pelas gravíssimas acusações que pesavam sobre Paco Cortés.

A notícia chegou à casa de Poe e de Marlowe por duplo conduto: através de Maigret e de Hanna, e em ambos os casos os relatos foram pessoais, porque a casa que os dois amigos dividiam ainda não tinha um telefone.

Hanna chegou primeiro. Às vezes ainda se viam. Sinto falta daqueles pores-do-sol, dizia-lhe um Poe mais sério e taciturno do que nunca. E a jovem lhe respondia, carinhosamente: e eu não? Mas Poe não fazia nem para si mesmo esse tipo de confidência. Havia sido muito ruim, mas não dissera nada a ninguém.

Na tarde do dia em que Miss Marple depôs — para usar o jargão policial —, dois inspetores subiram à água-furtada de Hanna.

Aquele era o endereço que constava da matrícula universitária de Poe. Era só perguntar a Maigret que ele os teria encaminhado a seu domicílio atual, mas a polícia, composta, ao fim e ao cabo, por funcionários apaixonados pela burocracia, nunca tem pressa e ama os rodeios assim como os delinquentes amam os atalhos.

Hanna assustou-se ao ver aqueles dois policiais, um à paisana e o outro uniformizado.

Em um segundo amontoaram-se em sua imaginação cem desgraças ou contratempos possíveis, sempre relacionados à vida que levava e aos amigos que freqüentava: seu marido, a heroína, o modo nem sempre ortodoxo de conseguir dinheiro para obtê-la... Da mesma maneira como dizem que passam em um segundo diante dos olhos de quem vai morrer todos os instantes da sua vida, pelos de Hanna passaram todos os do seu futuro: imaginou uma vida passada num cárcere espanhol, sua destruição e sua morte. Se aqueles policiais estavam procurando drogas, bastava-lhes abrir a caixinha que estava em cima da mesa, onde guardava, embrulhado em papel-alumínio, um pedaço de haxixe... Sentiu algo parecido com um alívio. Sua nuca foi desbloqueada. Talvez tenha achado que era melhor que outros terminassem de uma só vez aquilo que ela não conseguira acabar em duas tentativas.

O policial à paisana perguntou se Rafael Hervás Martínez vivia ali.

No semblante de Hanna aflorou uma careta esquisita, e apesar da polícia ter se negado a dizer-lhe por que o procuravam, a professora considerou o assunto bastante significativo, e deu-se ao trabalho de levar as informações à nova casa do ex-namorado.

Poe surpreendeu-se. Não a via por ali desde o dia em que o ajudara a transportar suas coisas: a precária bagagem de marinheiro e duas caixas grandes cheias de livros. O apartamento que dividia com Marlowe era precário. A jovem e bela professora havia piorado. O desenho das suas olheiras lembrava dois lírios, mas eram as mãos que delatavam como havia emagrecido.

— Apareceram uns policiais perguntando por você. Não disseram o que queriam. Está tudo bem? Já estiveram aqui?

Poe levou um tempo para responder. A presença de Hanna em sua casa acelerou-lhe a pulsação. Aquele aspecto enfermo tornava-a, sem dúvida, mais atraente, como se fosse a verdadeira flor do mal. Estavam sentados à mesa. A mão de Poe descansava na madeira. Hanna aproximou a sua e a repousou sobre a dele, que a sentiu pousar como se fosse um manto de neve. Sabia há muito tempo o motivo pelo qual haviam sido obrigados a deixar de viver juntos. Não haviam falado da volta do marido nem da sua recaída na droga, mas Poe olhou-a mostrando que sabia e Hanna se sentiu perdoada sabendo que ele sabia e que por isso mesmo não teria de falar sobre aquilo.

— Sim, está tudo bem — disse Poe depois de alguns minutos.

Hanna estava inquieta. Teria que mentir para ele. Sua vida havia se convertido naquele doloroso rosário de trapaças que é a vida cotidiana de um drogado, tanto quando ele reconhece que o é, como quando ainda está naquela fase em que, como Hanna, tenta se convencer de que ainda há tempo de voltar atrás, é só resolver.

Olhou Poe com tristeza. Continuava acariciando a mão que o jovem não se atrevia a retirar. A mesma força que o atraía para ela, parecia repeli-lo. Apenas seu coração continuava em terra de ninguém, agitado e esperando. O dela, mortiço, consumia-se em recordações, como o talo de uma flor que já não encontra forças para absorver a água e, através dela, o viço perdido.

— Você tem saudades daqueles dias, Rafael?

Ele também levou uns minutos para responder. Estavam num aposento de paredes nuas, sem móveis além do esqueleto de uma mesa de campanha e duas cadeiras de pinho recém-compradas no mercado das pulgas do Rastro.

— E você?

Poe sentiu que perdia as forças, e se lembrou, subitamente, do lamaçal de sua cidadezinha. Não, não queria enfiar-se numa enroscada da qual não pudesse sair ou da qual saísse tão maltratado como da primeira vez, e tomava suas precauções. Hanna, por sua vez, abordou as coisas pelo seu lado mais cheio de escarpas.

— Ele é o homem por quem fui apaixonada durante toda minha vida. Quando nos conhecemos, tínhamos ambos dezesseis anos, e seguimos juntos desde então pela vida. A mesma universidade, os mesmos amigos, as primeiras casas, o primeiro carro, não nos separávamos nem por um minuto.

— Nunca lhe pedi que me contasse nada quando estávamos morando juntos na Plaza de Oriente — disse Poe.

— Mas agora não, agora sou eu quem quer contar. Ficávamos juntos desde a hora em que acordávamos até a hora em que íamos deitar. Viajamos por meio mundo e conhecemos todas as coisas importantes na mesma hora. Também as drogas. Mas eu me assustei e o deixei quando vim para a Espanha. Mas continuava apaixonada por ele. Você não sabe quanto. No começo, foi muito difícil, doeu demais. É como se o houvesse abandonado numa espécie de leprosário e fiquei com a consciência atormentada. Parecia-me que não tinha o direito de fugir, se ele não podia me acompanhar. Era como deixar um companheiro ferido para trás. Quando conheci você, achei que tudo havia passado. Vivi os primeiros anos aqui como uma pessoa entorpecida. Não voltei a sair com ninguém, nem sequer tinha vontade, até que comecei a andar com o Jaime. Aquilo foi uma claudicação, eu me rendia, estava farta de ficar sozinha. Com você, foi a primeira vez que voltei a me sentir viva. E tudo ia bem, de verdade. Mas fui vê-lo de novo e não sei o que me aconteceu. Eu amava você e acreditava que iria amá-lo para sempre, mas não esperava que ele aparecesse em Madri. Disse-me logo no primeiro momento que ele também havia deixado as drogas, e você não sabe como isso me deixou alegre, mas quando nos encontramos aconteceu uma coisa muito estranha, como se nós dois estivéssemos sentindo de novo uma nostalgia daquele inferno. E provamos uma vez. Dissemos: não, não nos despedimos nunca daquilo; vamos fazer uma despedida como Deus manda. Não sabíamos que aquilo era a nostalgia da morte. Não me diga como, mas nós, os envolvidos com a droga, sentimos uma coisa que os outros não sentem. Uma nostalgia superior a tudo, porque é uma nostalgia de algo que, no fundo, ninguém conhece. É a verdadeira nostalgia do Paraíso. E achamos maravilhoso. E dissemos: uma segunda vez, a verdadeira despedida, a anterior foi apenas um ensaio e nos pegou desprepadados. A segunda será a definitiva. No princípio, foi apenas nos fins de semana. Era como um regresso programado ao Paraíso, e tudo ao redor começou a ficar apagado, e você pode imaginar em que o Paraíso se transformou. Agora as coisas estão de novo horríveis, Poe. E Peter e eu sabemos disso.

— Mas você está apaixonada por ele?

Quem pensava agora na resposta era Hanna. Queria ser sincera com alguém, pelo menos uma vez. Balançou a cabeça.

— Uma pessoa viciada só ama a sua droga. Você sabe o que eu quero dizer? É como um hábito: ele, eu, a heroína, aquele apartamento, minha casa, tudo voltou a ficar tingido de coisas que são familiares para a gente, como uma torre de marfim. E se fosse sempre assim, tudo estaria em seu lugar.

— E você precisa usar todos os dias?

— É claro que não... — respondeu Hanna com firmeza, como se estivesse rechaçando uma calúnia que a afetava de maneira direta. Mas logo depois pareceu admitir a realidade e acrescentou num tom mais baixo, o tom das confidências e das derrotas. — No fundo, o que acontece... Apenas nos fins de semana. Peter ainda está trabalhando, mas eu deixei o Liceu.

Poe sabia que ela estava contando aquilo porque a viagem ao Paraíso tinha uma parada em todos os desembarques da semana, e que iria pedir-lhe dinheiro. Mas não disse nada, e Hanna também não soube como prosseguir. Limitou-se a olhar para o amigo com ternura. Poe notou que voltava a acariciar sua mão de uma forma mecânica, como as pessoas acariciam um gato ou um cachorro enquanto pensam em outra coisa.

— Você está sem dinheiro? — perguntou Poe, subitamente.

E Hanna disse não, sim, bem, sim, um pouco, sem saber direito o que estava dizendo.

Poe entrou num quarto e voltou com umas notas que enfiou na bolsa da amiga, pendurada no encosto de uma cadeira.

Isso fez com que Hanna, que adotara um tom jovial, mudasse bruscamente a conversa.

— Como você pode viver assim? — perguntou, como se fosse, de fato, um capítulo diferente do romance que escrevia.

Abarcou com um rápido olhar as paredes vazias, duas caixas de papelão no chão com os livros, um par de sapatos que alguém havia abandonado ali à própria sorte, o terraço frio, sem tapete, as janelas sem cortina, as paredes recém-pintadas sem quadros, a mesa de campanha sem toalha, as cadeiras sem almofadas e a sala sem outros móveis além daqueles três trastes...

...E nós sem termos nada a respeito do que falar.

Nesta frase, Poe adotou o mesmo tom desenvolto da amiga.

— Não, Poe. À minha maneira, eu continuo dizendo muitas coisas para você quando não estamos juntos. Sei muito bem que elas não servem para nada, mas às vezes imagino que você continua vivendo ali. Vejo-o como costumava sentar no sofá, sem dizer nada nunca, calado, sempre tão doce, no seu lugar, enfiado na sua sombra. Você quer voltar a viver comigo? Ajudaria a pagar o aluguel. Estou passando por uma péssima fase. Abandonei as aulas.

— Você já me disse.

— Você virá comigo? — insistiu Hanna.

— Para quê? Isso a ajudaria a sair dessa embrulhada? No começo, eu era o mais feliz dos homens. Parecia-me impossível que uma coisa daquelas estivesse acontecendo comigo. Você foi a mulher mais incrível que eu encontrei na vida. Na verdade, foi a primeira e a única — e Poe fez a confissão abaixando ainda mais o tom da voz. — Você era a coisa mais parecida com um sonho. Eu gostava que você fosse um pouco como eu. Éramos dois gatos daqueles que vivem nos telhados. Eu gostava da sua tranqüilidade. Tão silenciosa, tão metódica com tudo, tão respeitosa, sem perguntar nada, sem me pressionar, alegre em todas as horas, andando pelas vigas do telhado sem ter vertigens, silenciando todas as coisas com as almofadinhas das suas patas... Mas eu soube desde o primeiro momento que eu não era feito para você nem você para mim. É o que acontece quase sempre. Mas me bastava, porque nunca falamos disso. E quando acontece que alguém faça alguma coisa, não há mais remédio para nada.

— Mas você quer viver comigo de novo?

— Acho que não.

Foi, então, a vez de Poe procurar a mão dela para acariciá-la, e o jovem quis chorar, mas nunca chorava, nunca havia chorado, talvez porque em sua casa não havia visto outra coisa senão sua mãe chorando por tudo. Não deu nenhuma importância às lágrimas que não chegaram, deixou-as rolar por dentro sem se preocupar com elas, como se fizessem parte do seu olhar sobre as coisas. Hanna levantou-se da cadeira, aproximou-se dele e quis apagar o rastro daquela dor com uma carícia, mas só conseguiu estendê-lo por todo o corpo. Poe sentiu-se mal. Era incômodo ficar ali ao seu lado, em pé, enquanto ele continuava sentado, e Hanna ajoelhou-se diante dele.

— Venha fazer amor comigo, por favor, Rafael.

Como na primeira vez, era ela quem tomava a iniciativa.

O quarto não melhorava o aspecto provisório, desolado, de toda a casa: uma cama, incluída no aluguel, assim como um armário em forma de lua que havia sido moda uns vinte anos antes, um aposento sem cortinas que dava para uma rua muito iluminada, um terraço sem tapete, uma lâmpada no teto sem lustre.

Hanna quis de novo colocar um pouco de alegria naquele momento triste. Poe olhava para o teto tombado na cama com as mãos debaixo da nuca. Hanna apoiara sua cabeça no peito imberbe do rapaz:

— Como você pode viver aqui?

A campainha da porta soou.

— A polícia! — disse Hanna, que se cobriu instintivamente, como se a polícia estivesse diante dela.

Poe vestiu uma calça e foi assim que abriu a porta para Maigret.

— Você está sozinho?

— Não — respondeu Poe.

Convidou-o a entrar. Sentaram-se onde ele e Hanna haviam estado meia hora antes. Hanna continuava no quarto.

— Um idiota quer encher o saco de todos nós — disse Maigret. — Ele está convencido de que Paco matou o sogro, mas não sozinho. Acredita que metade dos ACP está envolvida na história. A polícia vai chegar daqui a pouco. Marlowe continua guardando armas aqui?

— Acho que ele as guarda em seu quarto — disse Poe. — Vai tirá-las daqui. Ia fazer isso hoje. Vai chegar daqui a pouco. Hanna também veio e me disse que a polícia tinha estado com ela hoje de manhã. Por que ainda não vieram?

— Vieram, mas não havia ninguém. Agora, foram comer alguma coisa. Daqui a pouco estarão de volta.

Ainda tinham algum tempo, portanto.

Maigret informou o amigo sobre o andamento das investigações.

— O comissário chefe da delegacia de homicídios está entusiasmado com umas impressões digitais e uma guimba de cigarro da mesma marca que Paco fuma.

Em pouco tempo, ouviram as chaves de Marlowe.

Ele carregava uma bolsa esportiva e dentro dela duas pistolas e uma caixa de munição que estava pela metade.

Marlowe nunca achava nada grave.

— Aposto três duplas que esses policiais não sabem claramente de nada — disse Marlowe, que não sabia ao certo o que era uma dupla, mas guardara a expressão na memória desde que a havia lido numa péssima tradução de um romance de Dürrenmatt. Em seguida, foi para seu quarto, na parte "traseira" daquela casa "alugada", e voltou com outra pistola e meia dúzia de caixas, enfiou tudo na bolsa e sem perder o sorriso disse que era só uma questão de minutos, o tempo que levaria para atravessar a rua, entrar na casa dos pais, largar o arsenal e voltar.

Quando voltou, a polícia havia chegado, mas Maigret já não estava. Preferiu ir embora. Não queria que o encontrassem ali. Hanna fizera o mesmo.

Os policiais começaram a fazer uma inspeção com o tédio de quem está com a cabeça mais na hora em que acabaria o seu turno de trabalho e iria para casa do que em resolver o assassinato de um superior pelo qual não tinha o menor apreço.

Poe apresentou o amigo.

— Também é da seita?

— Que seita? — perguntou, atônito, Marlowe.

Na pressa da intempestiva retirada, um dos projéteis que ele usava em seus exercícios de tiro tinha ficado entre os lençóis da cama desfeita. Parecia um barco de pesca no meio da tempestade.

Poe, que acompanhava um dos sabujos, descobriu-o ali. Num filme de suspense, aquele achado teria sido acompanhado por uma seqüência inesperada de acordes, destinada a levantar da cadeira os espectadores. Poe fez o contrário: sentou-se sobre o projétil, enquanto observava o policial revolver as caixas. Quando se levantou, a bala estava em sua mão. Colocou-a no bolso e esperou que os trâmites terminassem.

— Passem amanhã na delegacia. O chefe quer fazer algumas perguntas.

— E por que não agora? — perguntou Marlowe. — Poderíamos fugir...

A polícia é, certamente entre todas as repartições do Estado, a que tem menos vocação para brincadeiras.

— Está bem, senhor apressadinho — disse o policial que tinha uma voz cantante. — Venham agora. Vão passar a noite na delegacia.

Marlowe achou aquilo uma pérola e encarou a frase como um convite para uma aprazível excursão.

— Eu também? — perguntou Poe.

— Os dois.

— Há uma ordem de prisão?

Essa é uma das perguntas que jamais deve ser feita a um policial. Em primeiro lugar, porque os policiais não gostam de ser considerados idiotas; em segundo, porque eles costumam sempre levá-las consigo, e, em terceiro, porque duas de cada três pessoas que a formulam acabam sendo consideradas culpadas.

— Está bem; apareçam amanhã de manhã.
— Eu trabalho num banco e não posso faltar — disse Poe.
O policial começava a se irritar.
— Pois peça licença.

Os interrogatórios do dia seguinte foram tão absurdos como aqueles a que haviam sido submetidos todos os outros. Mas bastou que a polícia metesse as narinas nos ACP para que eles ficassem desarmados, e pela primeira vez em dezesseis anos a reunião semanal foi feita num *pub* vizinho, e faltaram a ela todos os assíduos de outras horas.

— Acabaremos nas catacumbas, como os primeiros cristãos, tal como vaticinava o padre Brown — sentenciou Marlowe.
— Eu não me preocuparia — tranqüilizou-o Paco Cortés —, tudo isso não se sustenta, mas seria necessário investigar por que motivo o levaram ao descampado. Se a polícia está no caminho errado, nós poderemos levá-la ao correto. Não me agrada nem um pouco que se trate de meu sogro, mas gosto menos ainda que um caso permaneça sem solução e ainda mais quando querem me empurrar o morto goela abaixo.

Só estavam presentes Poe, Marlowe e Maigret.

— Ele saiu da delegacia em seu próprio carro — continuou Cortés. — Antes, havia telefonado à minha sogra para dizer que estava saindo e ia comer em casa. Mas nunca chegou. Minha sogra, ao ver que não chegava, não deu importância ao fato. Essa coisa de dizer que estava indo e não aparecer fazia parte da rotina. Mas, por volta das onze da noite, não tendo ele dado sinal de vida, e com essas coisas que acontecem, assustou-se. Ligou para nossa casa, nós ligamos para a delegacia. Ninguém havia visto nada, mas todos lembravam de tê-lo visto sair do escritório às três e meia. Ninguém, por sua vez, viu-o sair no automóvel, mas tiveram que recolhê-lo depois, porque descobriram o cadáver no carro, na manhã do dia seguinte. Ele pegou na própria delegacia, ou em algum outro ponto do trajeto, seu assassino ou seus assassinos, ou estes o pegaram e, em seguida, o mataram. Ou então foi até algum lugar onde estavam esperando para matá-lo. O laudo disse que o falecimento foi às cinco da tarde, e da rua de la Luna até o Poblado de las Eras, àquela hora, leva-se, no mínimo, de 45 a sessenta minutos. Houve uma meia hora em que algo aconteceu, talvez o motivo dessa morte.

— O mais estranho — disse Maigret — é que temos investigado os últimos casos em que nosso personagem trabalhou e nenhum tem a mais remota relação com o bairro onde foi encontrado.

Se fosse uma reunião dos ACP, todos a teriam considerado interessantíssima, mas nem Miss Marple nem Nero Wolfe nem Sherlock Holmes nem o padre Brown — nem, logicamente, Milagros, ausente há seis meses — haviam dado sinal de vida, como tampouco os menos habituais, Mike e Gatsmann, um advogado amigo de Mason. Tratava-se do primeiro Crime Perfeito real, e todos haviam fugido. Assim é a vida.

— Eu acho que seu sogro foi por vontade própria, sem que ninguém o tivesse obrigado a procurar alguma coisa — disse Poe.

Era, por acaso, o único a quem aquilo não divertia nem mesmo como um quebra-cabeça.

— Não me convence — respondeu Paco Cortés, que, de todo modo, dava muito crédito ao jovem amigo. — Sair do trabalho e ir para fora de Madri, sem parar para comer?

— Você disse que nem mesmo sua sogra achou estranho — lembrou Poe.

— O que é esquisito mesmo — interveio Maigret — é que ninguém o tivesse visto, primeiro, desde as três e meia, quando saiu da rua de la Luna, até as cinco, quando o mataram, e, em segundo lugar, que só tivessem descoberto o cadáver no dia seguinte, num bairro em que você deixa um carro e o depenam por completo em vinte minutos sem que você perceba se você não for conhecido. Mas, quando descobriram o carro, já era de dia, e não estava faltando nada. Nem a dom Luís: tinha a carteira, o dinheiro, a arma de serviço. Não faltava nada. E aqueles dois tiros... Por que dois tiros e não um? Não seria estranho se os dois tiros estivessem agrupados, mas não, um atingiu uma perna e o outro, a cabeça.

— Não acho estranho — disse Cortés. — Minha teoria é a seguinte. Ele liga para a mulher, diz que vai comer em casa e no último momento muda de opinião. Por quê? Pode ter sido qualquer coisa. Em seguida, vai com essa ou essas pessoas, por motivos que também desconhecemos, até aquele lugar. Ali o chantageiam ou discutem alguma coisa, atiram na sua perna, para fazê-lo entender que as coisas são sérias, e em seguida o matam.

— Alguma coisa não combina — interveio Poe. — Se foi assim, aquele que lhe deu o tiro na perna pensava em matá-lo. Ninguém deixa vivo, andando por aí, comissários de polícia baleados na perna.

— É verdade — admitiu Cortés, como se fosse um principiante. — A menos que estivessem com o rosto coberto.

— Poderia ser. Mas ele estava com sua pistola. Nem sequer a tomaram. Se tivessem sido os caras do Grapo, como se disse a princípio, a teriam levado. E por que também não procurou usá-la? Eu lhes garanto que um policial, e ainda mais um policial como dom Luís, da velha escola, daqueles que gostam de atirar a torto e a direito, se está armado e percebe que corre perigo, dá um jeito de sacar a pistola e se defender — disse Maigret.

— Isso seria correto se meu sogro tivesse que se defender de alguma coisa. Mas não se defendeu porque conhecia e confiava naquele ou naqueles que estavam com ele. A trajetória da bala indica que ela foi disparada do assento dianteiro e isso, mais uma vez, significa apenas que, caso tenha sido uma única pessoa a cometer o crime, ela era da inteira confiança do meu sogro, já que se sentou na frente e não no banco traseiro, como teria sido lógico se o tivesse seqüestrado. Ainda que pudessem ter sido dois ou mais, hipótese na qual teriam sido obrigados a ocupar dois ou mais assentos. Você viu o relatório do legista?

A pergunta de Cortés era dirigida a Maigret.

— Você sabe como ele foi assassinado, Paco — rebateu de pronto Maigret. Ele tinha a boca seca como um giz. E a essa pergunta, que soava como uma acusação, Paco devolveu, na velocidade de uma máquina de somar automática, nada além, como dizia o clássico, de uma outra pergunta.

— Você também está pensando que eu tenho alguma coisa a ver com tudo isso?

— Não, mas não me provoque, porque se descobrisse que foi você quem assassinou ou planejou o crime, eu seria obrigado a virar um acobertador. Eu gostava tanto do seu sogro como você. Mas, sim, eu vi o informe do legista.

— E não diz ali que a trajetória da segunda bala, a que lhe tirou a vida, foi disparada da frente para trás?

— Não. É aí que você se engana, Paco. Diz exatamente o contrário. A bala entrou de trás para frente na têmpora direita. Isso prova que atiraram de trás. Um tiro acertou a perna e o outro, a têmpora. Por isso nos inclinamos a achar que os assassinos eram pelo menos dois.

— Ou um, e era canhoto. Disparou com a esquerda, do assento dianteiro, na perna, e logo depois na cabeça.

— Poe é canhoto — disse, rindo, Marlowe. — Eu o vi atirar uma vez, e foi com a esquerda.

Maigret olhou para ele com cara de poucos amigos.

— Fique calado, Marlowe. Estamos falando de coisas sérias — disse. — Temos embaralhado todas as hipóteses: que estava metido num assunto sujo, de droga, de contrabando, de divisas, mas não encontramos nada. Seu sogro só era um fascista, não era um corrupto. Ele só havia sido corrompido pela política, você me entende?

— Não — disse Paco Cortés. — Sabemos que as duas coisas não são a mesma, mas vamos deixar para lá. Vocês vão ter que encerrar o caso tal como está. Já se sabe: em casa de ferreiro, espeto de pau. Qual é sua opinião, Poe? Você sempre teve uma boa percepção.

Maigret estava de acordo; quanto antes fechassem o caso, melhor para todos. Mas havia feito uma pergunta a Poe, que quis responder.

— Vocês sabem que a minha teoria é a de que um homem pode ser condenado e absolvido pelo seu passado, mais do que pelo que tenha feito no presente. E se esse homem era o que parecia ser, certamente seria possível encontrar não apenas uma, mas cem razões pelas quais deveria morrer como morreu e, portanto, cem possíveis assassinos o mataram. Nem todos os assassinos matam por razões de interesse imediato. Muitos só querem contribuir com um pouco de equilíbrio para um mundo tão desequilibrado.

— E o que podemos descobrir na vida de um policial que já não soubéssemos? — perguntou Maigret.

— Dez vezes mais do que na vida de qualquer homem — continuou Poe. — Um policial está sempre em contato com pessoas que cometem delitos no presente por um passado do qual não são de todo responsáveis, de modo que são condenados por leis do passado, quase sempre atrasadas e imperfeitas, para privá-los do futuro. Se assassinar fosse algo simples e não comportasse penas maiores, os assassinatos compreensíveis seriam muito superiores em número àqueles que não o são. Quantos banqueiros conseguiriam chegar à velhice? Todos aqueles de quem roubaram, e exauriram, arruinando suas vidas e as de suas famílias, se encarregariam de fazê-los desaparecer. O mesmo poderíamos dizer de médicos, advogados, juízes. Quantos juízes prevaricam sem que nada lhes aconteça nunca? E os políticos? Eu investigaria a vida desse policial. Vocês veriam que há mil razões para que alguém desejasse matá-lo.

Os ACP deixaram de se reunir. Não foi, certamente, um final memorável para um grupo que havia tentado assentar, na Espanha, os princípios científicos do Crime Perfeito; estabelecer, como poderia ser dito, esse capítulo das belas-artes, para denominá-lo tão ironicamente quanto De Quincey.

Uma nova morte voltaria a afetar os ACP, e a alguns deles de uma maneira muito direta. E devolveria mais uma vez à cena a história da seita e dos assassinatos planejados. Na tarde do dia 14 de abril, uma segunda-feira, Hanna Larson foi encontrada morta em seu apartamento.

Foi Poe quem descobriu o cadáver e avisou a polícia. O caso do assassinato de dom Luís Álvarez ainda não estava encerrado, mas os documentos das investigações haviam sido deixados numa mesa de escritório à espera de tempos melhores, de um golpe de sorte ou do surgimento de uma prova inesperada, algo que não estava com jeito de que iria acontecer.

A polícia não demorou em estabelecer conexões entre as duas mortes, pois havia pessoas que se relacionavam com ambos os mortos, embora a morte de Hanna tivesse sido provocada por uma overdose e a do policial, por uma bala. Mas quando se desconhece tudo a respeito de tudo, é possível construir mundos a partir do nada com enorme facilidade. Várias teorias, cada uma mais extravagante e pitoresca que a outra, começaram a circular entre os responsáveis pelas investigações. Elas teriam deliciado os ACP se eles ainda se reunissem, mas se a primeira morte já havia levado os mais pusilânimes e escrupulosos membros do clube a fugir em debandada, a segunda, da qual souberam pela polícia e por telefonemas angustiados dos próprios companheiros, colocou a maior parte deles em um estado de ansiedade tal que alguns desligavam o telefone assim que reconheciam do outro lado a voz de um velho companheiro, pois temiam estar sendo grampeados. Ninguém confiava em ninguém. Todos temiam estar sendo usados pela mente de um assassino tão calculista como desapiedado, amamentado, quem sabe, pelas próprias tetas. O fato de Hanna ter morrido de overdose e dom Luís ter sido assassinado num descampado próximo a um povoado em que se vendiam drogas abriu uma série de alternativas de investigação que mantiveram a polícia entretida durante vários meses.

Não obstante, havia alguns aspectos sombrios na segunda morte. As mortes imprevistas afogam toda capacidade de manobra e as coisas tiveram, em muitos casos, de ser improvisadas.

Poe não foi detido nem acusado de nada. A própria polícia comunicou ao consulado da Dinamarca a morte da súdita, para que sua família fosse localizada e avisada, e Poe arrumou e ficou guardando a casa de Hanna. Ele ainda tinha a chave e voltara a freqüentá-la nos últimos tempos. Na verdade, não se podia dizer que eram namorados, palavra excluída do seu vocabulário, mas sim que eram amantes, ou, traduzido na linguagem policial: que transavam. Poe foi tratado pela polícia como um dos casos de Hanna. Pelo menos outros dois homens foram localizados, e Poe nem sabia da existência deles. Entre outras coisas, eles davam dinheiro à ex-professora, o que, diga-se de passagem, levou a polícia a insinuar que Hanna exerce uma prostituição velada para levantar a grana da droga. De fato, não foi possível saber que outras fontes de receita, além dessa, ela teve depois de ter abandonado o Liceu.

— Você vivia aqui com ela?

Poe achou que estava revivendo a história do velho da rua del Pez, só que agora, já que não era suspeito, ele era considerado uma testemunha privilegiada.

Os policiais deram início a um levantamento pormenorizado da casa. A equipe do Instituto Médico Legal estava sendo esperada. Poe foi até o terraço. Salvo os gerânios, que resistiam heroicamente à falta de regadura e de cuidados, as plantas dos vasos estavam inteiramente secas. Elas não viam água há meses, talvez há um ano. A terra seca e a estopa eram o único vestígio que restava das plantas outrora verdes e, juntamente com o entulho de alguns vasos amontoados num canto, contrastavam com a vista magnífica.

A pergunta foi feita por um homem jovem que vestia um terno de um tecido que imitava o veludo e tinha cabelos longos e uma barba comprida:

— Vocês viviam juntos?
— Não.
— Então, como entrou aqui?
— Com uma chave.
— Foi ela quem lhe deu?
— Sim.

Nos romances policiais, há sempre alguém encarregado de anotar esse tipo de coisa. Enquanto o interrogava, o policial parecia ter uma única preocupação: encontrar um isqueiro para acender seu cigarro. Finalmente, conseguiu acendê-lo, e passou a fazer perguntas mais sérias.

— Ela era sua namorada?

— Acho que não.

— Mas essas coisas a gente sabe. Você era namorado dela?

— Não... — e Poe voltou à sua primeira resposta. — Acho que não.

— Bem. Por que você veio para cá, então?

— Ela me telefonou ontem à tarde e perguntou se eu poderia vir vê-la.

— Você é viciado em drogas?

— Não, senhor.

O policial não era tão velho assim, talvez tivesse só uns três ou quatro anos a mais do que ele, e não merecia ser tratado de maneira tão protocolar.

— Você sabia que ela era?

— Eu achava que havia abandonado ou estava abandonando o vício. Foi o que me disse há pouco tempo, quando voltei a me encontrar com ela. Acredito nisso.

— Fique tranqüilo, rapaz, está tudo bem. Não fique nervoso.

Poe não estava nervoso.

A tarde era magnífica. Poe se lembrou da primeira vez em que havia estado naquele terraço. Como daquela vez, a visão era grandiosa, mas não parecia impressionar os policiais. Eles são o tipo de pessoa que já viu tanta coisa que não se impressiona com nada, nem mesmo com a visão que se tinha do Palácio Real daquela gávea exclusiva. Faltavam uma ou duas horas para o anoitecer. O céu estava coalhado de andorinhões que passavam muito perto de suas cabeças. Lá embaixo, atravessados na calçada, aguardavam dois carros oficiais, com sirenes luminosas pro-

pagando seus alarmes com verdadeiro escândalo. Os primeiros curiosos começavam a se agrupar.
— E você sabia o que queria lhe dizer?
— Não. Vim por isso. Para falar sobre isso.
Poe olhava o policial com um misto de cansaço e tristeza.
Ele e Hanna haviam passado juntos a tarde de sábado. As coisas não iam mal entre eles. Viam-se de vez em quando, a cada duas ou três semanas. Às vezes, os encontros acabavam na cama, outras não. Hanna falava do desejo de voltar a viver na Dinamarca. Poe lhe falava de voltar à sua cidade. Entendiam-se bem, amavam-se à sua maneira. Partilhavam a tristeza. Não a chamavam de tristeza. Nem sequer tinham que falar. Certas vezes, Hanna lhe dizia, quase que por educação: teria sido tão bom se a gente tivesse se encontrado antes, não é, Poe? E Poe sorria. Ela também lhe dizia: Rafael, você não é de ninguém: não diz nada, não se sabe o que acontece dentro de você, no que está pensando. E Poe respondia: não penso em nada, não falo porque não me ocorre nada para dizer, sou como um gato que vive nos telhados. Não é verdade, Hanna retrucava. Eu já vi você falando algumas vezes com Paco e com Marlowe. Isso é diferente, respondia Poe, nós falamos de crimes, de romances policiais, e isso é como estar calado, não custa nada fazê-lo. Os crimes são como uma partida de xadrez. Não acho que seja muito divertido falar de xadrez com quem não conhece xadrez, dizia Poe. E acrescentava: Hanna, você também não fala muito. Não é verdade, protestava ela. Hanna lhe contava coisas, falava de voltar a dar aulas, e em regressar ao norte ou perder-se para sempre no sul, em qualquer praia do Marrocos. Quando juntasse algum dinheiro. Essa coisa de juntar algum dinheiro era seu sonho recorrente. Eu, da minha parte, vou ser sempre isto, trabalharei num banco toda minha vida, um dia me aposentarei e depois

morrerei. Só isso?, perguntava Hanna. A que você se refere?, perguntava Poe, se só farei isto ou se o farei só? Este último caso, dizia Hanna. Só, estarei sozinho; como você pode supor que obrigarei uma mulher a viver uma vida como essa? Nossas vidas estão marcadas desde o começo, e não é fácil mudá-las. E a minha é esta, e é bem melhor do que a dos meus irmãos. Eles são obrigados a trabalhar doze horas por dia, e não têm uma vida melhor. Têm mulheres, maridos, têm filhos, mas quase não estão com eles. Não acredito que vivam. Quando estão juntos, passam o dia discutindo entre eles e brigando com os filhos. Também são infelizes, mas nem sabem disso, algumas vezes chegam a acreditar que são felizes, porque quase sempre são infelizes.

Falaram sobre todas essas coisas naquele sábado. Mas que importância tudo isso tinha para a polícia? Não contou nada. Eram onze da noite quando Hanna enrolou um baseado diante de Poe. Em seguida, perguntou: você não quer fumar maconha? Muitos médicos recomendam.

Ouviram música e jantaram massa, preparada apressadamente por Hanna.

Era tudo muito diferente daquela primeira vez. A casa havia mudado tanto! Não apenas o terraço, que parecia ter se transformado numa lixeira. No canto em que ficavam os vasos quebrados havia também uma cadeira velha que Hanna encontrara numa carroça cheia de entulho. Levara-a para casa pensando que lhe seria útil, que a consertaria, mas havia mudado de opinião, e agora o móvel estava ali, abandonado, descomposto, do mesmo jeito que estava quando foi resgatado. Se houvesse uma lareira, teria dado umas boas chamas. Depois de jantar, Poe foi embora. Hanna não fez nada para detê-lo.

— Você não sabia mesmo que ela se drogava?

Não achou que aqueles policiais jovens quisessem lhe preparar armadilhas. As coisas eram mais simples. O policial nem se lembrava mais de que já havia feito essa mesma pergunta antes da chegada do seu ajudante. Mas não estava mais fazendo perguntas. Falava com Poe por falar, para ver se podia ajudá-lo em alguma coisa. Para consolá-lo. Disse-lhe também que talvez o comissário quisesse lhe fazer algumas perguntas.

— Ela me disse que havia abandonado o vício — amenizou Poe.

Continuaram conversando durante algum tempo. O policial quis saber onde vivia, o que fazia, que relação tinha com ela. Quando levaram o corpo de Hanna, teve que acompanhá-los à delegacia. Pensou dizer-lhes que tinha um amigo na polícia, mas a lembrança do assassinato de dom Luís o conteve.

A polícia procurou Peter, o marido de Hanna, mas ele não foi encontrado. Ninguém sabia nada sobre ele.

Depois de algumas horas e de avisar ao consulado e de falar com o funcionário encarregado de encontrar os parentes da jovem, Poe voltou à casa de Hanna. Pensou que se os parentes de Hanna decidissem, por acaso, viajar a Madri, gostariam de encontrar sua casa com outro aspecto. A polícia a tinha bagunçado ainda mais.

Encontrou-a lacrada por um selo do tribunal. Quebrou o selo, entrou, e arrumou as coisas. Depois recolocou o selo sem se preocupar se perceberiam que estivera ali ou que havia sido ele quem tinha entrado.

Naquela mesma noite, depois de dar a notícia a Marlowe, telefonou para Paco Cortés. Os ACP haviam passado para a história, mas alguns membros antigos do clube continuavam se encontrando.

A cabeça de Paco Cortés, habituada aos procedimentos policiais, andava na frente.

— Você não falou para eles do caso do meu sogro? Não vão ter tempo para sabê-lo. Por sorte, no domingo estivemos todos em Segóvia, minha sogra inclusive, e na segunda-feira estive no escritório do Modesto e também na editora.

Espeja, o velho, havia chegado a um acordo com seu antigo colaborador, o ex-escritor de romances policiais. Não há nada que não se possa consertar, era o lema do velho esperto...

Poe ficou surpreso com a notícia, e Paco prometeu contar-lhe no dia seguinte todos os passos que tiveram de ser dados até chegar ao acordo. Naquele momento, no entanto, o importante era tratar da história de Hanna.

Na manhã seguinte, Marlowe acompanhou Poe ao Instituto Médico Legal. Pouco depois, chegaram Paco e Dora. De certa maneira, aquela morte também servia aos dois. Diante da tragédia, eles deixaram de lado os problemas pessoais, repentinamente insignificantes e enquanto estiveram ali ficaram de mãos dadas, sem ter a menor consciência disso. Naquela floresta da morte, o casal parecia Hansel e Gretel, e Poe se lembrou que havia mencionado esses personagens no primeiro dia em que esteve sozinho com Hanna. Enfiados em cabines estreitas, dúzias de corpos de infelizes aguardavam a hora do enterro. Ali, o drama da morte estava presente em todos os lugares. Em muitos casos, não havia ninguém velando por aqueles cadáveres de mendigos, indigentes, suicidas, vítimas de overdose, pessoas envenenadas ou apenas não identificadas, a maior parte delas vítimas de vidas desregradas e de mortes chocantes. O velório de alguns dos cadáveres era, na verdade, uma manifestação de dores de alívio: via-se que terminara uma vida infeliz. O corpo de Hanna estava envolvido num sudário branco, que também lhe cobria a cabeça. Deixaram suas mãos de fora, repousadas em duas finas talas de madeira. A pele e as unhas já pareciam ser feitas de uma mesma substância parafinada. O corpo lembrava um bloco de mármore entregue a um escultor que resolvera revelar a vida apenas através do rosto e das mãos, deixando o resto em estado bruto.

Acabaram encontrando Poe sozinho, num pequeno cômodo vazio, separado do féretro por um vidro.

O casal de amigos — e depois os que foram chegando, Mason, Maigret, o padre Brown — se dirigiu ao rapaz como se, na falta de parentes próximos, ele tivesse sido escolhido pela sorte para suportar sozinho a dor daquela morte sem anjo, uma carga demasiado pesada para seus 22 anos.

Nenhum deles sabia o que ia acontecer, o que devia fazer, como devia se comportar. Ela seria enterrada? Cremada? O corpo seria repatriado à Dinamarca? E as cinzas? Viria alguém do consulado, alguém da família?

No meio da manhã, a pedido do próprio Poe, os amigos foram embora, cuidar de seus afazeres. Ele ficou ali o dia inteiro. Já era muito tarde quando lhe disseram que na manhã seguinte o corpo seria cremado, e as cinzas, enviadas à Dinamarca. Deixou ali o corpo da amiga e foi para casa, com a inevitável sensação de perplexidade. Perguntou-se: estas coisas não poderiam ser feitas de outra maneira? Um crime pareceu-lhe mais natural do que a maneira de enterrar os mortos. Era muito mais desumano fazer um cadáver desaparecer do que acabar com uma vida.

No dia seguinte, só ele compareceu à cremação. A cerimônia foi rápida, durou apenas alguns minutos. Não falou com ninguém, nem mesmo com o empregado da funerária que pronunciou, na porta do crematório, o nome da falecida em voz alta, no caso de haver alguém por ali interessado em sabê-lo. Poe supôs que os empregados saberiam o que fazer com as cinzas. Não sabia ainda até que ponto aquela morte o afetava ou não. Mas sabia que era muito próxima. Teve, sem dúvida, consciência de que queria voltar a seu vilarejo. Pensou, talvez, que se não o fizesse teria, mais cedo ou mais tarde, uma morte tão absurda como aquela. Em sua cidade, estaria melhor. Talvez tivesse chegado o momento das fugas. Tinha 22 anos, mas já era um velho, ou se sentia como tal.

A experiência com Marlowe no apartamento que dividiam também não havia sido melhor. Tudo continuava como no primeiro dia. Caixas de papelão fechadas por todo lado, a mesma bagunça, a mesma precariedade. Haviam se dado um prazo até o verão, quando o contrato do apartamento, de um ano, chegaria ao fim. Não seria renovado. Marlowe retornava à casa paterna. Não era homem de viver sozinho, confessou a Poe. Sentia falta dos guisados maternos, da roupa limpa, dos domingos em que ficava deitado na frente da televisão sem ter que se preocupar com compras, máquinas de lavar roupa ou comida.

De todos os amigos, o único a quem o futuro parecia sorrir era Paco Cortés. Espeja, o velho, havia recuperado a lucidez. O rompimento com seu autor preferido havia sido um golpe duro para o faturamento da editora. Sem o menor constrangimento, quando foi notificado pela Justiça, ele lhe enviou uma carta que, sem sombra de dúvida, teria deixado Espeja, o morto, muito orgulhoso.

"Meu querido Paco: devo-lhe esta carta há quatorze meses, assim como minhas desculpas. Sou um homem orgulhoso, mas também reconheço meus defeitos e meus erros..."

Paco, que lia a carta para Dora em voz alta, depois de tê-la lido para Modesto, não pôde evitar o comentário:

— Aqueles que reconhecem que seu defeito é o orgulho, são, além de tudo, presunçosos; consideram o orgulho uma virtude, e por isso o confessam. Não falha.

— Você vai voltar a escrever dentro de poucos dias — disse-lhe um entusiasmado Modesto, que tinha a esperança de voltar a ler novas aventuras de seus heróis preferidos.

— Não — desiludiu-o Paco. — Isso terminou. Eu avisei ao Espeja hoje à tarde. Voltei à editora não como autor, mas como administrador. A vida dá muitas voltas.

— Você já esteve com ele?

— Sim.

— E se não pretende voltar a escrever romance — perguntou Modesto — por que, então, foi vê-lo?

— Ele teve uma idéia que considerou uma genialidade: plagiar nossos próprios romances.

Todos olharam para ele com expressão de surpresa.

— Os romances precisam ser ambientados na Espanha. É o que está se fazendo agora. O público está cansado de crimes que acontecem a três mil quilômetros daqui. Não se dá mais importância ao fato de serem ou não perfeitos. O importante é que o sangue seja derramado. E quanto mais próximo estiver o sangue, melhor, e quanto mais familiar, melhor ainda. Por isso a Espanha gosta tanto de guerras civis. Eu vou provar o que digo em *As Amazonas de Chicago*.

Tratava-se de um romance sobre moedeiros falsos cujo quartel-general ficava num clube alternativo de Chicago que tinha esse nome, *As Amazonas*.

— Eu o ambientarei aqui em Madri, em *Os Centauros*...

— É um lugar de travestis — disse Marlowe, orgulhoso de conhecer os cenários até antes de virarem tema de romance. — Eu já estive lá.

— Quem diria, Marlowe!

Paco levantou-se e pouco depois trouxe um envelope com os contratos que Espeja havia preparado para ele. Entregou-os a Modesto e pediu-lhe que os examinasse.

— Desta vez, não acontecerá como antes. Legalizaremos tudo.

— Paco, eu não entendo você. Como pode voltar a trabalhar com uma pessoa que está processando? Como pode confiar nele?

— Não confio. Mas não nasci para dar aulas. Meu negócio são os romances policiais, é isso que eu sei fazer e é a isso que pretendo me dedicar. Espeja quer que eu vá trabalhar com ele na Preciados, com um contrato e um salário. No começo, terei que trabalhar durante as tardes. Na metade das tardes, ele nem está lá, e Espeja filho não quer nem ouvir falar desse negócio. Ele trabalha como economista em outra empresa e disse ao pai que não tem a menor intenção de, um dia, assumir o lugar dele. Por isso Espeja, o velho, recorreu a mim. Agora, somos uma grande família, Espeja, o velho, Clementina e eu. E Dora está de acordo.

Dora confirmou-o com um movimento de cabeça, ao mesmo tempo que afastava o cabelo do rosto para quem quisesse ler em seu sorriso a ambígua sinceridade de tal afirmação.

De maneira que esta foi uma grande mudança em suas vidas. Houve uma outra, de foro íntimo, sem dúvida, algo que só Paco Cortés percebeu.

— Paco, não sei o que acontece comigo — disse Dora. — Às vezes, acordo no meio da noite. Outras, sonho que acordo. Mas sempre é a mesma coisa: lembro dele. Quando ainda éramos pequenas, tínhamos oito ou nove anos, ele nos levava, a mim e à minha irmã, para ver os touros na Cidade Real. Tinha entradas grátis e nos levava, todo vaidoso por causa das meninas. A gente via que estava feliz, vestido como se fosse ele o toureiro. Mamãe não nos acompanhava. Íamos só nós três. Eu me lembro de quando comprou seu primeiro 1.500. Fomos tomar um refresco na Costa das Perdizes, para experimentar o carro. Lembro de muitos momentos felizes, fugazes, sim, mas completos. E sinto por ele um grande carinho. Não posso evitá-lo. E é estranho, porque você não pode imaginar o mal que me fez. Em outras ocasiões, lembro do nosso casamento. Ele estava bêbado, mas, quando foi se despedir de mim, começou a chorar. Naquela época, eu tinha nojo de vê-lo nesse estado, sempre me lembrava do que me havia feito.

— E o que ele lhe fez? — perguntou Paco, pensando que sua mulher se referia a alguma coisa à qual ele não dera a devida atenção.

Dora ficou paralisada por aquele deslize, e esquivou-se como pôde:

— Tudo: o que fez a nós todos durante tantos anos... Mas, nos sonhos, quando aparece para se despedir, o meu coração fica partido de vê-lo assim e de saber como o mataram.

— São apenas sonhos — tentou consolá-la Paco.

— Acredito que, quando éramos meninas, ele não era ainda uma pessoa má.

— As pessoas como seu pai são ruins desde que nascem, Dora.

Paco ficou sem saber se as fantasias da mulher deveriam ser levadas a sério ou se seria melhor ignorá-las.

— Veja, Dora, desse jeito seu pai vai acabar virando santo.

— As circunstâncias lhe fizeram mal.

— E as circunstâncias de vocês, foram melhores do que as dele? E vocês não são pessoas más.

— Sim, mas...

Em poucas semanas, a imagem do pai de Dora sofreu uma notável transformação. Isso ficava patente cada vez que o mencionava, e ela teve que se referir a ele com muita freqüência, porque com sua morte tiveram de pôr em ordem uma quantidade inacreditável de papéis. Dora não dizia "papai" ou "meu pai", e sim "pobre papai" ou "meu pobre pai", e só não falava dele com mais freqüência porque as próprias circunstâncias, talvez vergonhosas, da sua morte, desaconselhavam que o fizesse.

Paco Cortés, respeitando a morte do sogro, evitava o máximo possível mencioná-la na frente de Dora, para não ter que suportar aquilo.

Bem diferente foi o comportamento de sua sogra. Ela também percebeu como a filha havia mudado, e ficou inteiramente em desacordo. Desde que ficara viúva, passava muitas tardes com eles ou tomava conta da menina. Paco, que sentia pela mulher uma mistura de carinho e pena, quando ia buscar sua filha conversava com ela.

Ela era uma típica mulher de policial. Não tivera, na vida, outro horizonte a não ser esse: promoções, qüinqüênios, ódio das delegacias, dos plantões, companheiros vingativos, superiores vexaminosos, serviços especiais, viagens desagradáveis, cursos e cursinhos ingratos, rotinas... Mas, no fundo, tudo lhe era indiferente. O assassinato de dom Luís havia sido, para ela, uma libertação de tão grandes dimensões que, sempre que a reconhecia, apressava-se em enterrar o sentimento de alívio como se ele fosse um pensamento pecaminoso e desumano.

— Filho — confessava a Paco Cortés —, acho tudo muito estranho, mas quase não posso acreditar que ele esteja morto. Você não sabe o alívio que foi, e que Deus me perdoe.

Era difícil saber se, com isso, ela dizia que não se conformava de que houvesse ocorrido aquele trágico desenlace ou, então, que seu grau de felicidade era tão grande que não podia acreditar que uma coisa tão boa havia acontecido com ela, depois de tê-la desejado de uma forma tão obscura que jamais a admitira.

A mulher começava a chorar como o fazia quando o marido que lhe proporcionara uma vida miserável ainda estava vivo. Era, ao mesmo tempo, um pranto de felicidade e de culpa, pois sentia tanto uma quanto a outra. Religiosa como era, não lhe parecia adequado alegrar-se pela morte de alguém, nem renunciar à felicidade, ela que havia sido tão infeliz. E, graças a isso, dizia, suportara o que apenas ela e seu confessor sabiam que havia suportado.

Mas, certa tarde, algo aconteceu. Paco Cortés tinha que buscar Violeta na casa da sogra, para onde a avó a havia levado depois do colégio.

Paco chegou antes da hora combinada. Seu trabalho na editora ainda era muito impreciso. A empresa tinha cinqüenta anos e as coisas andavam praticamente sozinhas, gráfica, capas, distribuidores, devoluções, faturas. Clementina havia dito uma vez a Mason: aqui, a gente guarda tudo. E por causa dessa inércia, mais do que um trabalho, aquilo era uma cômoda proteção. Às vezes, antes do horário previsto e pactuado com Espeja, o velho, oito da noite, Paco Cortés ia embora e fazia um longo passeio a pé até em casa.

Naquele dia, eram sete horas da noite quando chegou à casa da sogra. Ela vivia em Sáinz de Baranda. Ocupava todo um andar de um edifício fúnebre dos anos 1930, repleto de corredores longos, altos e sombrios.

Dora, que havia saído mais cedo de uma consulta médica, passara antes dele e levara a menina.

— Ela me disse que ligou para você no trabalho — informou-lhe a sogra —, mas você já havia saído.

Paco encontrou a sogra sentada no sofá da sala, em meio a uma grande quantidade de caixas, caixotes, arquivos, envelopes pardos desbotados e uma infinidade de papéis de todo o tipo, pessoais e timbrados, de família e comerciais, cartas e velhas faturas...

— Estou fazendo uma faxina — disse, justificando a desordem do apartamento. — É algo que tenho de fazer, até mesmo para me ocupar.

Estava no meio do pileque organizador das primeiras horas da viuvez.

Ao lado dos papéis estava a arma de dom Luís, seu velho Cádix, enfiado em seu coldre de couro negro; um objeto disforme e deprimente, com brilhos engordurados.

Paco Cortés sentiu repugnância ao ver o revólver. A sogra deve ter percebido, porque se apressou a tirá-lo da vista, como se fosse uma velha dentadura postiça.

— Já pedi mais de trinta vezes que venham buscá-lo.

Convidou-o a sentar-se, ofereceu-lhe um uísque e serviu-se de um copinho de um licor pastoso cor de canela.

Ia jogando papéis, rasgados em quatro, e fotografias que não passavam pelo seu escrutínio numa cesta de lixo.

— Passei quarenta anos sem olhar para elas — confessou-lhe a sogra. — Sabia que estavam nessa caixa, mas não gostava de olhá-las. Muitas recordações, e muito tristes.

Paco ficou curioso. A mulher procurou escondê-las com um riso tão artificial que não podia ser sincero.

— O que quer ver? A velha em que me transformei?

Eram fotografias da infância, de seus pais, de dom Luís, dos pais dele, ele jovem, ela solteira, algo assim como a história pretérita, casamentos de pessoas que Paco não conhecia, homens e mulheres sentados a uma mesa suntuosa em cujos copos resplandeciam ocasionais lampejos da felicidade, pessoas dançando nesses banquetes, fotos das meninas, uma foto dos quatro diante daquele 1.500 ao qual há pouco Dora se referira, muita coisa da época em que as meninas, Dora e Amparito, não eram nem nascidas, e depois, também...

— Esta era minha sogra... — começou a dizer.

Em uma foto três por quatro, com os contornos esfumados, como aquelas que costumavam colocar nos cemitérios, via-se uma mulher de cerca de setenta anos. Era muito gorda, quase uma atração de quermesse. O rosto parecia ultrapassar os limites da fotografia e era deformado por um bigode que provocava riso e espanto. Usava um vestido negro que mal dissimulava uma papada que pendia sobre um colar de pérolas. Estava de perfil e via-se uma orelha grande de abano, também adornada por uma pérola...

— Ela tornou a minha vida impossível. Era um monstro. O que me fez chorar! Estávamos casados havia pouco tempo quando meu sogro morreu, e ela veio viver em nossa casa. Viveu com a gente quatro longos anos, até que morreu. Passava os dias dizendo que eu era uma inútil, que não sabia fazer nada, que seu filho fizera o pior negócio da vida ao se casar com uma senhorinha... Naquela época, Luís já ficava muitas noites ausente de casa. Passava-as por aí. No serviço, dizia. Minha sogra conhecia todas as suas artimanhas, porque devia se comportar da mesma maneira quando era solteiro. Ele a tinha grudada nas suas patas. Como era o filho preferido, aliás o único, comia-o com os olhos. Parecia ser seu namorado. No começo, eu ainda tinha forças, e discutíamos. Minha sogra nos ouvia do seu quarto e, no dia seguinte, a primeira coisa que me dizia, enquanto ele se preparava para ir de novo embora, era que achava muito natural que fosse procurar lá fora o que não encontrava dentro de casa. Era malvada, malvada mesmo. Dizia-o para me humilhar. Eu nunca disse nada a Luís a respeito daquelas brigas com sua mãe. Ele teria ficado furioso. Ficava fora de si quando eu criticava sua mãe. Um dia aconteceu. Levantou a mão e colocou-a diante de mim, espalmada, como se estivesse se segurando para não esmagar minha cara contra a parede. Era um homem muito violento. Quando bebia, ficava mau. Um dia, me disse que se eu tivesse coragem que voltasse para a casa da minha mãe. Ela estava internada num sanatório. A pobre havia ficado louca depois da guerra, por tudo que passara. Foi de uma crueldade terrível ele ter me dito aquilo. Eu tinha dezenove anos, era uma menina. Devia tê-lo deixado ali, naquele momento; ter-lhe dito, fique você aí, mas... não soube como.

A mulher soltou um par de gemidos, depois umedeceu os lábios no licor condensado, e continuou falando.

Até aquele momento, Paco nunca havia falado seriamente mais de cinco minutos com a sogra. Estava há anos na família e só haviam trocado frases banais. Ele estranhou aquilo tudo, era algo absolutamente inusitado para ele. Mason teria dito que não era lógico, depois de tantos anos.

— Fiquei com meu marido. E soube, desde aquele dia, que minha vida seria um suplício. E quanto mais baixo eu descia, mais ele crescia. Ninguém pode imaginar as coisas que vi nesta casa, ninguém pode imaginar o que tive de suportar, nem Dora nem Chon... Era horrível. Eu estava assustada. Não sabia nada da vida. Vocês não podem imaginar o que foi a guerra, são muito jovens. E eu dizia a mim mesma que ele não era como os outros. E acreditava em tudo o que me contava, pois já não sabíamos em que podíamos acreditar ou não. Depois, foi transferido durante alguns meses para fora de Madri. Eu disse a mim mesma: a vida será mais fácil, minha sogra ficará, não vai querer vir com a gente. Mas tivemos de levá-la, e ela passava os dias enfurecida com o fato de ter que viver numa cidade provinciana como aquela, que era uma aldeia infeliz. E voltou a brigar comigo, não queria eu me metesse com seu filho, e, embora ele dissesse que odiava aquilo tudo mais do que ninguém, eu sabia que havia sido ele quem pedira transferência, porque fora promovido e, além do mais, gostava do seu trabalho. Ele dizia que em Madri eu também não via nem a sombra dele, que para mim tanto fazia estar aqui ou acolá, pois tinha muito que fazer durante o dia. Foi um inferno. Não quero nem lembrar. Ele trabalhava muito. Recebia, todos os dias, as pessoas que eram presas. Não parava em casa. Estava sempre fora. E eu ali, trancada com minha sogra numa pensão de uma cidade onde nem eu nem ela conhecíamos ninguém. Eu lavava as camisas. Ele não queria que fossem lavadas pela criada. Quando não vinham manchadas de batom, vinham manchadas de sangue. Por sorte, que Deus me perdoe, minha sogra morreu três meses depois, e logo Chon nasceu, e voltamos a Madri. Ele contou que um preso lhe dissera que havia sido condenado pelos maquis e, como tinha família, pediu transferência para Madri. Tive muito medo. Imaginava que um dia me trariam seu cadáver. Paco, seu sogro não era uma boa pessoa. Ele não foi bom com ninguém. Se você me espremer, eu direi que ele não foi bom nem com a própria mãe. Não a suportava, não suportava ninguém. No fundo, odiava todo mundo. Por isso começou a beber, embora eu ache que começou a beber antes, durante a guerra. A guerra tornou todos alcoólatras.

 A mulher ainda segurava a foto da sogra. Não sabia o que fazer com ela. De repente, pareceu acordar no meio de um sonho, balançou ligeiramente a cabeça e colocou a fotografia de volta na caixa. Paco não se atreveu a bisbilhotar as fotografias. Algumas eram pequenas, como as de carteirinhas de identificação; o sogro aparecia vestido de falangista, de camponês, o bigode maior, mais aparado, de terno, sem ele.

Ao voltar para casa, Dora pediu desculpas a Paco por não tê-lo avisado a tempo de que pegaria a menina; Paco, por sua vez, se desculpou por ter chegado com mais de duas horas de atraso.

— Como estava passando minha mãe?

— Bem. Distraía-se organizando papéis.

Paco contou à mulher a conversa que tivera com a sogra.

— É curioso — disse Dora. — Eu não sabia metade dessas coisas. É possível que minha irmã também não saiba.

Quando, no domingo seguinte, Dora comentou o fato com a mãe, fingindo estar magoada por ela não ter lhe contado nem metade das coisas que contara a Paco, omitindo episódios da juventude dela e de seu pai, a mulher procurou se defender:

— Filha, contei essas histórias para você mais de mil vezes, só que você se esqueceu.

E mudou de conversa. O momento propício às confidências havia passado, e talvez não voltasse a se repetir jamais, como aquele cometa que, ao voltar, nos encontrará mortos.

Foi, no entanto, o dia em que Paco e sua sogra conversaram longamente que deu ao ex-romancista a chave para a solução do assassinato do sogro.

Ele não revelou suas suspeitas nem mesmo a Dora. No dia seguinte, telefonou a Maigret. Tinha urgência de vê-lo, mas não lhe antecipou nada pelo telefone, temendo que Dora ouvisse alguma coisa. Depois, fez o mesmo com Mason. Os três combinaram um encontro no velho Comercial.

Maigret chegou ao encontro antes dos outros. Entrou no café, do qual estava afastado há muito tempo, como quem volta à terra natal. Reconhecia as coisas, os suportes de madeira dos castiçais, os espelhos, os fregueses, os mostradores, os garçons... Tudo continuava como antes, o vago antes. No entanto, não reconhecia a si próprio naqueles espelhos carcomidos.

Ele tinha muito pouco, na época em que os ACP se reuniam. Mas, naquela época, sua vida não carecia de conteúdo. A amizade em si justifica muitas vidas, pensou. Poderiam ter continuado a se encontrar depois da morte de dom Luís. Foram alguns momentos de pânico e nada mais. As coisas não haviam sido resolvidas, mas cerca de trinta por cento dos assassinatos ficavam sem solução. E lembrou o que havia sido dito tantas vezes naquele café: os crimes perfeitos não são perfeitos porque o criminoso não é descoberto, e sim porque não é possível incriminar o assassino; da mesma maneira, parecer culpado não torna ninguém inocente.

Maigret viu Mason entrar e levantou o braço para que o visse. Mason surpreendeu-se ao encontrá-lo ali. Paco Spade não havia dito a nenhum dos dois que o outro também havia sido convocado.

— Até que enfim. Os ACP cavalgam de novo — proclamou Mason ao sentar ao lado do amigo. A surpresa deixou-o imediatamente de bom humor, despertando suas fantasias.

— Tomás, hoje me traga um uísque, um malte puro, verdadeiro, nada de bebida nacional...

— Ou não estamos cavalgando de novo? — perguntou Mason, enquanto o garçom se afastava.

— Acho que não — desiludiu-o o policial. — Parece-me que não é esta a trajetória dos tiros.

Paco Spade estava atrasado. Os amigos falaram da vida que levavam.

— Minha vida é um nojo, Modesto. Se pudesse, deixaria de trabalhar. Mas o que um policial pode fazer? Onde quer que vá, será sempre um policial. É como ser militar. Os militares e os policiais serão sempre militares e policiais. A mesma coisa acontece com os padres, mesmo quando se casam. Certas profissões são muito ingratas.

— Por essa regra de três, comigo acontece a mesma coisa. Ninguém está satisfeito com o que faz.

— Quando os ACP se reuniam, a gente pelo menos podia contar com uma coisa que tinha grande valor — disse Maigret. — Eu esperava pelos dias do encontro com verdadeiro fascínio, como os torcedores fanáticos esperam pelo jogo do seu time de futebol. A diferença é que nós tratávamos de coisas importantes. É importante saber o que leva uma pessoa a matar outra. Saber como é possível — se é que é possível — que alguém viva com a culpa de ter matado alguém também é. Conhecer a Natureza do Mal e da Mentira. E, no outro extremo, o Bem e a Verdade. Parecia que nos divertíamos aqui, mas toda essa história de romances e crimes era levada muito a sério. Eu pelo menos encarava assim.

— Eu também — admitiu Modesto Mason. — Além do mais, eu me sentia útil. Conheço Paco há mais de vinte anos, eu o vi começar, sua vida também é parte da minha. Gostava de vê-lo escrever. Você deveria tê-lo visto arrancando um romance da cabeça em uma semana. Era incrível. Escrevia-os assoviando. Para mim, essa foi a coisa mais bonita que aconteceu em toda minha vida. Ele me consultava, fazia perguntas, pedia-me que lhe preparasse relatórios. Tudo o que se relacionava com leis era resolvido por mim. Às vezes, também era eu quem dissipava suas dúvidas. Como não viajava, eu lhe contava como eram os lugares por onde passávamos. Eu lhe dava guias de vários lugares, mapas de cidades. Pedia-me que lhe contasse os casos que chegavam ao meu escritório. Um cliente meu processou um funcionário da sua empresa porque, segundo dizia, ele havia ficado com dois estojos de bijuterias caras. Contei a história a Paco e, quando menos imaginava, ele apareceu com um romance que parecia a copa de um pinheiro, *Não o faças, boneca*, que trata da questão das esmeraldas. Eu lhe contava as coisas e parecia que ele não prestava atenção, mas ia registrando as informações e de repente expelia tudo, já elaborado.

— Por que deixamos de nos ver? — perguntou Lorenzo, com tristeza. — Se todos nós gostamos dos ACP, por que não voltamos a nos reunir?

— Tentei convencer Paco muitas vezes, mas ele sempre diz que é para a gente se reunir sem ele. Eu respondo: mas o que lhe custa aparecer? Antes não lhe custava nada! Você vem, senta, e nós, os outros, ficamos conversando. Mas ele não quer nem assim. Diz que tudo na vida tem seu momento. Creio que isso lhe faz mal. Não quer saber mais dos romances, para ele essa é uma página virada. Acabou. Olha para os jovens que estão começando, aos quais tudo sorri, e acredita que o tempo dele já passou. Não fala sobre isso, mas sei que é assim. Há um mês, quando voltou a trabalhar na editora, voltei à carga. Disse-lhe, agora que você está de novo no mundo policial, voltaremos a nos ver, não é Paco? Não, me disse, e com mais motivos do que antes. Tenho uma família e vou ganhar algum dinheiro, mais do que ganhei em vinte anos. Não temos nada. E não vou escrever mais. E então, o que você vai fazer na editora?, perguntei. Adaptações, respondeu, e procurar outros que escrevam. Ora, eu lhe disse, os ACP vão permitir que você continue na ativa. E ele me disse, não, porque antes, quando o crime era uma diversão, a coisa funcionava para mim, mas, agora que virou trabalho, tanto faz. Não acredito mais em nada; eu pensava, algum dia poderei fazer meu próprio romance, o meu, não o de assassinos e policiais; o que tudo isso tem a ver com a vida? Nossas vidas são pacíficas, mas necessitamos de um inferno para sobreviver, e ele está lá, no papel; e é necessário acabar com a vida dos outros nos romances para que a nossa valha alguma coisa. Mas o certo é que se as vidas valem alguma coisa é por aquilo que são; eu pensava que algum dia faria um romance a respeito do meu purgatório, sem precisar recorrer ao inferno dos outros. Mas esse momento não chegou e sei que nunca chegará. Meu inferno é não poder escrever um romance só meu; meu purgatório é saber disso; e o meu pobre céu, ter escrito 33 romances que fizeram outras pessoas felizes, menos a mim. Eu lhe disse, Paco, você pode fazer as duas coisas coincidirem, o romance policial e o seu; o que os cavaleiros andantes tinham a ver com Cervantes?, perguntei. E Paco me respondeu, eu não sou Cervantes, e para fazer isso que você me pede, eu teria que ser um gênio e não sou. E ninguém foi. Os romances policiais são mentais, e o romance é algo que brota da vida e não de uma equação. Existiram notáveis escritores policiais, mas ainda não nasceu o Messias do gênero, um Cristo, um Cervantes, um Shakespeare do policial, e esse não sou eu. Aquele que entoe o mais melodioso canto fúnebre do romance ao mesmo tempo que seu canto de cisne. Além disso, ele também me disse, quando você vê uma coisa muito de perto, perde o interesse por ela.

— E sem ele os ACP não seriam o mesmo, não é? — disse Maigret.

Não se sabia se Lorenzo estava fazendo uma afirmação ou se, ao formular a pergunta, abria uma pequena brecha para a esperança.

— Em cada grupo há sempre alguém que é a medula. Sem medula, tudo vem abaixo, desaba como uma montanha de ossos. Dê-lhe uma medula, os ossos ficam em pé e as coisas começam a andar. Além do mais, o grupo já não poderia ser o mesmo. Você voltaria a se reunir com Miss Marple, com Sherlock, com o padre Brown, depois do comportamento lamentável que tiveram em relação a Paco, depois de o terem abandonado? Agiram como covardes. Eles podiam ser, sim, amigos do Crime Perfeito, mas antes deveriam ter sido amigos dos amigos, e se um amigo vira criminoso, com muito mais razão.

— Quem tem razão é você — admitiu, melancolicamente, Lorenzo. — O que a gente está esperando aqui?

Paco Cortés apareceu com mais de meia hora de atraso.

— Vocês sabiam que Poe não está vivendo mais em Madri?

Os amigos negaram com a cabeça.

— Acabo de estar com Marlowe. Passei pela relojoaria e ele me convidou para tomar um café. Não se despediu de nenhum de nós. Por que terá agido assim? Nós sempre nos portamos bem com ele. Por que fez uma coisa dessas com a gente? Que decepção! Marlowe me disse que a morte de Hanna o afetou muito. Não falava com ninguém, não telefonava para ninguém, ficou muito taciturno. Nem saía de casa. Agia de uma maneira muito estranha. Não voltou para o seu povoado, como queria; surgiu uma vaga em Castellón e ele foi para lá. Poderia ter se despedido. E como ficou o caso da Hanna?

A pergunta de Paco era dirigida a Maigret.

— Não deu em nada. Foi uma overdose. Não sei muito bem. Se você quiser, posso me informar. As cinzas foram mandadas para a Dinamarca.

— Poe foi embora. Que menino! Que sujeito estranho! — exclamou Mason.

— Mas muito inteligente — acrescentou Maigret.
— É sobre isso que eu queria falar — disse Paco.
Mason e Maigret entreolharam-se.
— Muito inteligente — repetiu. — Foi o único que percebeu que o velho da rua del Pez havia se suicidado.
— Eu chego lá — disse Paco Cortés. — Quando a gente conversou, na reunião, sobre esse assunto, Poe disse que metade de um caso se resolve investigando o passado da vítima e o passado do suspeito. Eu não sei quem pode ser o suspeito da morte do meu sogro. Mas sei, sim, que a vítima, nesse caso, pode ser também o suspeito.
— Como? Você está insinuando que seu sogro foi assassinado por alguém e que esse alguém era seu sogro? Paco — disse Lorenzo Maigret —, a verdade é que você já não é mais o que era.
— Quero dizer que meu sogro foi morto pelo seu passado. Meu sogro foi mais uma vítima da guerra civil, ou seja, vítima de si mesmo.
— Por favor, deixe para lá essa história de guerra civil — suplicou o policial. — Estou farto da guerra civil. Não agüento nem um grama a mais de guerra civil. Mais um filme sobre a guerra civil e nos suicidaremos todos. Basta de batalhinhas, nem uma história a mais de maquis, nem das Brigadas Internacionais, nem dos que perderam nem dos que ganharam. Eles a perderam, eles a ganharam. Não a gente. Estou farto dos quarenta anos de franquismo e de Franco. Não quero ficar quarenta anos ouvindo falar dos vencidos depois de termos engolido durante quarenta a matraca dos vencedores. E suporto menos ainda a conversa dos engenhosos que dizem que a guerra civil não foi civil e sim incivil e que ninguém ganhou a guerra, mas que foi a Espanha que perdeu. Não há mais nada na Espanha

além da guerra civil e do ETA? No caso do velho da rua del Pez, estou de acordo, mas ele devia estar louco e foi por isso que se matou. Quando alguém se suicida, é porque havia morrido muito antes. O velho foi morto na guerra e passou anos e anos sem saber disso. Também concordo. Nesse sentido, Poe acertou. Mas nem todo mundo é como aquele velho. O que dom Luís tinha a ver com o velho? Dom Luís era um animal e você sabe muito bem disso, Paco, todos os seus companheiros sabiam, o mundo inteiro sabia, e era fascinado pelo fato de ter lutado na guerra, de tê-la vencido e de voltar a fazê-la. Era como outros cem mil. Não creio que pensava na guerra civil quando deram cabo dele. Quando o mataram estava até mais tranqüilo, porque, finalmente, tinham deixado ele fora da conspiração de 23 de fevereiro, estando envolvido até a alma, como sabíamos todos. E vem você me dizer que uma coisa tem a ver com a outra.

— Tem a ver — disse Paco. — Não digo que tenha a ver com seu passado distante. Pode ter relação com um passado recente.

— Os casos mais importantes em que havia interferido nos últimos cinco anos foram investigados — disse Maigret.

— Mas por que apenas os cinco últimos anos?

— Porque esse é o prazo para que todos esqueçamos de tudo.

— Quando não se está louco.

— Nesse caso, qualquer coisa dá no mesmo. Se vamos falar de loucos, o melhor é chamar o pessoal do hospício, e não a polícia — disse Maigret. — Havia casos comprometedores, de drogas, um bando que se dedicava a roubar joalherias, que ele desbaratou, outro que se especializou na falsificação de documentos e outro que enganava as pessoas, vendendo-lhes apartamentos em Torremolinos. Mas não conseguimos nada. Nenhum desses casos levava a Fuenclara.

— Não, o que Poe dizia era mais preciso. A metade da solução está no passado.

— Dedução brilhante — disse Mason. — Todos nós sabemos disso.

— Sim, mas as pessoas se cansam de procurar — disse Poe. — As pessoas não gostam do passado, nem do passado das catedrais. Ficam logo cansadas. As pessoas têm medo do passado. Preferem comer uns lagostins bem atuais. Procuram ali, no lugar mais próximo, mas têm preguiça de dar passos mais longos, porque quanto mais você se distancia, mais você se perde. Ao ampliar o círculo, tudo se torna mais difícil, outros recursos se tornam necessários e, sobretudo, é preciso ter mais tempo. E se alguma coisa falta à polícia, são essas duas: recursos e tempo. Mas esse é um trabalho para um homem só. Um investigador privado.

— Você vai voltar à história da agência de detetives? — perguntou Mason.

— Não, este é um trabalho pessoal. Digamos que vou resolvê-lo por interesse familiar.

Os três amigos não tiveram dificuldades em reconstituir a biografia de dom Luís.

Nasceu em Ferrol, como o Caudilho, em 1918. Essa circunstância fez com que muitos acreditassem que Franco havia tutelado, pessoalmente, a carreira do conterrâneo, demasiado vertiginosa e ascendente, pelo menos nos primeiros tempos, cuidando dela em dois ou três momentos nos quais sem um padrinho poderoso ela teria sido estancada, como a de muitos. O fato de ser patrício de Franco, somado à proteção que recebeu, explicaria o amor que Luís sentia por ele.

No entanto, Paco não tinha nenhuma informação que lhe permitisse concluir que entre seu sogro e Franco havia algo além do fato de terem nascido no mesmo lugar. Se, como diziam as más línguas, dom Luís tivesse tido alguma relação com Franco, ele o saberia, pois essas coisas são conhecidas das famílias. Mas, apesar disso, voltou a perguntar à sua sogra.

— Luís o conhecia, porque era de Ferrol, e conhecia seus pais e seus irmãos — explicou-lhe a sogra. — Mas nada além disso. Uma vez, quase ao final da guerra, coincidiu de ficar de serviço com ele. E lhe disseram, Excelência, esse rapaz é da sua cidade. Ainda não estávamos casados, eu ainda não o conhecia.

E Franco lhe perguntou, como você se chama. Franco era muito direto, chamava todo mundo de você. E Luís respondeu-lhe, e ele disse, conheci seu pai e o seu avô. E aí deu-lhe as costas, e nunca mais se falaram.

Não obstante, muitos companheiros, sabendo que era de Ferrol, supunham que ele tinha alguma relação com o militar, coisa da qual dom Luís se beneficiava constantemente, por não desmenti-la.

Aquelas recordações levaram a outras.

— Os vermelhos também haviam matado um irmão dele que era falangista — continuou dizendo Asunción. — Realmente, vocês não fazem idéia de como era Madri durante a guerra... As coisas que vimos...

O que equivalia a dizer que se não houvesse sido por Franco, eles teriam acabado com todos eles, não teriam deixado ninguém vivo, ninguém que não fosse dos seus.

Para Paco, isso não tinha a menor importância. Disse também à sogra:

— Estou ambientando um romance nessa época. A senhora pode me dar acesso aos papéis de dom Luís?

— Mas, menino, os seus romances não são ambientados no estrangeiro?

— Eram sim, Asunción, mas os tempos mudaram.

Foi só um subterfúgio para ter acesso à pasta que havia visto na tarde em que chegara em vão para buscar Violeta.

Às escondidas, sem contar nada a Dora, aproveitando-se do fato de que ia buscar a menina na casa da sogra, Paco tornou as visitas mais freqüentes, e teve a oportunidade de examinar os papéis, muitas vezes com a desculpa de que estava ajudando a sogra a colocá-los em ordem.

Pela primeira vez na vida começou a ver o sogro de outra maneira. Sua presença física foi tão poderosa durante toda sua vida, era tão desagradável, tinha um aspecto tão ruim e tão deteriorado, o rosto cor de vinho congestionado pelo álcool, as pontas dos dedos manchadas de nicotina, o bigode cômico, aparado como o dos fascistas de piada, os óculos escuros, caricatura de si mesmo, a maneira que usava para se relacionar, procurando sempre a palavra que pudesse ferir mais profundamente seu interlocutor, escolhendo com cuidado a mais venenosa, a mais ferina, o modo como se dirigia aos estranhos, tão cerimonioso, tão hipócrita, com uma amabilidade que jamais usava com os mais próximos, seu bom humor, que podia confundir qualquer um e fazê-lo passar por uma pessoa até divertida, tudo aquilo que condicionava qualquer avaliação dele, foi desaparecendo pouco a pouco. Seu método era mais científico.

Enquanto olhava aquelas fotografias, Paco teve a sensação de ter diante de si uma pessoa da qual poderia se aproximar sem perigo. Como se fosse uma raposa morta.

Quando jovem, dom Luís havia sido, inclusive, um homem atraente. Como as fotografias não davam uma idéia exata da altura, ele parecia até garboso nos documentos de identidade, nas carteiras de motorista, de policial, da cooperativa... Havia outras coisas interessantes; por exemplo, um recorte velho de jornal a respeito do traslado dos restos mortais de José Antônio a Madri, uma cavalgada fúnebre com tochas e crepúsculos cheios de candeeiros por toda parte e horizontes épicos; nele, no recorte, uma flecha, feita a mão, tinta já esmaecida, apontava para um jovem, entre uma multidão deles, e era possível supor que se tratava de Luís Álvarez, não pela semelhança física, mas sim pelo uniforme, o correame, a camisa azul.

Asunción Abril deixou a caixa com Paco, mas não parecia disposta a retomar as confidências da tarde da conversa inaugural.

— Filho, faz tanto tempo que nem lembro mais — era a frase que usava para mudar de assunto.

Foi obrigado a se conformar com as coisas que lhe contara da primeira e única vez. Toda uma vida em comum resumida na folha de um livreto. De certo modo, pensou, todas as vidas se reduzem a isso. Em alguns casos, inclusive, é necessário trabalhar muito para encontrar qualquer coisa digna de ser colocada entre as duas datas que constam da lápide que cobre os restos da pessoa no cemitério.

— Isto é o que consegui averiguar sobre meu sogro — disse a seus amigos quinze dias depois daquela reunião no Comercial. — Nasceu em Ferrol, em 1918. Seu pai era marinheiro, foi reformado como comandante e morreu em 1936, dois meses depois do início da guerra. Estava doente. Sua mãe viveu em Ferrol, até que, terminada a guerra, seu filho quis morar em Madri e trouxe-a com ele. Era o mais moço dos irmãos. Seu irmão mais velho, falangista, tinha sido morto em Madri. A mulher, segundo minha sogra, era uma harpia, uma verdadeira coronela, acostumada a mandar, azeda e despótica. Tornou sua vida impossível. Acreditava que o assassinato do filho mais velho lhe dava o direito de praticar todo tipo de excessos em seu exercício de tirania sobre o caçula. Este cursava o quarto ano de direito em Santiago quando explodiu a guerra. Foi voluntário da Terceira Brigada da Falange a partir de novembro de 1936, e terminou a guerra em Madri, onde entrou com as primeiras forças do Corpo Jurídico do Exército. Todo esse período é muito nebuloso. Minha sogra não quis me contar nada, ou porque já não se lembra ou porque foi antes de terem noivado, ou porque simplesmente não quis.

— Aqui eu entro em ação — disse Maigret. — Ele chegou a Madri no dia 16 de maio, e foi incorporado imediatamente à Chefatura de Investigação Criminal. Já como policial. Deve ter terminado o curso de direito, porque consta em todos os documentos que era licenciado em direito.

— Parece que o direito vai recolhendo o lixo em todos os lugares — lamentou Mason, com aflição corporativa.

— Não precisaria do diploma, mas ele sem dúvida o ajudou, porque se tornou inspetor ainda muito jovem. Aos 32 anos. Depois da guerra, os títulos eram praticamente rifados. Nos primeiros meses, trabalhou nos campos de concentração de Valencia identificando pessoas, e logo depois em um centro dos chamados Especiais da rua Almagro.

— Não era uma boa coisa — sentenciou Mason. — Era aquela gente que municiava os Conselhos de Guerra, e as pessoas saíam deles com uma ou mais penas de morte do que pedia o interventor.

— Voltando ao assunto — interrompeu-o Maigret. — Em 1940, pediu transferência para Pontevedra, para ficar mais perto da mãe. Atenderam-lhe o pedido, mas nove meses depois voltou a Madri, com ela. Nessa época, conheceu a sogra, e três meses depois se casaram. Quando foi promovido a Chefe de Grupamento, já estava casado.

— A guerra tornou todo mundo muito apressado, porque o casamento dos meus velhos também foi assim — disse Marlowe, que havia se juntado à reunião por convite de Maigret, coisa da qual, diga-se de passagem, Paco Spade não gostou muito. — Só que o casamento dos meus velhos foi mais engraçado: casaram-se e na semana seguinte meu velho foi para a Rússia, com a Divisão Azul. Estavam loucos.

— Não acredito que Dora saiba que seu pai e sua mãe se casaram apenas três meses depois de se conhecerem — disse Paco. — Teria comentado comigo.

— Era o chamado *casamento pênalti*, coisa normal naquela época. Meus velhos também se casaram nesse esquema — argüiu Marlowe. — Vê-se logo que naquela época todo mundo se casava às pressas.

— Talvez tenham se conhecido antes — aliviou Maigret —, mas se casaram depois que ele voltou a Madri. Se já namoravam, durante todo esse período não se viram ou se viram pouco. E aí veio a segunda transferência; foi promovido, tinha um bom salário. Era muito jovem. Vinte e quatro anos. Levaram junto a mãe dele.

— Transferido para onde? — perguntou Paco Spade. — Para Albacete, não é isso?

— Vá em frente, cara, como você sabe? — exclamou Maigret.

— Quem é de Albacete? — perguntou Paco, em resposta.

Mason e Maigret se olharam sem entender a pergunta. Pararam uns instantes para pensar. Não conheciam ninguém que fosse de Albacete.

— Poe é de Albacete — disse Marlowe.

— Eu achava que era de um povoado — procurou corrigir Maigret.

— Sim, de La Almunia, mas sua família vinha de Albacete — informou Marlowe.

— O que isso tem a ver com seu sogro? — perguntou Mason.

— É apenas uma intuição — disse Paco. — Como Poe chegou às nossas reuniões?

Nenhum dos três amigos recordava os detalhes, mas Paco sim.

— Disse que estudava naquele Liceu que fica aqui perto. Disse, também, que estava se preparando para a universidade. Não foi assim?

Mason e Maigret começaram a recordar. Marlowe concordou.

— Estive na reitoria da universidade. Consegui ter acesso ao histórico acadêmico de Poe. No ano passado, quando mataram meu sogro, ele estava matriculado na universidade, no turno da tarde, mas no terceiro ano de direito. O que significa que havia entrado dois anos antes. Por que mentiu em relação a uma coisa tão inocente?

— Onde você quer chegar?

— A repressão em Albacete, depois do fim da guerra, foi terrível. Morreram centenas de pessoas. Todo mundo sabe disso.

— Outra vez a guerra civil? — protestou Maigret. — Espera aí, Paco. Seu sogro foi transferido de novo para Madri em 1949.

Maigret consultou a prancheta em que havia copiado os dados da vida profissional de dom Luís.

— Além disso — acrescentou Maigret — o pai de Poe morreu nos anos 1960.

— Em 1960, precisamente — confirmou Paco Spade. — Poe nasceu em 1960. Está agora com 22 ou os completa este ano.

— Você não está insinuando que Poe é suspeito de alguma coisa? Não é lógico — disse Mason, que voltava a se preocupar com a lógica.

— Nesses assuntos de guerra civil, a lógica não tem a menor participação. As coisas que aconteceram também não tiveram nenhuma lógica. Precisaríamos saber, apenas, se o pai de Poe e meu sogro tiveram alguma relação.

— Imaginemos que sim, que a vida juntou os dois. Daí a concluir que o filho de um matou o outro é tão verossímil como um romance de Agatha Christie.

— Não se meta com Agatha Christie, Loren — advertiu Mason, muito pesaroso.

— É um pressentimento.

— Pressentimento?

— A maior parte dos romances de Chandler é feita de pressentimentos. Neles, todo mundo tem um, e os casos são resolvidos porque eles têm pressentimentos, e os espanhóis não. Quero dizer — continuou Paco — que Poe era um sujeito especial. Introvertido, sério, atento. E muito inteligente. Jamais confiou em ninguém...

— Em Marlowe — disse Maigret. — E em mim. Estivemos nos encontrando antes da sua partida para Castellón. Não era tão introvertido assim. Conversava comigo.

Marlowe olhou para Maigret, mas não disse nada.

— E o que lhe contou sobre sua vida? — perguntou Paco. — Como vocês estiveram juntos, o que você sabe a respeito dele? Esta é a hora de contar, se é que você sabe de alguma coisa. Mas você não vai poder dizer nada. Porque Poe nunca falava de si mesmo. Podia até passar por uma pessoa desenvolta, sociável. Participava das conversas, intervinha, mas, no fundo, ninguém sabe nada a seu respeito.

— Isso é verdade — admitiu Maigret. — No primeiro dia, me disse que não tinha conhecido o pai porque quando nasceu ele já havia morrido. E nunca mais falou disso, nem de seus irmãos. Disse-me que os irmãos eram bem mais velhos. Mas suas confidências pararam por aí.

— E o que mais você sabe a respeito do meu sogro? — Paco perguntou a Maigret.

— Que veio para Madri e nunca mais saiu daqui. Você sabe muito bem que fama ele tinha.

— É a mesma coisa que não saber nada — disse Paco. — Alguém deve saber mais coisas sobre ele.

— A vida de um policial — reconheceu Maigret — é, por um lado, o caso dos quais participou e, por outro, a história da relação que manteve com os companheiros. Mas eles esquecem antes dos demais, porque não poderiam viver com tudo o que a vida joga em cima deles. Nem mesmo aqueles que são mais próximos contam aos companheiros uma décima parte do que acontece no seu trabalho. Um policial sempre vive duas vidas, e de uma delas, exatamente a de policial, procura se esquecer totalmente quando sai da delegacia. Mas também acontece uma coisa curiosa: se um policial tiver que lembrar, ele é capaz de lembrar até de casos que aconteceram há cinqüenta anos.

— Deve haver uma maneira de chegar ao centro de toda a história do meu sogro. Toda história tem um centro, e não existe um ao qual não se possa chegar. Lembrem-se do símbolo dos ACP: um labirinto.

— Sim, mas esse labirinto não chega nunca ao centro, apenas o roça, e deixa você novamente de fora — lembrou Mason.

Paco compreendeu que não havia escolhido um bom exemplo, e consertou imediatamente.

— Pois agora faremos com que chegue ao final. Um de nós precisa levantar mais coisas sobre meu sogro, e um outro, mais coisas sobre Poe.

As investigações dos três amigos, para classificá-las de alguma maneira, tropeçaram em dificuldades parecidas com as da polícia.

E transcorreu mais um ano, tão limpo quanto esta linha que está sendo lida agora. A vida de todos eles continuou como havia sido até então.

Logicamente, os ACP não voltaram a se reunir. Alguns o teriam feito com muito prazer, como era o caso de Nero Wolfe, talvez um dos que mais sentia falta dos velhos amigos. Nero chegou a abrir novos livros de registro, para manter em dia os assassinatos curiosos de cada dia. Aqueles outros livros, os que haviam sido requisitados, nunca foram devolvidos, por mais que os houvesse solicitado, mas ele acreditava que apareceriam um dia, como tantas outras coisas, em uma caçamba, de onde alguém os resgataria para levá-los à Costa de Moyano ou ao Rastro, como de fato aconteceu.

Ninguém se lembrava mais de dom Luís Álvarez nem de Poe, menos ainda de Hanna. Paco, Mason e Maigret perderam, inclusive, a pista de Marlowe. O jovem relojoeiro havia arranjado uma noiva, ia se casar, conduzia, finalmente, ele mesmo, o negócio do pai. Nem foi necessário que tivesse roubado seu próprio negócio, como Dora maliciara certa vez. Só Maigret, Mason e Paco se viam de vez em quando. Almoçavam e comentavam os fatos de suas vidas.

Maigret, cada vez mais desiludido com sua profissão, limitava-se a levar adiante seu trabalho, sem maiores alardes; Mason, com o olhar voltado para a aposentadoria, administrava a rotina do escritório, e Paco Spade, depois da morte de Espeja, o velho, tragado por uma cirrose traiçoeira, posto que era abstêmio, e de comum acordo com Espeja filho, que continuava sendo o dono do negócio familiar, assumiu a direção editorial da empresa e remodelou e ativou o negócio contratando novos autores e novas traduções, como queriam os leitores do gênero. No aspecto sentimental e familiar dos três amigos, as coisas haviam mudado ligeiramente: Maigret ia se casar em breve, Dora estava grávida do segundo filho e a filha mais velha de Mason se tornara freira.

— Freira nos dias de hoje! — queixou-se amargamente o pai.

— É bem melhor do que ser policial — consolou-o o amigo Maigret.

— Ou do que prestar contas a um Espeja — corroborou Paco.

Um dia aconteceu um fato que veio mudar as coisas.

A sogra de Paco, que parecia ter remoçado em muitos sentidos depois da morte do marido, em outros, os mentais, deu mostras de uma senilidade cada vez mais preocupante. Desenvolveu manias absolutamente novas e começou a temer que os socialistas lhe tirassem a pensão, a dela e a de todas as viúvas de militares e policiais que tivessem servido nos tempos de Franco.

Essa mania encontrara eco, naturalmente, em outras amigas suas, igualmente viúvas de militares e de policiais, que, de modo mais ou menos estridente, procuraram manifestar seus temores. Organizaram, assim, uma sociedade destinada a cuidar de seus interesses e, como era hábito dizer então, lutar por sua causa.

— Telefonou para mim a mulher de um companheiro de seu sogro. O marido dela está preocupado. Falam de depurações na polícia e de suspender pensões. Podem até tirar a minha.

Dona Asunción se sentia acuada. Imaginava-se mendigando nas ruas.

— Fique tranqüila. O que aconteceu?

Era domingo e estavam almoçando na casa de Paco e Dora.

— Em Albacete, publicaram um livro que não deixa o marido dessa minha amiga e o meu numa situação confortável.

Falava de sua amiga Carmen Armillo e do marido, também comissário, dom Carmelo Fanjul.

Dora sabia a quem sua mãe se referia ao falar de Carmen Armillo e de Carmelo Fanjul. Lembrava-se dele como amigo de seus pais, desde quando sua irmã e ela ainda eram meninas. Paco, a não ser pelo nome, nem sequer os identificava.

    Dona Asunción não queria falar sobre o assunto e, nas raras vezes em que o fazia, tampouco falava abertamente. Incomodava-a ter de voltar a uma vida passada que acreditava definitivamente enterrada. Estava convencida de que a vida não é o que se viveu, e sim o que se recorda. E ela havia esquecido tudo. Era, pois, inocente, e se saberia depois que também o marido Luís havia esquecido tudo, e era não menos inocente por essa regra de três.

    — Que livro é esse? — perguntou Dora.

    — Um que fala das coisas que seu sogro fez em Albacete, depois da guerra — respondeu a Paco, porque achava mais fácil dirigir-se a ele e não à filha quando falava desses assuntos.

    Asunción levava uma existência pacífica com os netos, vendo suas filhas, respirando, enfim, livremente, depois de quarenta anos de casada. Aquele imprevisto introduzia em sua vida um elemento de incerteza e angústia. Seu marido não tinha morrido nem há dois anos e já lhe parecia que toda sua vida com ele era coisa de um passado remoto, sepultado para sempre. Até quando se referia a um e a outro, marido e passado, tudo parte do mesmo nebuloso sofrimento, fazia-o de tal maneira que não parecia ter nenhuma relação com eles. Nunca dizia, por exemplo, "meu marido". Jamais falava dos anos passados. Era sempre "seu pai", "seu sogro", "seu avô" ou, quando já não havia mais remédio, "Luís", como poderia chamar um mecânico de "Ramiro". E, quanto ao passado, não era mais do que um indeterminado "já faz muito tempo", que poderia abarcar igualmente seus tempos de criança, de juventude ou de casada.

    — Dizem que seu sogro fez coisas horríveis...

Asunción balançou a cabeça, embora não fosse possível determinar se o fazia por desaprová-las ou por causa dos estragos de certos tremores senis. Começou a chorar. Dora procurou consolá-la. Paco guardou silêncio e o impôs à pequena Violeta, que pulava ali perto. Não pôde entender com facilidade as lágrimas da boa mulher. Não corriam, estava claro, porque tivessem manchado ou ultrajado a memória de seu marido. Ela era a primeira a desprezá-la, esquecendo-se dele. Mas, para ela, "uma mulher de outro tempo", expressão em que costumava se escudar para explicar não o que já não tinha explicação, mas o que ela já não conseguia compreender, para ela, dom Luís não deixara de ser o pai de suas filhas, como ela não deixara, tampouco, de ser, embora lhe pesasse, a mulher que havia compartilhado com ele, durante quarenta anos, sua vida e a cama na qual dormiram durante todos esses anos.

A Paco Cortés, sem dúvida, a notícia excitou ao indizível. Sentia, como um cão de raça, seus instintos de detetive serem despertados, e a voluptuosidade de aproximar-se da verdade foi maior que a dor que poderia causar a entes queridos. Pensou em Dora.

Desta vez, já sozinhos, quando dona Asunción foi embora, não teve outro remédio senão lhe contar tudo aquilo que, pelas suas costas, ele, Maigret, Mason e mesmo o próprio Marlowe procuraram levantar a respeito da vida de seu pai.

Dora escutou em silêncio. O cataclismo da morte do pai havia sido um verdadeiro desbaratamento dos afetos da filha. Foi como se o golpe de um vagalhão tivesse tirado do lugar todos os móveis e objetos de um camarote. Acalmou-se logo, e Dora, que quando o pai estava vivo não perdia uma oportunidade para mortificá-lo ou irritá-lo de modo consciente, passou, ele já morto, e depois daqueles breves e passageiros fervores que seguiram à sua morte, a nunca falar dele. Dizia a si mesma que precisara de vinte meses para que sua morte produzisse, realmente, efeitos, desprendendo-se, então, para sempre deles.

— Lamento profundamente tudo o que diz respeito a meu pai. Já não tenho mais forças nem para esquecê-lo.

Os dois estavam sentados. Dora acariciava distraidamente a barriga em estado de gravidez já muito adiantada.

— Você acha que essa história de Albacete poderá prejudicar mamãe?

— Não. Até os jornais dizem: aqui, tudo mudou, menos a polícia, e por isso mesmo as coisas na Espanha puderam mudar tanto. As mesmas pessoas que estavam antes, continuam agora. O resto é coisa da sua mãe, tudo a afeta muito. Mas eu gostaria de lhe perguntar uma coisa: se soubesse quem é o assassino de seu pai, se você o conhecesse, o denunciaria?

A pergunta deixou Dora assustada. Olhou no fundo dos olhos de Paco, como se tentasse extrair deles uma verdade terrível. Paco percebeu, mas ficou em silêncio, esperando que sua mulher dissesse alguma coisa.

Dora respondeu com outra pergunta

— Você sabe quem é?

— Não. Mas poderia saber. Só quero que você responda à minha pergunta. Se conhecesse o assassino do seu pai, você o denunciaria?

— Acho que sim... Você não o faria?

— Não sei — disse Paco. — Muitos crimes que passam por crimes não o são; e outros, que não são crimes, são considerados como tal. Eu não sei o que faria. Sua mãe só começou a viver depois que mataram seu pai. Imagine como seria a vida deles em comum depois da aposentadoria do seu pai. Se já era um inferno quando ele estava na ativa, como seria depois que ele tivesse que viver o dia inteiro enfiado em casa? Ele a mataria ou se separariam. Pense em como seria a vida dela se seu pai ainda estivesse vivo.

Dora, a quem aquelas especulações pareceram abusivas, estremeceu.

— Nunca vimos minha mãe tão feliz como agora. Se meu pai ressuscitasse, ela morreria. Mas não se pode arrancar as pessoas da vida, Paco. Uma coisa são os romances e outra a vida real. Você sabe muito bem. E, na vida real, todos somos obrigados a conviver com coisas imundas. Essa é a vida. Em troca, temos as nossas pequenas alegrias. Os filhos nascem, vemos as crianças crescer, rimos com elas. Essa felicidade é real. Nos romances, as coisas ruins têm muito peso, mas não há, em compensação, nenhuma coisa boa real. Os romances *noir* são chamados porque expõem o lixo humano, e quem os lê pensa: minha vida é melhor do que a dessas pessoas, ninguém vai atirar em mim, não morrerei. Nós, por outro lado, procuramos ver o lado limpo da vida, sim. Temos nossas alegrias. Não conseguiríamos viver se tivéssemos que suportar na consciência a morte de alguém. E não apenas a morte, mas também a maldade. A maldade não é mais do que a face da mentira, e a mentira só engendra culpa. Li isso mil vezes nos romances que você escreveu. Queremos construir um mundo melhor, não pior. Do ponto de vista literário, talvez isso não seja oportuno nem conveniente, mas temos que viver a vida e não um romance. Para viver, precisamos não do fictício, e sim do necessário. E isso é o que você tem me dito todo esse tempo para explicar-me porque não vai escrever outros romances.

— As pessoas também convivem com a mentira, e também querem melhorar o mundo — respondeu-lhe o marido. — Quem comete um crime, quem se portou mal com alguém não vai à polícia e diz: prendam-me, sou o assassino. E ninguém diz a um amigo, Fulano, comportei-me como um porco. Acabo de estar em tal lugar e preparei-lhe uma bela armadilha. O outro, o dom Quixote, só precisava do fictício para viver. O necessário acabou com sua loucura, mas também com sua vida.

— Não me enrole, Paco. Você não é um dom Quixote. Sim, já sei que ninguém vai dizer à própria mulher, sim, estou transando com uma vagabunda. O que eu quero dizer é que sou contra a morte, e para mim tanto faz se a pena de morte é decretada pelo Estado ou administrada ou ministrada por um particular.

— Mas o arrependimento está...

Dora voltou a tremer. Lembrou aquela conversa que ela e Paco tiveram a respeito de Milagros, a conversa que levara à separação.

— Por favor, não me assuste — e Dora levou as mãos à barriga, como se defendesse o bebê de uma agressão iminente. E, exatamente por não ser uma pessoa que gostasse de andar na corda bamba, fez a pergunta da única maneira que poderia fazê-la.

— Você matou meu pai?

As sobrancelhas de Paco se arquearam. Dora sempre o surpreendia. Não entendia a cabeça das mulheres. Em parte, seu fracasso como romancista vinha do fato de que não as conhecia suficientemente. As mulheres de seus romances eram inspiradas por outros romances e não pela vida. E nos romances de que ele gostava, todas as mulheres eram bastante previsíveis. As más eram muito más, e as boas, muito boas. Nenhuma fazia perguntas imprevisíveis, ao contrário de Dora.

— Foi você, Paco?

Paco pensou numa resposta de novelista duro. Pensou em dizer, por exemplo, "Dora, essa é uma pergunta de policial". Mas não o fez, porque, quando a pessoa ama, sempre se coloca no lugar do mais fraco.

Dora estava muito séria. A televisão estava ligada, aquela mesma televisão que foi testemunha da última vez que viu o pai com vida. O que estava acontecendo ali ganhou uma importância tão inusitada que parecia tornar difícil qualquer resposta. Por isso, Dora, com o controle remoto na mão, baixou o volume.

— Diga-me, Paco. Eu tenho o direito de saber.

E Paco iria dizer-lhe a verdade. Sempre dissera nas situações em que a verdade não pudesse ferir nenhum dos dois. Mas esperou um pouco. Ela estava diante dele. Percebeu que a deixara assustada. Estava tão amedrontada como naquela ocasião em que perguntou sobre Milagros. A gravidez a tornara ainda mais bela. Não queria ser cruel com ela. Sorriu. Decidiu prolongar aquilo um pouco mais. Queria conhecê-la melhor.

— Você acha que sou capaz de matar alguém?

— Eu também não acreditava que você fosse capaz de me enganar com uma puta.

Paco Cortés ficou verdadeiramente assustado. Pensou que estava levando o jogo longe demais. Não esperava por aquela resposta e não gostou dela. Por que ela lembrava agora daquele episódio? Ficou furioso com ele mesmo, por ter pretendido brincar de gato e rato com Dora, como costumavam fazer os personagens de seus romances, mas não podia seguir adiante sem reagir àquele comentário. O que tudo aquilo tinha a ver com seu sogro?

— Por que você disse isso, Dora?

— Porque não gosto, Paco, que você minta ou brinque comigo. Para mim, é meu pai, e não o objeto de uma brincadeira.

Cada vez que você fala dele, me dói, como se estivesse me apunhalando. É uma coisa tão dolorosa que nem mesmo você é capaz de imaginar quanto.

Paco, que quis tornar a situação menos dramática, disse, com ternura:

— Sim, posso.

— Não, Paco, você não pode. Sou filha dele. Sei muito mais do que você o que se sente quando se tem um pai como o meu porque este fato coloca diante de mim coisas que odeio com todas as forças, coisas que às vezes percebo que estão no sangue que corre nas minhas veias.

Dora não ia chorar. A gravidez a tornava mais sensível do que normalmente, mas não choraria. A maneira que encontrou para enfrentar o desconforto que aquilo tudo lhe causava foi repetir a pergunta de novo, formulando-a como uma ordem.

— Diga-me, de uma vez, que foi você quem o matou.

Desta vez, Paco não demorou a responder:

— Não, Dora. Não fui eu. Mas poderia saber quem foi.

— E, se é assim, o que pretende fazer?

— Foi por isso que fiz aquela pergunta a você.

Dora levou um tempo para responder. Passaram por sua cabeça lembranças do pai. De novo ela e a irmã, vestidas de branco, meias três-quartos brancas, sandálias brancas, em San Isidro, na praça de touros, seu pai e as duas na primeira fila, tratamento de princesas, centro de todas as palavras amáveis das pessoas. Seu pai fumando e rindo no casamento de seu primo Juan Luís, com inusitado bom humor. E uma vez, os quatro rindo, numa noite de Natal. Mas, de repente, o fantasma daquela noite em que ele entrou em seu quarto chegou pelo lado mais sombrio da sua cabeça. Essa era uma lembrança que nunca aparecia plenamente. Era mais do que uma recordação: uma mancha sem contorno, que se estendia até o lugar mais fundo da consciência para logo secar, deixando atrás de si uma aridez abrasiva. Não conseguiu suportar a recordação mais do que dois ou três segundos. Aquele havia sido o episódio mais vergonhoso e mais sujo da sua vida. Espicaçou-a, e agora, finalmente, lembrou de seus pensamentos. Um dia vou matar você, vou matar você por isso que me fez. No começo, disse a si mesma que aquilo não havia acontecido. A maneira que encontrou para não sofrer foi achar que aquilo nunca havia acontecido. E quando foi obrigada a admitir os fatos, já havia transcorrido um tempo enorme, aquilo já era parte do passado, não podia mais feri-la. E como poderia ter contado a história à sua mãe? Para fazê-la sofrer ainda mais? E à sua irmã? Ela adorava o pai, o amor que havia entre eles era um amor louco, todo mundo sabia que pai e filha se adoravam. De que serviria revelar tudo aquilo? Será que ele havia feito a mesma coisa com sua irmã sem que ela tivesse se importado? Só de pensar nisso ficou enjoada. Não seria uma simples náusea de grávida? Várias vezes pensou em contar a história a Paco, achando que assim poderia livrar-se daquele peso enorme. Mas sempre se felicitara por não ter revelado o segredo a ninguém. As relações entre seu marido e seu pai teriam melhorado? Pelo contrário. Dora sabia, obscuramente, que há coisas que só podem acontecer com as mulheres, coisas que nenhum homem é capaz de entender. E sabia, também, que há coisas que só acontecem com uma determinada pessoa, coisas que não podem ser compartilhadas com ninguém do gênero humano.

— É alguém que eu conheço? — perguntou Dora.
— Sim.
Dora voltou a ficar em silêncio.
— Diga-me quem é.

— Não — disse Paco. — Antes você tem que responder à pergunta que fiz. O que você faria se soubesse quem foi? Denunciaria o criminoso?

Dora pensou melhor. É que as coisas que são pensadas quando podem ser reais são diferentes das que são pensadas quando não passam de possíveis.

— Não sei.

— Na realidade, em também não sei, cientificamente, digamos assim, quem foi o assassino do seu pai, mas tenho minhas suspeitas. Elas estão naquele estágio nublado em que vivem as suspeitas.

Ao ouvir o nome de Poe, Dora levou as mãos à boca, para abafar a surpresa. Havia conhecido Poe pouco tempo depois de ela e Paco terem se reconciliado. Ele fora à sua casa muitas vezes. Eles dois, Paco e ela, freqüentavam a água-furtada da Plaza do Oriente, quando Poe vivia com Hanna. Durante o tempo em que conviveram, foi um bom amigo. Era um rapaz gentil. Nunca achou que ele fosse igual aos outros ACP. Estes eram meio loucos. Ele não. Tímido, calado, a não ser quando brincava com sua filha Violeta. Entendia-se bem com ela. Às vezes, fazia o papel de canguru. Gostava de crianças. A menina o adorava. Conquistara-a. Seria incapaz de prejudicar uma pessoa. Havia ligado algumas vezes de Castellón. Fizera-o há pouco para desculpar-se de não ter se despedido. Depois, ligou mais duas ou três vezes. Perguntava como estavam as coisas, como estava a menina. Era um rapaz reservado, mas carinhoso. Ele sempre dizia que estava bem, mas não contava mais nada.

Paco relatou a Dora as coisas que sabia.

— E por que Poe haveria de querer fazer uma coisa dessas? O que lhe importava meu pai?

Paco estava convencido de que a vida de dom Luís e a do pai de Poe haviam se cruzado em algum momento.

— Mas você não acaba de dizer que o pai de Poe morreu muito depois?

— Sim, mas também acabo de lhe dizer o que ele disse uma vez a Lorenzo, quando foram ver um velho que havia se suicidado: metade da explicação dos assassinatos está no passado. Nos suicídios, também. Naquela época, ele devia estar planejando o crime. Tudo se enquadra. Seu pai havia deixado a delegacia para comer. Encontrou-se com Poe. Pôde fazê-lo. Falamos com Marlowe. Lembra de que naquele dia estava caído, gripado. Não foi trabalhar. Seu pai estava cansado de conhecê-lo. Costumava vê-lo por ali, esperando por Maigret. Falei com Lorenzo, e ele me contou que no dia 23 de fevereiro seu pai enfiou Poe no seu escritório e ficou conversando durante algum tempo com ele, a sós. Poe foi esperar Maigret muitas vezes. Na verdade, só estava esperando a oportunidade de matá-lo. Seu pai acreditava que Lorenzo e Poe eram primos. Por isso, contou alguma coisa a seu pai, não sei como o convenceu a acompanhá-lo a algum lugar, e o matou.

— Mas por quê? O que ganharia com isso?

— Ter cometido um Crime Perfeito. Você acha pouco?

— Por favor, isto aqui não é um de seus romances. Estamos falando de uma coisa séria.

— E eu estou falando sério. Agora temos uma pista, a desse livro, e vamos segui-la. Isto não é mais do que uma vingança esperada ao longo de quarenta anos. É um assassinato político. Quem poderia dizer a seu pai que seria morto por uma bala da guerra, quarenta anos depois?

As coisas que Paco narrava podiam não ser convincentes, mas ele era, sim, persuasivo.

Combinaram, imediatamente, que nem uma palavra daquelas poderia chegar aos ouvidos da mãe de Dora.

Paco convocou seus dois amigos. Contou-lhes em que estágio estavam as suas suspeitas. A máxima sagrada de um detetive é a de que ele vê aquilo que os outros só olham. Desde *A carta roubada*, as provas costumam estar sempre à vista de todos, por isso as pessoas não as vêem. Olhá-las não é suficiente. As pessoas olham sem ver, pela mesma razão que um detetive às vezes as vê sem ao menos olhá-las.

Não foi difícil para Paco conseguir o livro *Guerra civil e primeiro pós-guerra em Albacete*, de Alberto Lodares e Juan Carlos Rodríguez, nem, através da editora Alpuerto, que o publicou, encontrar seus autores.

Naturalmente, o inspetor Luís Álvarez — conhecido também pelas pessoas que interrogara naqueles anos como "Bagaço", porque alguém o achou parecido com os galhinhos de um cacho de uvas e o apelido pegou — havia deixado lembranças de sua passagem pela cidade; ele, seu chefe, um tal de dom Germán Guinea López, e outro policial da idade de Luís Álvarez, Carmelo Fanjul, que, como ele, havia sido alferes profissional na guerra. Os três organizaram, dirigiram e levaram a cabo uma das repressões mais brutais que se seguiram à guerra civil. Na delegacia em que trabalharam passaram, em dois anos, mais de novecentos presos políticos.

Maigret não gostou do rumo que as coisas estavam tomando.

— Sempre a guerra civil. É como um pedaço de merda grudado na sola do sapato. Neste país, não se pode dar um passo sem tropeçar na guerra civil?

Paco Cortés marcou para uma quarta-feira um encontro com os jornalistas da Mancha. Pegou um trem na primeira hora da manhã e a uma da tarde estava em Albacete. Mas se foi fácil encontrá-los, foi muito mais difícil para os dois jornalistas encontrar um nome, o do pai de Poe, que havia desaparecido há vinte anos.

Paco perguntou a várias pessoas que poderiam tê-lo encontrado ou conhecido, mas os interlocutores davam de ombros com uma frase fatídica: não lhes soava como o de uma pessoa comprometida politicamente nos anos 1950. E a questão da guerra já estava muito distante de todos.

Como último recurso, os jornalistas marcaram um encontro de Paco Cortés com um homem que conhecia bem o passado recente. Era a memória viva da cidade para esse tipo de assunto. Lembrava-se de tudo. Depositaram nele as últimas esperanças de que pudesse lhes dizer algo a respeito do homem. Conduziram Paco Cortés a um apartamento de um bairro operário recém-construído, no meio de uns escombros, na própria fronteira dos campos metafísicos da Mancha. O edifício ainda cheirava a gesso fresco. Foram recebidos por ele mesmo, um colosso de cerca de setenta anos, mas animado e loquaz, alto, magro, com braços fortes e compridos e uma mão descomunal que engoliu a de Cortés quando trocaram cumprimentos.

O colosso levou-os para uma sala na qual cabiam apenas ele, dois sofás, uma poltrona, uma mesa de centro e um televisor, todas as coisas com a aparência de terem recém-chegado de uma loja de móveis. Contou que havia sido companheiro de prisão de Domiciano Hervás, pai de Rafael.

— Fizemos a guerra juntos.

E contou o que sabia. Eram de aldeias vizinhas. Ele, de Melgares; Domiciano, de Gestoso. Os dois haviam servido nos Serviços Motorizados; ele, nos tanques; Domiciano, que se casou naquela época com Angelita, numa ambulância. Assim que a guerra acabou, foram jogados no próprio campo de Valencia, depois levados para Albacete e confinados num cárcere. Ficaram ali juntos durante quase um ano. Soltaram Domiciano e condenaram o colosso a vinte anos. Cumpriu sete. Ao sair, foi trabalhar com um caminhão, como Domiciano. Segundo o colosso, Domiciano não voltou a se envolver com nada, dedicou-se ao trabalho, ao seu caminhão, às suas cargas. Viam-se de vez em quando. Tinham uma boa amizade e davam-se, como disse, "muito bem". Até que Domiciano foi atingido pela desgraça. Domiciano foi a Madri, ver a Feira de Amostras. Foi o próprio colosso quem tinha lhe falado a respeito de uns caminhões que poderiam ser comprados mais barato em Madri do que em Albacete. Acompanhou o amigo à feira, e depois que este comprou um caminhão, despediram-se e ficaram de se ver à noite, para dar uma volta pela cidade.

O colosso falava com tranqüilidade, sem afetações. Os jornalistas e Paco Cortés não se atreviam a interrompê-lo.

— Na Feira de Amostras, encontramos um sujeito que também estivera conosco na prisão. Foi uma casualidade. Ele se chamava Primitivo. Conversamos durante um bom tempo, e ele sugeriu que fôssemos comer alguma coisa. Eu não podia, porque tinha outros compromissos antes de voltar à minha aldeia. Domiciano me disse, como eu disse a ele, faça as suas coisas, e marcamos um encontro para o jantar. Achei estranho que não aparecesse logo. Pensei, o santo deve ter ido visitar o céu.

Logo soubemos que Primitivo também o havia levado para jantar em sua casa, porque queria apresentar-lhe a mulher. E Domiciano insistiu que não, que havia marcado comigo. E o outro, mas o que é isso? Não nos vemos há vinte anos! E foi assim. Quando estavam jantando, bateram na porta. Quem abriu foi a mulher do Primitivo. Era a polícia. Vinha revistar a casa. As crianças, pequenas, dormiam. Detiveram os dois homens.

Se eu estivesse ali, também teria sido preso. Domiciano disse, eu não sei de nada. Estou aqui por acaso, o que era verdade. Não houve maneira de convencer a polícia, que já tinha uma idéia formada. Foram levados à própria Delegacia Geral de Segurança, onde estava lotado, naquele momento, o "Bagaço". Assim que o viu, Domiciano o reconheceu. O "Bagaço" também não esquecia um rosto. Foram ver os antecedentes penais, e aí surgiu a história da prisão e todo o resto.

Foram acusados de pertencer ao Comitê Regional, e Domiciano, de estar em Madri para uma reunião que a polícia sabia que aconteceria. Domiciano lhes disse mil vezes que se tratava de um equívoco. Ficaram com ele duas ou três semanas na delegacia. A mulher dele me ligou para perguntar sobre tudo isso. Eu lhe contei o que havia acontecido, e que Domiciano me dissera que iria lhe telefonar para dizer que ficaria mais uma noite, e levaria o caminhão no dia seguinte. Foi um escândalo.

Angelita foi a Madri. Afinal, disseram-lhe, senhora, seu marido está doente, leve-o a um hospital. Ao que parece, contraiu uma pneumonia no calabouço. Depois de passar mais uma semana no hospital, voltaram a Albacete. Domiciano não quis falar sobre aquilo, não contou nada à mulher. Dizia apenas que tinha sido azar, e que o culpado de tudo era o "Bagaço".

Em um mês, Domiciano estava morto. Angelita quis denunciar aquela arbitrariedade, mas nós, os amigos, a aconselhamos que não o fizesse. Seu filho mais velho, que estava estudando, começou a trabalhar, e a irmã fez a mesma coisa. A mulher, grávida de Rafaelito, temeu perder o filho. Ela sempre atribuiu ao que havia passado o fato de ter sido a vida toda um menino magro, enfermiço e retraído. Bem, nós a ajudamos como pudemos. Eu tive de vender para eles o caminhão que haviam acabado de comprar. O homem nem chegou a desfrutá-lo. Uma pena.

Paco Cortés voltou a Madri com a certeza de que Poe conhecia a identidade do assassino de seu pai, sabia que dom Luís e "Bagaço" eram a mesma pessoa e que este havia sido, de certo modo, o responsável pela morte de Domiciano Hervás, que, ao fim e ao cabo, não foi acusado de nada.

Voltaram a se reunir. Maigret objetou:

— Admitamos que dom Luís foi o assassino do pai de Poe, mas isso não significa, de maneira alguma, que Poe seja o assassino do assassino. Teríamos que falar com ele. Certamente, está desejando que você chegue, quase dois anos depois, e lhe dê a oportunidade de tirar o peso da consciência, fazendo uma confissão completa. Tenho certeza de que, como em *Crime e castigo,* ele vai lhe dizer: você não sabe, Paco, o tamanho do peso que está tirando de cima de mim. Fui eu quem assassinou seu sogro porque foi ele quem assassinou meu pai, prendendo-o primeiro e torturando-o depois. É grotesco. Esqueça tudo isso, Paco. Nós da polícia não resolvemos o caso nem você o resolverá. Deixe para lá. E também não servirá para nada resolvê-lo. É impossível reconstruir os fatos, depois de todo esse tempo. Imagine-se dizendo a alguém que não pode ser incriminado que prove sua inocência lembrando o que fez ou o que não fez entre tal hora e tal hora de tal dia do ano anterior.

Mason deu razão ao policial.

— Não, se não é o culpado, mas se for vai se lembrar de tudo — disse Paco. — Nada melhor do que a culpa para refrescar a memória.

— E depois, Paco, por que você quer descobrir o assassino de uma pessoa como o seu sogro? Ele não merece — acrescentou o advogado. — Pelo que você contou dele, merece que não se descubra o seu assassino, como outros teriam merecido ficar sem túmulo e ser devorados por cachorros.

— Percebe-se que você é advogado, Modesto. Para você, a verdade não tem importância; mas se há uma verdade à mão, a mentira é daninha.

— Você está equivocado — respondeu-lhe Modesto. — Nesses assuntos, quanto menos se souber, melhor para todos. Melhor para sua sogra, para Dora e para você.

— Você se esquece de que escrevo romances de detetives. Ou escrevia. Não posso evitar querer saber o que aconteceu, que aconteceu de verdade.

— Paco, isto é a vida: pare de romancear — continuou Mason. — O que você conseguiria delatando Poe no caso de ser mesmo ele o assassino? Você acredita que Poe é uma ameaça à sociedade, que continuará encontrando motivos para assassinar todos aqueles que o prejudicarem? Que se regenerará e se reabilitará no cárcere? Acredita nisso? Que é uma espécie de assassino em série que vai eliminar todos os que ganharam a guerra, responsáveis secundários pela morte do pai? Seu sogro bem que mereceu ter morrido como morreu. E não há muito mais a dizer a respeito.

— Alto lá. Ou você está se esquecendo de que eu sou um policial? — interveio Maigret. — Sou obrigado a dar parte até mesmo dessas conjecturas, e dizer que investiguem Poe, não lhe parece?

— Você vai fazer isso? — perguntou Paco.

— Não, para quê? Estou de acordo com Mason. Todos os dias saem da prisão pessoas tão ou mais culpadas do que Poe, no caso de ter sido mesmo ele o autor do crime. E outros que, sendo muito mais incrimináveis, nem ao menos são presos, e não acontece nada. É claro que não vou abrir o bico, seria uma complicação para mim. O que não consigo entender, Paco, é qual é o seu interesse em que se saiba a verdade. Se sua sogra soubesse o nome do assassino de dom Luís, passaria a agir. E por mais que detestasse o marido, por tudo o que ela é, católica, partidária da ordem, dona de uma consciência moldada à antiga, etcétera, etcétera, também detestaria seu assassino, e seria a primeira a clamar por justiça. E pelo que você conta, Dora talvez também não perdoasse nem a você.

— Quem não me perdoaria seria minha cunhada, se chegasse a ter conhecimento de que eu sabia quem era o assassino de seu pai mas resolvi não denunciá-lo — admitiu Paco.

— E desde quando você dá importância à sua cunhada?

Paco ficou em silêncio.

— Vamos deixar assim — acrescentou um Mason conciliador. — Além do fato de não acreditar, em absoluto, que Poe tenha alguma relação com tudo isso, a experiência me diz que algo acabará mal se a gente trilhar esse caminho.

Paco Cortés prometeu esquecer o caso, mas, assim que deixou Maigret e Mason, foi procurar Marlowe.

O único que de fato continuava a ter uma relação com Poe era Marlowe. Paco e Dora haviam falado duas ou três vezes com Poe, mas nem tinham seu endereço. Paco encontrou o jovem relojoeiro.

A vida lhe sorria. Seu pai, já aposentado, havia se mudado para Alicante, em busca de climas mais amenos para seus velhos ossos, e o colocou à frente do negócio dos relógios. Os anseios de independência e de pendência do jovem haviam chegado ao fim. Planejava se casar no ano seguinte. Poe? É claro que mantinham contato.

— Às vezes vem a Madri. E quando vem, dorme na minha casa.

Era a primeira vez que tinha notícia de que Poe vinha a Madri. Por que, então, nunca fora visitá-los? Constava que sentia um carinho verdadeiro por sua filha Violeta. Doeu-lhe saber assim da intranscendente falsidade, mas não disse nada a Marlowe. Quis saber se seu pai ainda mantinha a coleção de pistolas.

— Sim.

— Vocês nunca sentiram falta alguma vez de uma delas, tanto das que são da coleção como das que costumam usar nos exercícios de tiro?

— Nunca.

Paco Cortés também lhe perguntou se conhecia bem Poe.

Marlowe, que no princípio não desconfiou dos propósitos daquele interrogatório, colaborou o melhor que pôde com o amigo, e nem sequer quis saber por que aquelas perguntas estavam sendo feitas. E talvez tenha sido essa naturalidade tão bem fingida a coisa que mais desconcertou Paco. Estavam numa cafeteria da Porta do Sol, a Vanessa, recém-inaugurada. Apesar de terem se refugiado numa espécie de poleiro ao qual se chegava por uma escada, o barulho dos ônibus, que congestionavam e obstruíam a rua Alcalá, chegava ali e estorvava as confidências.

Mas o próprio Marlowe, um bom leitor de romances policiais, acabou compreendendo que não podia deixar de demonstrar sua perplexidade, mas já era tarde quando resolveu também perguntar.

— Por que você está querendo saber tantas coisas a respeito de Poe, Sam?

— Agora sou Paco, Isidro. E isso não é um jogo. Só quero que você me diga se ele lhe falou alguma vez de seu pai.

Mais importante do que as respostas são as palavras que ficam impressas no rosto do interlocutor, à medida que você pergunta, seus gestos, por mais sutis que sejam, um gaguejar, a fração mínima de segundo em que os olhos correm para outro lugar e logo se corrigem, a mão que procura um cigarro ou, às vezes, uma interrupção mais ostensiva, como chamar um garçom, olhar os dois lados para atravessar a rua ou levantar e ir ao banheiro — tudo para ganhar tempo e pensar na resposta adequada.

— Não gostaria de ser infiel a Poe, Sam, Paco. Entenda. Diga-me por que você quer saber todas essas coisas.

— Poe lhe pediu alguma vez para que você não contasse a ninguém o que lhe disse a respeito de seu pai?

— Não, nunca, mas acredito que eram coisas muito pessoais suas, e íntimas. Eu não acho que tenha o direito de contá-las agora.

Foi, então, o próprio Paco Cortés quem o fez, quem relatou a Marlowe a história de Domiciano Hervás, sua militância na União Geral dos Trabalhadores antes da guerra, seus vários destinos durante a guerra, em diferentes frentes e em diversas incumbências, seu aprisionamento e posterior internação no campo de Albatera, sua libertação posterior, sem acusações, a infeliz viagem a Madri e sua detenção.

— Poe conversou com você a respeito do meu sogro? — insistiu Cortés.

Marlowe não podia se negar a responder. Era suficiente estar ali com ele para suspeitar que seu amigo já sabia de tudo. Os dois sabiam que sabia. Para Paco, era só uma questão de esperar por pouco tempo, um tempo que talvez Marlowe já não tivesse, por isso desviou o olhar e procurou o garçom. Se pudesse, teria lhe pedido, mais do que qualquer outra coisa, clareza para suas idéias. Paco observava-o em silêncio. Sabia agora que tudo era um trabalho de paciência.

— Sim, sabia que ele foi o policial que prendeu o pai de Poe — admitiu, finalmente, Marlowe —, ou pelo menos aquele que o interrogou quando o prenderam, aquele que dirigiu os interrogatórios e que o mandou de volta para casa.

— Na primeira vez ou na segunda?

A expressão de Marlowe foi de surpresa. Para ele, só havia uma única vez, pouco antes da morte. Paco colocou-o a par da primeira detenção e da fama de dom Luís em Albacete, em 1939.

— Ele lhe contou que o pai foi torturado por ele? — perguntou Paco depois.

— Não falou nada sobre isso. Não sei se sabia ou se não quis falar disso. Suponho que imaginava que isso havia acontecido. Você está achando que foi Poe quem o matou? Não acredito.

Agora era Marlowe quem contra-atacava.

— Ele seria incapaz de matar alguém — continuou. — Eu estava com ele quando segurou uma pistola pela primeira vez. Foi, precisamente, no dia 23 de fevereiro, no estande de tiro da minha casa. Quando você vê uma pessoa segurando uma pistola, sabe se ela pode ou não matar alguém, assim como quando você vê alguém segurar uma pá, sabe se pode ou não ser um pedreiro. Dá para perceber a léguas de distância. Poe não seria capaz de matar uma mosca, como se costuma dizer.

— Você disse uma vez que Poe é canhoto, lembra-se disso?

— Sim, me lembro. Era uma brincadeira. Como eu poderia imaginar que tivesse matado sozinho um homem tão experiente como seu sogro?

— E como você sabe que quem matou meu sogro matou-o sozinho? Mas vamos deixar esse assunto para lá, agora. Você não sentiu falta de nenhuma das suas pistolas?

— Nunca. Não se engane. Não foi Poe. Em sua maioria, os crimes perfeitos nunca podem ser resolvidos por uma série ilimitada de coincidências. Em alguns casos, as coincidências estragam o que era perfeito e, em outros, a casualidade transforma em perfeito um crime que não era mais do que um trabalhinho insignificante. Além disso, como ele poderia ter conseguido levar seu sogro até aquele lugar? O que lhe disse para que engolisse o anzol? Três tiros... Pobre Poe. Em primeiro lugar, teria morrido de medo. Essa pista não o levará a lugar nenhum.

Depois de se despedir de Marlowe, Cortés foi procurar Maigret na delegacia.

Queria ver o relatório policial. Sempre, em todos os momentos, tinham sido mencionados dois disparos, um na perna e outro na cabeça. Marlowe se referira a três. Não era, exatamente, um detalhe sem importância. E o certo, como confirmou o próprio Maigret, é que tinha havido um terceiro tiro, descoberto um dia depois, nas oficinas da polícia, durante um exame mais minucioso do carro. De fato, uma bala havia aberto um buraco no chão da parte direita, a que corresponde ao assento do acompanhante. O péssimo estado da tapeçaria o dissimulara. Como até então as informações da polícia se referiam a dois disparos, o terceiro sequer conseguiu o destaque que mereceria. Mas agora ele poderia colocar Paco na pista certa para o esclarecimento da morte do sogro. Ao voltar para casa, foi inspecionar imediatamente o automóvel do sogro, e confirmou que um terceiro tiro havia sido disparado. O carro agora estava sendo usado por ele e Dora; na verdade por ele, porque Dora, sabendo que o pai havia sido assassinado ali, não encontrava forças para entrar no automóvel.

Maigret foi da mesma opinião que Paco.

— Marlowe conhece a verdade — disse o romancista ao policial. — Poe contou-lhe e Marlowe tenta protegê-lo. É lógico. São amigos.

Paco não podia aparecer em Castellón com um par de conjecturas e esperar que Poe se declarasse culpado do assassinato de dom Luís Álvarez apenas porque um ex-escritor de romances policiais tinha, como se fosse um novo Dostoiévski, uma boa teoria de fundo psicológico. Precisava de algo mais. Seu único trunfo era, exatamente, aquela terceira bala. Se ainda escrevesse romances e fosse levar aquele caso às páginas, o livro se chamaria *A terceira bala*. Sem a menor dúvida.

Passou pela relojoaria da rua Postas e arrastou Marlowe para um bar próximo, e deram prosseguimento à conversa enquanto tomavam um café.

— Como você sabia que foram três os disparos? Os jornais e o noticiário da televisão só falaram em dois. Nem mesmo eu sabia que tinham disparado três vezes. Foi Lorenzo quem me confirmou ontem.

— Eu disse que haviam sido três disparos? Não me lembro.

Marlowe começava a não querer colaborar com tanta boa vontade como havia feito na primeira vez, e era evidente que tentava conservar a calma, e até suas maneiras castas.

— Dois, três, Paco, onde estão agora? E, além do mais, quem se importa com isso?

— O que você disse, exatamente, é que Poe teria sido incapaz de disparar três vezes, porque na primeira já teria morrido de medo.

— E isso é tão importante assim?

Marlowe sabia perfeitamente que num interrogatório dessa natureza era vital inverter os papéis e tentar descobrir antes o que o outro já sabia. Voltava a acontecer a mesma coisa: Marlowe sabia que Paco sabia.

— Isidro, por favor, você e eu somos raposas velhas.
— Como em seus romances.
— Exatamente.
— Paco, você sabe que, se for necessário, sempre protegerei e acobertarei um amigo. E não vou dizer mais nada. Você

não é um policial, e mesmo que conte tudo a Maigret é muito pouco provável que ele o leve a sério, que alguém leve a sério um assunto que foi esquecido até pelos próprios companheiros da vítima. Você não é, também, o primeiro a saber que seu sogro não valia nem ao menos as duas horas que gastaram com ele na autópsia ou as três balas que dispararam contra ele.

— Poe lhe disse que foi ele quem o fez? — perguntou-lhe Cortés ao cabo de um tempo.

Marlowe ficou olhando para ontem. Falavam em voz baixa, com longas interrupções que dissimulavam a tensão entre os dois amigos. Marlowe parecia muito mais velho do que na verdade era. Foi como se sua barba tivesse ficado cerrada, fechando a sua cara em um átimo de segundo.

— Não vou lhe dizer mais nada, Paco. Nem direi nada à polícia se vier me interrogar. Eles, inclusive, sabem menos do que você, sabendo de tudo.

— O que você quer dizer? — perguntou Paco.

— Nada.

DISSE A DORA que tinha de ir a Barcelona por questões de trabalho, precisava entrevistar um autor que as Edições Dulcinea estavam querendo contratar, e ela não desconfiou de nada.

Graças a Maigret e à colaboração da polícia de Castellón, informaram-se, sem levantar suspeitas, a respeito do lugar em que seu amigo Poe estava trabalhando e do apartamento que tinha alugado. Plantou-se às cinco para as três diante do local onde o jovem labutava e esperou até que saísse. Ainda que não fosse de todo improvável que Marlowe houvesse avisado o amigo sobre a conversa que tiveram, achou que o fator surpresa poderia ser muito proveitoso.

Viu Poe sair com os demais empregados. Ele se despediu e afastou-se sozinho. Paco não o via há pouco mais de um ano. Seria até possível dizer que o rapaz estava mais magro. Seguiu-o durante alguns minutos, e quando estavam numa rua de pedestres do Passeio provocou o encontro.

Poe demonstrou ao mesmo tempo surpresa e alegria, mas sem abandonar a timidez que lhe era característica, a mesma que, no começo, sempre o levava a gaguejar e a repetir as palavras de cada frase pelo menos duas vezes.

— Fico feliz em vê-lo, Paco. Vê-lo me alegra muito. O que você está fazendo aqui? Como você veio? E Dora? Vai bem? Dora está bem? E a menina? Como está Violeta?

Acabaram almoçando juntos numa pequena taberna onde Poe, como disse, comia com certa freqüência.

— Vim encontrar um escritor de romances policiais que vive aqui em Castellón. Ed Donovan — disse Paco Spade.

— Ele é daqui?

— É um inglês de verdade, mas assina seus romances, há muitos anos, com um pseudônimo espanhol. José Calvario. O mundo está de cabeça para baixo.

Aquelas improvisações eram tão naturais e artísticas para Paco Cortés que teria sido lamentável considerá-las uma mentira.

Poe deu-se por satisfeito com as explicações do amigo, mas não deixou de protestar por não tê-lo avisado da visita.

— Eu não sabia que ia ser tão breve — desculpou-se Cortés. — Chegamos rapidamente a um acordo em relação a tudo. Deixei os contratos na casa dele, e ele os devolverá na semana que vem, pelo correio. Cheguei esta manhã e volto no último trem. Que casualidade encontrá-lo!

— Onde ele vive?

— Ed Donovan? A dois quarteirões daqui, mais ou menos. Na rua Margarita Gautier.

Tinham acabado de almoçar e continuavam falando dos velhos tempos dos ACP. Nunca é fácil acusar um homem de assassinato, e assim Paco aproveitou o doce sabor da sobremesa para enfiar na conversa umas gotas amargas.

— Estou aqui por causa da morte do meu sogro.

Poe apoiou os cotovelos na mesa, juntou as mãos, trançou os dedos e apoiou neles o nariz. Limitou-se a observá-lo, sem dizer nada.

Fez-se silêncio. Ao redor, a vida continuava, havia ruído de pratos, outras conversas, pessoas que pagavam a conta e se levantavam, mas ali estava sendo resolvida, talvez, a vida de um homem. Paco compreendeu que Marlowe tinha razão. Poe não podia ser assassino de nada, de ninguém, e sentiu imediatamente vergonha de estar ali para acusá-lo de um assassinato que não apenas não havia cometido, mas que também seria impossível provar.

— Você sabia que foi Marlowe quem matou meu sogro?

— Você está fazendo esta pergunta porque sabe a resposta ou porque quer saber?

— Sinceramente, não sei. Até dez minutos atrás, eu acreditava que tinha sido você. Era o único que tinha um motivo. Há uma semana, conversei com Marlowe, e comecei a achar que foram vocês dois. Agora entendi que só ele pode tê-lo cometido. Para cometer um Crime Perfeito, por altruísmo, para tirá-lo do meu caminho.

— Você pode estar enganado.

— Sim, mas estou tão próximo da verdade que cedo ou tarde chegarei a ela. Encontrarei uma prova.

— Ou não. Ou talvez sim, mas ainda que se trate de uma prova, de que ela lhe servirá se não vai servir para apanhar o assassino? Os crimes perfeitos sabem conter a respiração quando policiais e detetives passam ao seu lado. São perfeitos porque não se delatam gritando: Fui eu! Teria sido melhor se ele tivesse sido assassinado por engano com uma punhalada, à noite, à saída de um cinema, por um malandro ou um viciado em drogas, por alguém que o tivesse deixado sangrando na porta de casa durante toda a noite, com as luzes apagadas. Sem saber que morria por todos os crimes que cometeu ao longo da vida. Este não é nem ao menos um Crime Perfeito, não é mais do que um assassinato justo, uma ação poética de justiça. Ele pagou por todos aqueles que jamais pagarão pelo que fizeram.

— Quem fez o quê? — perguntou Paco.

— Quem? — e pareceu que lhe custava até esboçar seu sorriso triste. Paco Cortés compreendeu que seu amigo Poe não se daria ao trabalho de lhe responder.

— Mas você não pode fazer justiça com as próprias mãos, Rafael.

Ao contrário do que acontecia com Poe, a questão trouxe Rafael ao plano real.

— A justiça foi assumida pela própria vida, Paco. Por isso é chamada de justiça poética; é porque nasce da vida e porque é a única justiça pela qual é possível esperar quando a outra não é possível, a outra a que todo homem deveria ter direito, aquela que meu pai não teve. A fome de justiça desperta a sede de vingança, e muitos que acreditam querer vingar-se só querem um pouco de justiça. Isso seria suficiente. A gente acha correto que os judeus persigam os nazistas nos lugares mais remotos do mundo. Eles podem caçá-los, levá-los a Israel, julgá-los, encarcerá-los e enforcá-los. É muito mais do que as vítimas sofreram. E nos parece justo, para que os crimes que cometeram não sejam esquecidos. Os crimes cometidos por pessoas como seu sogro ficaram impunes, porque são a moeda que nós usamos para comprar esta Espanha que temos hoje. Uma vez, perguntaram a um caçador de nazistas se não podia perdoar. E ele disse, sim, eu posso, mas não em nome dos mortos. Aqui acontece o contrário. E assim, quem morreu há quarenta anos continua pagando, ainda que morto, para que nós possamos continuar a viver. Tiraram-lhes a vida, e sua memória continua sendo denegrida. Há quem possa viver confortavelmente com isso, mas outros acham que se trata de um absurdo, não porque seja imenso, mas pelo muito que suportaram durante tanto tempo. Nem todos chegaram à democracia da mesma maneira. Há aqueles que chegaram frescos, limpos, em magníficas barcas de salvamento. Em compensação, alguns chegaram derrotados, extenuados como náufragos, e outros foram devolvidos pelo mar, já afogados. O que não se pode é dizer agora aos náufragos que custeiem com seu dinheiro e sua dor os agradáveis cruzeiros de prazer que tantos usufruíram durante esses anos.

— Mas não é possível passar toda a vida entre o ressentimento e a sede de vingança. Isso fica bem nos romances policiais, mas a vida é construída sobre algo mais firme. Tudo tem que ter um ponto final.

— E eu estou de acordo. Para mim, o ponto final já foi colocado. Seu sogro foi morto. Deixe-o ali. O que interessa a você quem o matou? Morreu pela Espanha, como meu pai. A prisão do assassino resolverá alguma coisa, tornará a sociedade melhor? Não, ela será pior, porque, se o assassino do seu sogro for preso e castigado, vai parecer que ele era melhor do que foi, e ele foi muito pior do que nós imaginamos. Acreditei que tivessem dito isso a você na minha cidade, quando esteve lá fazendo perguntas a torto e a direito, farejando nossas vidas.

Paco fingiu não entender a que Poe se referia, e disse:

— Sei que estou muito perto. O doutor Boyne já dizia, quase nunca encontrei um criminoso que não filosofasse.

— Mas eu não sou um criminoso e também não estou filosofando. Além do mais, minha cidade é muito pequena e todo mundo fica sabendo de tudo. Quando me contaram que você esteve em Albacete, eu pensei, pobre Paco, a obsessão lhe permite; acredita que os romances e a vida são a mesma coisa. Na própria noite daquele dia, minha mãe já sabia que alguém que viera de Madri estava perguntando pelo meu pai. Você deveria ter ido diretamente a ela, e teria lhe contado como as coisas aconteceram de verdade. Você ainda quer saber?

Sam Spade fez um vago gesto de disponibilidade.

— Depois da guerra, levaram meu pai a um campo e depois a uma prisão. Passou quase um ano sem saber de que era acusado, sem saber se iria ser morto, vendo a cada dia aniquilarem homens como ele, nem melhores nem piores, que haviam cometido o mesmo delito que ele: terem lutado por suas idéias. E não se pode imaginar o que é passar um ano num cárcere daqueles. Mas saiu-se bem, foi solto, e foi ao encontro da minha mãe, que acabara de perder o segundo filho. Ela disse que havia sido pela miséria e pelo que foram obrigados a passar. Começou a trabalhar. Comprou, com muito sacrifício, um caminhão velho. As coisas não iam mal. Nasceram meus dois irmãos, e quando tudo parecia estar melhorando, quando ninguém mais se lembrava da guerra nem de nada, quando os falangistas haviam sido esquecidos e parecia que iam deixar que vivessem, aconteceu o que aconteceu em Madri. Desde o dia em que foi preso até o dia em que morreu, passaram-se dois meses. Meu pai não entendia por que havia acontecido aquilo com ele quando estava vivendo o melhor. Tinha dois filhos que estavam sendo bens criados, e um outro estava a caminho. E não fazia nada além de falar do policial que havia cruzado sua vida pela segunda vez. Enquanto meu pai esteve doente, minha mãe lutou, mas quando ele morreu, despencou. Teve de vender o caminhão e nos sustentar como pôde. Visitou todos os advogados do mundo. Dizia que ia processar a polícia por ter feito o que fez com seu marido, mas não houve advogado que quisesse abraçar o caso nem médico que assinasse um certificado dizendo que a pneumonia tinha resultado do estado lastimável em que o devolveram. Disseram até que as duas costelas quebradas poderiam ter sido quebradas de qualquer maneira, quando estava descendo uma escada, por exemplo. Assim era a Espanha em 1960. Hoje, dois dos advogados que não quiseram defender minha mãe naquela época são deputados, estão no Parlamento, chegaram no Parlamento em um navio de luxo, têm votos, e dizem que são democratas da vida inteira, e pedem pensões e reconhecimento para os do "outro lado", porque aquela foi uma guerra "incivil". Quem a tornou incivil? Não é uma piada? O sujeito que era Chefe de Serviço do hospital quando meu pai morreu e não quis assinar um atestado de óbito relatando tudo o que ele tinha e por que tinha, é hoje diretor do Hospital Provincial.

— E você pretende matar todos eles? Vai matar os advogados, o médico, enfim, todos os que, em 1960, não quiseram reconhecer a violência a que seu pai foi submetido?

— Eu não assassinei ninguém e nem pretendo fazê-lo. Seu sogro fazia o mal conscientemente. Os outros agiam apenas por medo.

— Meu sogro também agia por medo. Você sabe que quando uma pessoa sobe num tigre, não consegue mais descer dele. E isso foi o que aconteceu com todos os colaboradores do Regime. Viveram sob permanente ameaça. Eu vi meu sogro desabar porque achava que a qualquer momento os comunistas voltariam e que fariam com ele o que eles fizeram com os comunistas e com todos os outros depois da guerra. E por isso continuaram reprimindo. Também tinham medo.

— Sim, Paco, o medo dos carrascos. Foi você quem disse. Então, como denominar o medo das vítimas? É necessário escolher entre as vítimas e os carrascos, não entre os medos. Sim, nem todos que estavam a favor de Franco eram assassinos, até aí posso concordar. Mas você precisa saber mais. Meu pai foi morto em 1960. Foi mais uma vítima da guerra. Mas o pior veio logo depois. Destruíram a vida da minha mãe. Adorava meu pai. Não podia viver sem ele. As pessoas diziam, estavam casados havia 22 anos e pareciam noivos. Eu cresci vendo-a se debulhar em lágrimas a cada vez que falava do meu pai, e até hoje não consegue evitá-las. Há fotografias do meu pai por toda a casa. Não fui criado numa casa e sim num panteão. Minha mãe tinha, então, 35 anos. Trinta e cinco anos. Casou-se com meu pai ainda menina e não conheceu outro homem. Aí sua vida acabou. E minha mãe nunca soube por que havia acontecido com ela, mas sempre soube quem o fez. E, para ela, ele era o culpado. Não lhe fale da história da Espanha nem da guerra. Em compensação, você sabe que, em 1940, uma pessoa chegou a Albacete e semeou a cidade com cadáveres. E vinte anos depois voltou a encontrar meu pai e achou que ele vinha para matá-lo pelo que havia feito no passado, e disse isso ao meu pai enquanto seus antecedentes criminais eram checados. E lhe disse também: eu conheço todos vocês que acreditam que vão fazer justiça pelas próprias mãos. São vingativos, predadores, maus. E meu pai respondeu que nem se lembrava dele. E se lhe digo isso é porque é verdade. Quero dizer que percebeu que era ele, mas fazia dezenove anos que não pensava nele, tinha conseguido tirá-lo da sua vida. Porque, para sobreviver, tiveram de esquecer tudo o que havia acontecido e tudo o que sabiam. Eles não. O criminoso só pode viver no dia do crime e no cenário do crime. Mas meu pai já tinha esquecido. Porque inocência é esquecimento. E seu sogro obrigou-o a lembrar novamente, e de que maneira. Eu teria preferido que aqueles crimes tivessem sido julgados, porque nós somos as vítimas. Não tem sido assim, nem assim será. Teríamos sido felizes se alguém tivesse assassinado Franco, mas tivemos que nos conformar assistindo àquela agonia espantosa. E a isso também chamamos de justiça poética, que é, por assim dizer, um sucedâneo da justiça. A morte de seu sogro foi um outro sucedâneo.

Os outros clientes já haviam saído há algum tempo da pequena taberna. Apenas Poe e Sam Spade continuavam sentados diante de seus cafés. O garçom esperava. Queria limpar a mesa, trocar a toalha, como já havia feito nas outras, que deixava prontas para o jantar, e ir para casa.

Poe ofereceu-se para acompanhá-lo até a estação. Sentaram-se num banco da sala de espera.

— Minha vida aqui é tranqüila — confessou-lhe Poe. — E continuará sendo, se estiver ao alcance da minha mão ou da sua. Não sei como seu sogro morreu nem como tudo aconteceu, mas se, apertando um botão em minha casa, sem que ninguém soubesse, eu tivesse podido assassinar Franco, eu o teria feito. Como em O *mandarim*, de Eça de Queirós. Para sorte dos homens, certas coisas só acontecem nos romances. E, assim, vamos nos poupando de problemas morais insolúveis. Para minha mãe, Franco era um canalha, mas seu Franco pessoal, aquele que lhe causou danos, tinha o nome do seu sogro, e se ela tivesse podido acabar com ele em silêncio, impunemente, não tenha a menor dúvida de que o teria feito, mas continuaria incendiada pelo ressentimento e pela sede de vingança. E eu a mesma coisa, porque mais terrível do que um crime é acabar se parecendo em alguma coisa com o assassino. Para mim, evidentemente, é preferível ser vítima da injustiça do que cometê-la. Não tinha nada a expiar. Nem ao menos posso ser culpado por ter desejado a vingança. Seu sogro, em compensação, teria, sim, muito a expiar, e não na condição de morto. E por isso, a última coisa que eu teria pretendido fazer era acabar com a vida dele.

Paco havia se distraído enquanto o amigo falava.

— Isso não quer dizer que você não acabou com ele. Mas se não foi você por que Marlowe assassinou dom Luís?

— Eu vou lhe dizer o que já disse antes, Paco: você pergunta porque já sabe ou afirma para que eu o confirme? O seu sogro foi morto pelas circunstâncias, assim como as circunstâncias mataram meu pai. Ninguém pagou pela morte do meu pai e ninguém deve pagar pela morte do seu sogro. Repito-lhe que é a isso que se dá o nome de justiça poética.

— Isso não me convence nem um pouco, Poe. É sempre possível encontrar razões para matar alguém, por pouco que se procure.

— Pare de sofismar. Durante muitos anos, imaginei que um dia encontraria o assassino do meu pai. Era uma obsessão. Entre os quatorze e os dezoito anos, não pensava em outra coisa. Acordava a cada noite com o mesmo pesadelo. Para mim, não era nada além de um nome repetido a todas as horas lá em casa, em voz baixa, pelos cantos: dom Luís Álvarez, o "Bagaço". Não tinha rosto. Minha mãe vivia aterrorizada pela possibilidade de acontecer a algum de nós coisa parecida como aquela que havia acontecido com meu pai, e por isso, inclusive, deixamos de falar sobre ele. Mas ele nunca saiu dali. Nos sonhos, seu sogro não era nada mais do que o espírito do mal encarnado num homem. Eu me encontrava com ele, eu com uma arma na mão e ele diante de mim, e eu lhe dizia, sou o filho de Domiciano Hervás. E ele dizia, não sei quem é esse Domiciano, me deixe em paz. Não se lembrava de nada. E você viu agora que ninguém se lembra de nada do que aconteceu não faz nem dez anos. Mas você tem aí minha mãe, e, da mesma maneira que ela, muitas outras pessoas com um problema diferente: não podem esquecer. Você não sabe o que dariam para poder esquecer. Tiveram a inocência roubada, e ainda fazem com que se sintam culpadas. É uma coisa monstruosa. Minha mãe pensou mil vezes no que teria acontecido se meu pai não tivesse ido a Madri. Se não tivesse encontrado seu amigo, não teria acontecido nada. Durante anos, sonhei a cada noite que iria encontrá-lo, mas jamais imaginei que toparia com ele na realidade. Para mim, não era mais do que um elemento de uma ficção sinistra. E, nos sonhos, dizia-lhe quem era e o que havia feito com meu pai, até tê-lo ajoelhado pedindo perdão à minha mãe, a meus irmãos, suplicando clemência. E quando ia atirar, acordava. Quando aconteceram aquelas coisas no dia 23 de fevereiro e vi seu nome no jornal, e soube quem era ele, teria ficado alegre se o tivessem prendido e julgado e teria sido para mim como se o tivessem condenado pelos fatos recentes, tendo tantas coisas pendentes no passado, como as pessoas pouco se importaram que Al Capone tivesse sido preso por não pagar impostos e não pelos crimes que cometera. Você precisava vê-lo naquela noite. Mas até nisso teve sorte. Teria sido simples matá-lo. Tinha à mão até uma pistola, ou cem, como você sabe, se tivesse querido. Mas não quis. Nunca quis, e agora que aconteceu, não me alegro de que tenha morrido, mas tampouco lamento que esteja morto. Para mim tanto faz se você acredita em mim ou não. Só lhe digo uma coisa: seu sogro nem merecia saber por que morria.

Aquelas palavras lembravam tanto as de Marlowe que a hipótese de que o haviam feito juntos tornou-se novamente forte.

— Não é verdade que você já estava matriculado quando nos contou aquela história da universidade? Você não planejou aproximar-se dos ACP, no Comercial, para ficar amigo de Maigret, poder freqüentar a delegacia e ver de perto meu sogro?

— Você está me fazendo uma homenagem, Paco, acreditando que sou inteligente assim. Vou repetir o que Dora lhe disse cem vezes. Leve-a a sério, já que não confia em mim: não estamos vivendo num romance policial. Não é nada mais do que a vida, e a vida raramente tem brilho. No que diz respeito à universidade, foi uma bobagem dizer aquilo a vocês. Foi a primeira coisa que me ocorreu. Eu estava ali por causa da Hanna. Via-a um dia, segui-a, entrei no Liceu e matriculei-me em suas aulas. Mas não podia contar isso a ninguém. Nem a ela eu o contei, então. Para mim, tanto faz se você acredita ou não no que estou dizendo. Volto a lhe dizer: seu sogro não merecia nem ao menos saber por que estava sendo assassinado.

— E ele soube, não é verdade? E você também sabe — afirmou Paco.

— Sim, e você, Paco, também: por todos seus crimes. Alguns de nossos militares e policiais não foram melhores, em muitos casos, do que os nazistas, mas vivem tranqüilos com seus empregos ou suas pensões, porque foram selados pactos. Em nome de quem? Em nome da transição pacífica? Perguntaram alguma coisa a mim, a minha mãe, perguntaram a meu pai? De acordo. Ninguém está exigindo que sejam mortos, nem ao menos que sejam condenados. As vítimas se conformariam se eles fossem julgados. Mas ninguém vai julgá-los, e é aí que a vida tenta compensar as assimetrias com mortes como a do seu sogro, que nunca serão esclarecidas, mas nas quais alguns verão uma coisa harmoniosa.

— Mas até os comunistas disseram que era necessário colocar um ponto final.

— Os comunistas mortos, os comunistas que ficaram trinta anos na cadeia, os comunistas que se suicidaram nas muralhas do porto de Alicante quando os italianos estavam chegando foram consultados? Ninguém quer que os assassinos, os torturadores e seus cúmplices sejam mortos. Nem mesmo que sejam levados a uma prisão, como Hess foi levado, embora merecessem. Olhe, a única maneira de fazer com que jamais esqueçam seus crimes é julgando-os à luz dos fatos. Lembro-lhe que deram a seu sogro, a título póstumo, a medalha do mérito policial. Mérito de quê? E deram o que ao meu pai? Minha mãe não teve nem direito a uma pensão. Mas, você sabe o que aconteceu quando dei à minha mãe a notícia de que tinham matado o corno? Ficou olhando para mim e não disse nada. Nunca lhe contei que o havia conhecido, que tinha estado com ele na delegacia da rua de la Luna. Não sabe nem saberá, aconteça o que acontecer, Paco, eu prometo.

Paco limitou-se a concordar, para não interrompê-lo.

— Mas ela não disse nada — continuou Poe. — Sentou-se e não abriu a boca. Nem para contar aos meus irmãos. Você me conhece. Sabe como gosto de falar. Mas, quando o mataram, tive de contar à minha mãe, minha mãe sentou-se, pegou uma foto do meu pai que sempre está na mesinha da sala, e, com a foto presa entre as mãos, começou a chorar. Não sei o que passava pela cabeça dela naquele momento. Não sei por que, nem me diga como, mas percebi que aquelas lágrimas também eram derramadas pela morte do seu sogro, e isso era injusto. Fiquei furioso. Gritei que parasse de chorar, porque essa era uma boa notícia. E ela me disse que a única boa notícia seria a de que meu pai não havia morrido. Ela sentia a morte de dom Luís sim, porque ele deixava uma mulher como ela e filhos. Minha mãe acabara de me dar uma lição, e entendi por que haviam perdido a guerra. Porque nunca haviam se colocado à altura dos criminosos. Ou seja, seu sogro foi para o outro mundo levando o perdão de suas vítimas, mas isso o torna ainda mais mesquinho. Deixe as coisas ficarem como estão.

— Talvez, mas todos os crimes têm que ter um assassino, e este também. Esta é a única coisa que aprendi em todos esses anos.

— Não, Paco. O assassinato de um assassino pode alegrar-nos, mas não beneficia ninguém; o mundo também não fica melhor quando morre um rato.

Esperavam pelo trem de Madri. Paco Cortés não resolvera o único caso real que tivera nas mãos. Ele sabia que nos romances tudo acontece com mais facilidade. No seu próprio, aquele que ainda nem reconhecia como romance, tudo estava a meio caminho do fim. Partia de Castellón convencido de que Poe havia matado seu sogro de uma ou outra maneira, sozinho ou com a ajuda de Marlowe, sozinho ou induzindo ao assassinato seu amigo relojoeiro. Mas também sabia que jamais poderia prová-lo.

— É curioso que tudo isso aconteça comigo, Rafael...

Paco Spade, o grande Spade, voltava a chamar Poe pelo nome de batismo.

— O quê?

— É curioso — repetiu o ex-romancista — porque, nos romances policiais, tudo adquire uma aparência de realidade. No entanto, o que acontece neles tem o mesmo valor moral de um tabuleiro de xadrez, no qual, conforme a sua posição, um peão pode valer tanto quanto uma rainha e os reis podem agir como se fossem verdadeiros peões. Só os cavalos parecem estar em seu lugar. E foi isso que você fez comigo o dia inteiro: deu saltos de cavalo de um lado para outro.

Poe sorriu. Os alto-falantes anunciaram que o trem esperado entraria dentro de alguns momentos na plataforma.

— Os crimes são cometidos por alguma destas três razões, Poe: amor, dinheiro ou poder. Raramente alguém é morto por honra ou muito menos por justiça poética, como você a chamou, e quando isto acontece, estamos diante de um romântico e não diante de um assassino. Não sei. O que percebi claramente neste dia é que jamais agiria contra você.

— Paco, eu lhe agradeço — disse Poe, com uma grande tristeza —, mas não sou um romântico nem um assassino. A gente talvez nunca fique sabendo como aconteceu. Se tivesse sido um assassinato, e eu o tivesse cometido, teria sido por amor. Amor à vida, como o do médico que extirpa um câncer. Mas não fui eu. A vida é muito generosa, e, como nos pesadelos, nos acorda sempre no exato momento em que o horror parece inevitável.

Não tinham mais o que dizer um ao outro. O trem chegou à plataforma moribundo, emitindo ganidos ofegantes.

— Gostei muito da história desse seu amigo Ed Donovan, aliás, José Calvario — disse Poe. — Por que não volta a escrever, Paco? É muito difícil mentir a uma pessoa que tem sofrido muito.

— Poe, eu sempre disse que, entre todos os membros dos ACP, você era o mais rápido e o mais sagaz. Por que não está acreditando na história de Ed Donovan?

— Porque não há uma rua Margarita Gautier em toda Castellón.

Paco sorriu como um menino que tivesse sido surpreendido com um dedo enfiado num tacho de marmelada.

Apertaram-se as mãos. Poe permaneceu em pé na plataforma vazia. O trem partiu e Paco Cortés repetiu imprecisos gestos de amizade e despedida. Poe respondeu com outros; os de adeus ficaram ainda mais difusos.

Paco abriu a janela; não ouvia o que o amigo dizia.

— O que está dizendo, Poe? — gritou Paco, com o trem em movimento.

— Que, por mais inteligente que você seja, suas deduções perfeitas às vezes são equivocadas.

— O quê?

— Nada — respondeu Poe, com um sorriso triste no canto da boca, e acrescentou como se precisasse ouvir pelo menos a si próprio —, que isto não é um romance.

No dia seguinte, Paco Cortés voltou a encontrar Marlowe na cafeteria da Porta do Sol. A administração do negócio familiar não permitia que tivesse muitos momentos de folga.

— Você deve saber que estive ontem com Poe.

— Não, não sabia — mentiu Marlowe.

— Poe não ligou para você?

— Não.

— Não acredito. Vocês conseguiram que meu sogro os acompanhasse até Fuenclara, e ali um dos dois o liquidou.

— Você sabe ou está perguntando?

— Você falou com Poe.

— Mas isso não é um delito. E depois, o que você faria se alguém acusasse um grande amigo seu de assassinato? De fato. Pode ter sido Poe. Eu lhe disse que achava estranho que tivesse sido ele. Não lidava bem com armas. Agora você diz achar que fui eu. É possível, embora não tivesse motivo. Quem sabe, os dois. Ele entrou com o motivo, e eu, com a arma. Mas pode ter sido outra pessoa qualquer. E isso é o que torna este crime um crime perfeito: temos cadáver, temos motivos, temos suspeito ou suspeitos, mas não temos o assassino. Como se tudo isto fosse pouco, essa morte beneficiou todo mundo: a família em primeiro lugar, os companheiros de trabalho, as vítimas e a sociedade, que conta com um animal a menos. O que mais se pode pedir? Se você está esperando que um de nós dois diga: fui eu, ou foi ele, ou fomos nós dois, saia dessa. A essa altura, onde você encontraria uma testemunha que desbaratasse um álibi? Não apenas um álibi de Poe ou meu, mas de qualquer pessoa. Encontre um suspeito que diga: naquela hora eu estava almoçando em tal lugar. Passaram-se dezoito meses. A polícia não tem a arma do crime nem está esperando que surja, em algum canto de um armário, um terno com manchas do sangue de seu sogro nem sapatos com barro de Fuenclara. Poe lhe disse e eu repito. Para sorte dos crimes perfeitos, isto não é um romance. E saiba que não o condeno por querer saber a verdade. Era seu sogro. Se tivesse sido o meu, provavelmente estaria agindo da mesma maneira. Desista de encontrar o assassino. Ele não existe.

— Estiveram a ponto de atribuir o assassinato a mim. Quero lembrar que durante alguns dias, houve quem pensasse que eu o havia cometido, e até mesmo que havia sido um complô dos ACP. Vocês teriam permitido que jogassem o cadáver em cima de mim.

— Não faça julgamentos apressados, Paco — disse o relojoeiro.

Paco Cortés e Marlowe se despediram como bons amigos. Paco nunca havia imaginado que Marlowe poderia ser capaz, não de cometer um assassinato, mas de construir uma blindagem a partir de argumentos tão oportunos — ele, que parecia ser um sujeito cheio de caprichos e extravagâncias.

— Os dois são inteligentes — disse dois dias depois a Maigret e a Mason, diante de alguns copos de uísque, no Trafalgar Pub da Fuencarral. — Quem poderia imaginar! Os alevinos dos ACP ensinando os veteranos. A única falha cometida por Marlowe foi aquela história das três balas, mas ele foi muito hábil e teve sangue-frio suficiente para negá-la. Poe contou-lhe a história do seu pai e do meu sogro e, assim, deve tê-lo convencido a cometer um crime perfeito. Marlowe, dono de um eterno espírito esportivo, prestou-se a desempenhar o papel. Só uma coisa não se encaixa. Eles não podem ter cometido o crime sozinhos. O corpo apareceu num descampado. A estação mais próxima do metrô está a uma hora de caminhada; o ponto de ônibus mais próximo, a meia hora. Carregavam a arma homicida. Não acredito que fossem se expor andando por aqueles lugares, permitindo que alguém os visse e pudesse identificar. Nem Poe nem Marlowe tinham carro, e não acredito que saibam dirigir. Assim, é necessário supor que alguém ficou esperando por eles. E onde poderiam encontrar um apoio melhor do que entre os ACP?

Maigret e Mason fitaram Paco, assombrados. Aquele era o Sam Spade de sempre. Implacável, analítico. Não deixava vestígios. Seus olhos obscuros e frios abriam caminho entre os fatos com a discrição infalível de um lince.

— Se quiser, podemos repassar quem pode tê-los ajudado.

— Você está se esquecendo de que a namorada dele, aquela dinamarquesa, que ainda não havia morrido, tinha um carro.

— É verdade — admitiu o ex-romancista. — Ela pode ter topado por duas razões: dinheiro ou amor. Poe me disse que se ele tivesse cometido o crime, teria sido por amor. Ou, já que estava envolvida de novo com as drogas, precisava de dinheiro. Mas qualquer pessoa que conheça os crimes perfeitos sabe que não se deve confiar em ninguém que aceite participar de um crime por dinheiro. Esse é o elo da corrente que se rompe com mais facilidade. Pode ter sido por amor, mas é pouco provável. Naquela época, Hanna estava vivendo mais com o marido, e, além disso, não tinha nenhuma experiência criminosa ou antecedentes criminais. Não é possível improvisar um criminoso. Vamos continuar. Podemos descartar o padre Brown...

— Não é lógico — disse, decepcionado, Mason.

— Um padre pode abrigar e acobertar temporariamente um criminoso, mas não creio que esteja disposto a cometer um crime com as próprias mãos.

— A pobre Miss Marple... De fato, ela me ligou há um mês. Queria saber se não íamos voltar nunca mais a promover nossas reuniões. Disse-lhe que a avisaria caso voltássemos a nos encontrar. Se soubesse que estamos colocando seu nome numa lista de acobertadores de um crime, fugiria apavorada e não voltaria nunca mais a nos ver no período que lhe resta de vida. Pobre Miss Marple... Sherlock teria sido capaz disso e de muito mais. É um homem calculista, mas tão interessado que teria de saber o motivo. E, neste caso, não tinha nenhum para matar alguém que não conhecia. Temos que descartar também os ACP que nem Poe nem Marlowe conheciam, porque os viam pouco...

— Milagros também tem carro — lembrou Maigret.

— E Milagros não só seria capaz de ajudá-los a cometer o crime, como também cometê-lo pessoalmente, porque gosta de histórias. Mas Poe ou Marlowe não tinham relações com ela; só se viam quando estavam aqui e, portanto, era nenhuma, porque vocês sabem mais do que eu que Milagros e a Esfinge são irmãs. Deixemos Nero e os outros de lado. Restamos nós três. Você, Mason, não me leve a mal, é um inútil quando se trata de assassinato.

— Também não é assim — protestou o amigo.

Paco girou os ombros para dirigir-se a Maigret, dando a entender que aquela era uma questão a ser dirimida entre os dois.

— Estou acompanhando seu raciocínio — disse o policial, muito solícito. — Estou morto de curiosidade.

— Pode ter sido eu — admitiu Paco. — De fato, é o que a polícia acreditou no princípio. Mas teria sido absurdo que, podendo cometê-lo sozinho, cometesse-o com outros. Não posso imaginar como isso poderia me beneficiar. Naquela época, eu não sabia da relação de Poe com meu sogro. Assim, seria muito difícil propor-lhe que participasse da conspiração. No que diz respeito a Marlowe, ele teria sido a última pessoa em quem eu confiaria um segredo dessa natureza. Eu sei dirigir, é verdade, mas, por acaso, o único carro de que eu poderia dispor naquele momento estava sendo dirigido pelo meu sogro, e seria impossível convencê-lo a ir trocar beijinhos comigo naquela tarde. Só resta você, Lorenzo. Você tem um carro.

— Há um milhão de automóveis em Madri, Paco — disse-lhe Maigret, muito bem-humorado —, e não há um milhão de pessoas suspeitas de terem matado sem sogro, sem dúvida.

— Mas você, em compensação, tinha, sim, uma boa razão para matá-lo. Era seu chefe e estava se preparando para transferi-lo para outro lugar.

— Como sabe disso?

A expressão alegre de Maigret tornou-se de surpresa e espanto. Mason olhou para Paco de maneira significativa. Não lhe parecia uma boa piada, mas não se atreveu a intervir.

— Ontem à tarde, eu estava ajudando minha sogra a organizar seus papéis. Ela está de mudança. Resolveu de repente. Vai para uma casa. Em uma pasta, encontrei um rascunho de um relatório disciplinar no qual consta seu nome. A data era de um mês antes da morte de dom Luís. Não sei quais eram as suas diferenças, mas antes quero lhe dizer que, mesmo que você tenha ajudado Poe e Marlowe, as coisas não mudaram. Não dou muita importância ao caso. Mesmo que os seus motivos não sejam tão nobres quanto os de Poe ou até os de Marlowe, eu não faria nada, nem me daria ao trabalho de reabrir o caso. Posso achar razoável que alguém queira fazer justiça quando esta não comparece. Entendo, também, que, por amizade, uma pessoa como Marlowe se disponha a colaborar. Agora, acho indigno, pior, mesquinho que alguém queira tirar a vida do chefe porque ele não vai com sua cara. Por outro lado, na tarde do crime um Peugeot branco foi visto em Fuenclara, e você tinha um Peugeot branco.

Maigret tinha deixado Paco falar. Segurava um copo de uísque, mas quando Paco começou a apresentar seus argumentos, o policial até esqueceu a bebida. Seus lábios ficaram secos. Paco percebeu o detalhe; é sempre a partir dos detalhes que se chega a deduções irrefutáveis.

— Beba, Loren. O uísque vai esquentar.

Paco Cortés pensou naquele momento: se Lorenzo não beber e deixar o copo sobre a mesa, vai ser difícil tirar alguma coisa dele, mas, se beber, acabará me contando o que aconteceu.

Maigret bebeu um longo trago, matando o uísque que estava no copo, e enfiou na boca um pedaço de gelo; em seguida, repousou o copo na mesa. Como qualquer suspeito, queria arranjar alguns segundos para pensar na resposta. Em termos policiais, aquele pedaço de gelo em sua boca era uma trégua para ganhar um tempo antes de começar a falar.

— Em Madri deve haver pelo menos mil Peugeot brancos como o meu...

— Já baixamos o número de suspeitos de um milhão para mil... — disse Cortés, sarcástico.

— Acho também que você está enganado a respeito do tal relatório disciplinar. É a primeira vez que ouço falar dele, acredite você ou não. Umas semanas antes, eu havia tido uma discussão muito violenta com dom Luís. Todos os que trabalharam com ele tiveram discussões desse tipo uma ou mais vezes. Uma das pistas seguidas pelos investigadores foi essa. Nós também fomos investigados. Seu sogro estava convencido de que eu havia testemunhado contra ele numa investigação da corregedoria interna sobre os acontecimentos da noite do dia 23 de fevereiro. Nunca me engoliu, e eu também não tinha nenhuma simpatia por ele. Não sabia que estava preparando um relatório a meu respeito. Isso não tem nada a ver com o assassinato.

Maigret levantou a mão para chamar a atenção do garçom. Paco comprovou até que ponto a mecânica dos suspeitos é elementar.

— Lorenzo, conte para a gente como aconteceu.

Ele precisou de alguns instantes para começar a responder. Suas mãos suavam. Em seu íntimo, travava-se uma batalha que o torturava moralmente. Olhou para Paco e Modesto, consciente da gravidade do momento.

— Um dia — disse, finalmente, o policial —, depois de uma daquelas reuniões dos ACP, Poe e eu ficamos a sós. Fomos jantar juntos. Tínhamos o hábito de fazê-lo de vez em quando. Ele me disse, ouça, Lorenzo, você tem um carro e vou lhe pedir um favor. E aí disse: você pode me esperar em tal lugar a tal hora? É onde Hanna compra as drogas, disse também. É um lugar muito estranho, muito isolado, dá um certo medo, explicou. Hanna me contou, disse Poe, que vive ali um sujeito que lhe roubou um dinheiro que eu lhe emprestei e ele não quer devolvê-lo, e me disse que se eu aparecer, talvez consiga alguma coisa. Mas eu não confio nem na Hanna. Ela está tão pirada que não faz nada além de mentir. É muito dinheiro. Duzentas mil pesetas. Eu acreditei em Poe. Por que iria me enganar? Nunca mentia, não fantasiava, não exagerava, não era Marlowe. Eu lhe disse, então, que seria melhor que eu fosse com ele à tal casa. E ele disse, não, Hanna o conhece; é melhor você ficar ali por perto. E se eu demorar a aparecer, você se apresenta. Acreditei em tudo o que ele me disse. E assim fizemos. No dia seguinte, ele foi por conta própria e eu fui para o lugar marcado. Em meia hora, como havíamos combinado, vi, finalmente, Poe aparecer. Mas estava acompanhado por Marlowe, que não havia sido mencionado no dia anterior. Entraram no carro e Poe me disse, Lorenzo, acabo de matar Luís Álvarez. Eu olhei para Marlowe. Se fosse ele quem tivesse dito aquilo, eu acharia que era uma piada, porque está sempre fazendo brincadeiras de mau gosto, vocês o conhecem, mas quem falou foi Poe, que nunca ri de nada, sempre tão sério. Quis saber o que havia acontecido. Poe pediu-me desculpas. Estava tranqüilo. Marlowe estava desalinhado e calado. Poe me disse, dom Luís matou meu pai. Eu nunca havia falado com ele a respeito de seu pai nem sabia nada de sua família, a não ser quando conversamos pela primeira vez. E não havia me contado muitas coisas. Eu lhe perguntei, você o trouxe aqui para matá-lo? Não, respondeu Poe. Terei que dar parte, disse eu. Bem, disse Poe, é natural. Não estava nervoso. Quero que você saiba, acrescentou, que eu só queria falar com ele. E eu lhe respondi que para falar com ele não teria sido necessário levá-lo a Vallecas. Ao lado da delegacia há duzentos cafeterias onde seria possível fazê-lo. E Poe me disse que para o que tinha a lhe dizer, sim; queria ter a segurança de que não iria embora, porque tinha de ouvi-lo e queria fazê-lo sentir, ainda que por um momento, todo o medo que fez muita gente sentir, que fez seu pai sentir. E por isso estava armado. Submetê-lo a um julgamento, a um julgamento que seu pai não teve. E me falou alguma coisa de um sonho que tinha sempre, e que nesse sonho ele olhava nos olhos do assassino do pai. Estávamos no carro, arranquei e saímos dali. Por sorte, ninguém nos viu... De qualquer maneira, eu continuava sem conseguir entender muitas das coisas que Poe contava. Fomos até minha casa. Poe havia pedido a Marlowe que o acompanhasse, porque tinha medo, inclusive, que seu sogro o matasse. Procurou dom Luís e lhe disse: o senhor se lembra de mim? Sou o primo de Maigret, e lhe contou uma milonga sobre você, Paco. Como naquela época dom Luís estava obcecado por você, você se lembra, foi quando ele entrou no Liceu e promoveu aquele escândalo, bem, Poe foi vê-lo e lhe disse, dom Luís, seu genro está metido no negócio das drogas. Disse também, para espicaçá-lo, sua filha também está metida nisso, dom Luís; quem a meteu nisso foi seu genro. Estava tudo calculado, é nisso que eu acredito. Quando seu sogro engoliu a isca, mais por vontade de que fosse verdade do que por estar bem urdido, lhe disse, e eu sei onde ele pode ser flagrado. Como a mim, contou-lhe uma história parecida, que você, Paco, lhe devia muito dinheiro, que havia lhe emprestado quando você estava separado de Dora, que você não o devolvera porque dizia que estava com um traficante de Vallecas, e que você havia lhe dito que esse traficante teria o dinheiro no dia seguinte. Poe lhe disse: só quero recuperar meu dinheiro; o resto, tanto faz. Seu sogro quis logo enfiar toda uma brigada no apartamento onde Poe assegurou que vivia ou operava o traficante e onde se supunha que você iria estar, e flagrar os dois. Mas Poe lhe disse, não, não faça isso, porque é muito provável que Dora também esteja ali, aplicando-se, e o senhor não vai querer que sua filha também seja presa. O que parece incrível é que ele, um policial, tenha engolido uma história como essa. Vai ver que a engoliu exatamente por ser um tira; temos visto tanta coisa que nada mais nos surpreende. Dom Luís ficou louco, cego de ira. Poderia ter telefonado para a filha e falado com ela. Mas não, preferiu acreditar num desconhecido; acreditar confirmava tudo o que sempre havia dito do genro. Se tivesse ligado para Dora, falado com ela, talvez seu sogro estivesse vivo. O destino quis que não o fizesse, e ele foi encontrar o seu próprio. Como você diz, Paco, quando o destino anda à sua volta, não há muito a fazer. Seu sogro telefonou à sua sogra e disse que iria almoçar em casa. O plano era levá-lo ao tal descampado. Chegaram a Fuenclara e ali os esperava Marlowe, que se enfiou no carro. Poe queria falar com ele, interrogá-lo diante de uma testemunha, dizer-lhe, você matou meu pai, você torturou-o, você torturou meia província de Albacete, e depois deixá-lo ali. E para isso chamou a mim.

Maigret voltou a chamar a atenção do garçom com um aceno e pediu-lhe que servisse outro uísque.

— E o que aconteceu? O que meu sogro disse ao ver entrar no carro uma pessoa que nunca havia visto?

— Nada. Como Poe cumprimentou-o, deve ter pensado que era o traficante ou uma isca, qualquer coisa. Até que Poe, já com Marlowe no carro, vai e lhe pergunta: o nome de Domiciano Hervás lhe diz alguma coisa? A princípio, seu sogro não se lembrava de nada. Poe lhe disse, sou filho de Domiciano Hervás e você matou meu pai. Parece que quando ouviu isto, seu sogro ficou muito nervoso. Não se lembrava desse Domiciano, mas acreditou em tudo. Poe queria apenas que seu sogro dissesse sim, eu me lembro de seu pai, e sinto pelo que aconteceu. Mas não se lembrava de nada. Ficaram ali um bom tempo, falando.

— E Marlowe, o que fazia?

— Nada. Ficou no banco de trás, escutando.

— Estava armado? — perguntou Mason.

— Não sei, não me disseram. Suponho que sim — acrescentou Maigret. — A princípio, seu sogro negou tudo. Segundo me contaram, tinha muito medo, ficou quase sem voz. Começou dizendo que não se lembrava de nada, depois que recebia ordens, fazia o que lhe mandavam, mas jurava e perjurava que não se lembrava do pai de Poe. Estava com a cabeça voltada durante todo o tempo para 1940, até que lhe disse não, foi em 1960 que o mataram, em Madri, não em Albacete, e como havia sido, e então parece que sim, que lembrou. Tanto que quis sacar a pistola, mas Poe sacou a que Marlowe lhe havia emprestado. O policial tentou tomá-la. Poe me disse que naquele momento soube que o mataria, assim como ele havia matado seu pai. Lutaram. Um tiro atingiu o solo, outro a perna, e outro, a cabeça. Tudo aconteceu muito depressa.

— E você, um policial, acreditou nessa história? — perguntou Paco Cortés.

— Sim.

— Ninguém ouviu os tiros, ninguém viu o carro?

— Não.

— E por que você não deu parte? Você estava correndo um risco muito grande. Se descobrissem...

— Fiz um pacto com Poe. Se visse que as investigações estavam chegando perto de mim, ele se entregaria e contaria uma versão maquilada dos fatos, sem mencionar nem a Marlowe nem a mim. Por experiência, sei que uns dez por cento dos assassinatos ficam sem solução ou sem que o culpado seja preso. Não se perdia nada esperando alguns dias. Seria possível sempre negar tudo. Logo as suspeitas recaíram sobre você, e nós ficamos tranqüilos.

— Você acreditou que Poe se entregaria? Quando você viu alguém se entregar à polícia e confessar um crime?

— Em toda parte, diariamente. E Poe o teria feito, estou certo disso.

— Vocês teriam me deixado sozinho — disse Paco sem muito pesar, e não muito convencido.

— As acusações eram insustentáveis. Estava claro que nada aconteceria a você.

— Não, as coisas poderiam ter se complicado para o meu lado. A vida está cheia de falsos culpados e de falsos inocentes. E eu sempre disse que o crime perfeito já traz preparado um falso culpado e a condenação de um inocente.

— Não dramatize. O fato é que depois dos três primeiros meses — continuou dizendo Maigret — tudo foi se diluindo, e na delegacia voltou a ganhar força a teoria do atentado, a história do Grapo. É uma sorte que haja na Espanha um grupo como esse; quando um fato não é compreendido, atribuem-no a ele.

— Suponho que você tenha uma teoria para o caso de ser necessário lançar mão de uma.

— Não. Às vezes penso que foi um acidente. Poe não é uma pessoa que tenha o perfil de um assassino. Mas, ao mesmo tempo, foi capaz de organizar o seqüestro para conversar com dom Luís. Eu insisti muito: você poderia ter falado com ele em outro lugar, lhe dizia. Não, repetia. Tinha que ouvir de mim tudo o que não quis ouvir do meu pai. E, além disso, acreditar em mim. Poe também me disse que se seu sogro tivesse pedido perdão, não teria acontecido nada, mas só lhe ocorreu tentar sacar sua pistola e logo depois tomar a de Poe. O que nunca saberei é por que pediu a Marlowe para acompanhá-lo nem por que o pediu a mim. Poe é bastante inteligente e poderia ter imaginado uma outra maneira de acabar com seu sogro, se era isso o que lhe interessava, ou fazer-se ouvir, se era isso que perseguia. Não precisava nem de Marlowe nem de mim.

— Não acho — disse, pensativo, Paco. — Falei com os dois, com Poe e Marlowe, e agora contigo. Eles são excelentes amigos e são, sobretudo, muito jovens; não acreditam na Justiça, mas sim na justiça poética. O que fizeram, fizeram juntos, por justiça poética. Se é que o fizeram. Quero dizer, se fosse possível provar que o fizeram. Enquanto não for possível provar, eles não cometeram esse crime. Basta que você continue negando que foi buscá-los. Poe me disse, textualmente: seu sogro acabou morrendo por sua própria estupidez; não me sinto responsável pela sua morte, e nem lamento que tenha morrido.

— A mim — disse Maigret — chegou a dizer mais. Disse: no fundo, gostaria que a pistola não tivesse disparado, que ele tivesse passado a viver com um medo semelhante ao que nós sentimos ao longo da vida, e que tivesse experimentado o inferno neste purgatório.

Mason, que o tempo todo ficara taciturno, finalmente abriu a boca:

— Já que são culpados, o melhor seria dizer a verdade. Acabo de virar um cúmplice. A verdade nos liberta. Pelo menos é isso que estudamos na faculdade de direito.

— Não, Mason — disse Maigret. — Se a verdade vier à tona, eu certamente ficarei menos livre. E Poe será injustiçado. Lembre-se do que dizia Sherlock Holmes: muitas vezes, a prisão de um criminoso causa um prejuízo maior do que o crime que ele cometeu. Neste caso, isso é muito palpável.

— As coisas estão bem assim como estão. Você não me disse uma vez, Modesto, que estaria disposto a acobertar um crime, dependendo das circunstâncias, e que por isso resolveu ser advogado? Essa será a melhor oportunidade para agir assim.

Mason ruminou as palavras de Paco e assentiu com a cabeça.

— É preciso ver as coisas como uma maneira simbólica e poética de encerrar a guerra — acrescentou Paco Cortés. — Era o que Poe dizia. As razões de tudo estão no passado. Se Poe e Marlowe fossem julgados e ficasse provado que foram eles, algo muito difícil de acontecer, nada seria consertado. Sem ter esse objetivo, Poe, ou Poe e Marlowe, trouxeram mais justiça e mais tranqüilidade a este mundo. Foi a própria vida que cobrou seu tributo. Poe e Marlowe só fizeram o papel de arrecadadores.

— Mas essa é uma história que nunca acabará. Na mesma situação de Poe, haverá na Espanha pelo menos duzentas mil pessoas — disse, com enfado, Mason, que nunca perdia as estribeiras. — E se cada uma delas se dedicasse a tirar do caminho seu carrasco particular, em quinze dias teríamos na Espanha mais duzentos mil mortos. Outras duzentas mil injustiças.

— Não exagere, Mason — disse Paco. — Se fosse possível fazer justiça tão silenciosamente como se fez desta vez, seria uma maravilha. Se todos os malvados desaparecessem discretamente em algumas horas, o mundo se tornaria muito melhor.

— Por Deus, Paco! Você acaba de dizer uma barbaridade. Não somos assassinos. Os maus também fazem bem ao mundo — censurou Mason.

— Era vontade de falar, Modesto. Como nos romances.

Os três ficaram refletindo em silêncio.

Depois de um tempo, Maigret disse:

— Poe e Marlowe agiram na sombra. E, no fundo, se ninguém da polícia quer voltar ao caso, é porque todos acreditam que essa morte era a que estava destinada a seu sogro desde sempre.

— Exatamente, Lorenzo — disse Paco, dirigindo-se a Mason. — Coloquemos as coisas em ordem inversa. Imagine que minha sogra tenha na ponta do dedo um botão que, uma vez pressionado, poderá devolver a vida a seu marido. Ela é uma pessoa boníssima, muito religiosa, e não tenho a menor dúvida de que foi, além de tudo, uma boa esposa, até onde é possível sê-lo, e uma mãe estupenda. Você acha que ela o apertaria?

Mason, cabisbaixo, procurou uma resposta sem encontrá-la.

— Isso não vai acontecer nunca. E é besteira pensar no que não pode acontecer. Não é, portanto, correto nem ao menos que essa questão seja apresentada. Isso é demagogia policial, não é um problema moral. Você vai contar tudo a Dora? — Mason perguntou ao amigo Cortés.

— Sim, daqui a algum tempo. Quando lhe servir, de verdade, para algo mais do que o desespero.

A noite caía. Aquela reunião havia durado mais tempo do que o normal.

— É curioso — concluiu Paco Cortés. — Não é possível acontecer um Crime Perfeito nos romances policiais. Isso atentaria contra a norma dos próprios romances, porque ficariam de fora, em primeiro lugar, os detetives e os policiais. Os crimes perfeitos só acontecem na vida, e é na vida que cumprem sua função. Nos romances de Crime Perfeito, as coisas costumam começar quando um cadáver aparece casualmente, e é necessário investigar de quem se trata e identificar o assassino. Com a gente, as coisas aconteceram exatamente ao contrário. Nós tropeçamos num Crime Perfeito quando os ACP estavam se dissolvendo. Além do mais, tratava-se de uma pessoa que conhecíamos. Passamos uma porção de anos procurando, como alquimistas, um crime verdadeiramente perfeito. E não o encontrávamos. E agora que temos um, ele não nos serve para nada. Não podemos nem ao menos contar aos demais o que descobrimos. Vou dizer, parodiando os alquimistas: encontramos a pedra filosofal, mas não podemos confiar o nosso segredo a ninguém.

— Quer dizer que nada vai acontecer, que nada aconteceu? — perguntou Mason.

— Nada aconteceu, e aconteceu tudo. A vida — disse Paco — não acaba nunca, e quando parece que vai acabar, abre-se para outros. Os mecanismos tendem à mecânica. E os organismos, à vida, e a vida dá voltas. Parece um mecanismo, mas não é.

— Ou seja — concluiu o advogado Modesto Mason —, perdemos todos esses anos.

— Dito assim, talvez — concordou o ex-Sam Spade. — Mas as coisas também podem ser vistas de outra maneira: o que a vida tira de você por um lado, dá pelo outro; o que você não consegue resolver em um lugar, resolve em outro; a vida torna perfeito o crime que não o era, e o que era, deixa de sê-lo por uma casualidade. Eu havia deixado de escrever romances, e, finalmente, um Crime Perfeito surge diante de mim. Eu o soluciono e o caso desaparece como o punho desaparece quando se abre a mão. Mas sempre restará a mão.

— Sempre nos restará Paris — ironizou Maigret.

E atrás daquela leve paródia, a vida colocou-se de novo em movimento, com sua alegre e claudicante música de carrossel.

Madri, primavera de 2002

Este livro foi impresso nas oficinas da
DISTRIBUIDORA RECORD DE SERVIÇOS DE IMPRENSA S.A.
Rua Argentina, 171 – Rio de Janeiro, RJ
para a
EDITORA JOSÉ OLYMPIO LTDA.
em setembro de 2006

*

74º aniversário desta Casa de livros, fundada em 29.11.1931